俺はくず専務

嘘みたいな人生を生きてきた

株式会社レジェンドプロモーション
専務取締役
山田哲也

幻冬舎MC

俺はくず専務

嘘みたいな人生を生きてきた

プロローグ① 貧乏家庭の食卓

「はい哲也ご飯だよー」「おう」

「おっ今日は野菜炒めか」

「自分でご飯よそって」「はいはい」

「箸は？」「自分で出しな」「はいよ」

「いただきやす。うまっ。大根の味噌汁いいねぇ。大根うま」


「ねぇ野菜炒めおかわりある？」「無いよ」

「味噌汁は？」「無いです」

「だよな……」

「はいうまかったご馳走様……」

「洗い物しなよ」

「わかってるよ……」


普通にご飯があること。

そのご飯が何であっても食べることができること。

それだけで感謝するべき。

サラダ？　デザート？　栄養？　バランス？　色合い？

そんなもん食べることができるだけでそれ以上は望まない。

いつか好きなだけ、お腹いっぱい食べてみせる。

常におかわりできるくらいの生活にしてみせる。

そんな小学生生活だった。

プロローグ②　誰もが持っている優しさ

これは俺が20代前半、いつも通り朝仕事に行く為に電車に乗っていた時の話。

満員電車とまではいかないくらい、でもまぁまぁ車内が混んでいる中、俺は優先席近くのドア付近に立っていた。俺の近くに小学生くらいの子供達が楽しそうに友達とはしゃぎながら乗っていた。優先席に座っている小学生もいたし、立ってる小学生もいた。サラリーマンもＯＬも優先席に普通に座っていた。ふと周りを見たら70代くらいの爺さんが俺の隣で立っていた。

子供達もサラリーマンも、その爺さんに席を譲る様子は全くない、譲るどころか携帯を見たり、寝たりで気づいていない。そのガキ達の母親も近くで普通に会話していて、親も気づいていない。

俺はサラリーマンや子供達に「爺さんに席を譲ってあげな」と声をかける自分を頭の中で想像したけど、「俺が声をかけるのも、声をかけるべきだけどどっか別に関係ねぇし、むしろ座りたくないんだよとか、爺さんに逆ギレされてもな」と思って何もしなかった。心の中でそう思いながら爺さんを見ていたら、その爺さんはずっとニコニコしながら子供達を見ていた。

体感で10分くらいかな、爺さんが妊婦さんがいることに気づいていて、子供達に声をかけた。「おい、君たちの近くにお腹が大きいお母さん（妊婦）がいるんだが、この中に強くて優しい子はいるか？」と、俺は爺さんには気づいていたけど妊婦さんがいることまでは気づいていなかった。

子供達は「はーい！」って元気良く言う子もいれば、ずっと爺さんを見つめて黙ったまんまのガキもいた。爺さんが指さした方向の妊婦さんの存在に気づき、子供達は全員席を立った。子供達の母親は「気がつかなくてすみません」と謝っていた。いやいやあんた達の角度なら気づいていただろと思った。ぺちゃくちゃぺちゃくちゃしゃべりやがって。

サラリーマンやＯＬもその瞬間気まずくなったのか、さりげなく席を立って隣に移動した。爺さんは妊婦さんを座らせたあと自分も座った。爺さんはまた子供達をニコニコしながら見ていた。

周りの人達は気まずくなっていたり、無視してどっかいったりと様々なリアクションだった。俺は爺さんを見て、座らせてあげるべきかどうかと、小学生のガキが優先席ではしゃぎやがって、どうしようもねぇ親だなくらいしか思ってなかった。

俺はその爺さんの優しさ、勇気ある行動に心をあったかくしたと同時に、「はっ？　俺は何をしているんだ……もっと視野を広くして乗っていれば爺さんも妊婦さんにも気づけていたかもしれないし、俺が先に小学生に声をかけて爺さんを座らせていれば、爺さんは妊婦さんに気づけているわけだから、その俺の勇気ある一声でもっと早く妊婦さんを座らせることができたのではないか」と。

俺は行動に移せなかった。視野も狭かった。いろいろな人達が使う公共の乗りもので、俺という人間がどういう立ち位置で利用するべきかまで考えていれば、この車内で乗っている人が全員俺の大切な人だと思っていたとしたら、絶対にこんなことは起きない。

爺さんに気づかされた。爺さんはみんな家族のような目線で他人を見ているんだなって。俺だっていずれ爺さんになる。こういう大人でありたい。自分も同じ感覚を持っていたのだから。優しさはきっと誰もが持っている。

でも俺も含めた現代人は特に自ら放棄している場面があると感じた。

全員ではないけどこういう爺さん達が今の日本を作ってくれたんだよな。

俺はそういう誰もが持っている優しさを、行動を、自分の周りや子供達に、言葉ではなく背中で見せていきたい。

そう思った。

目次

第2章

第3章

第4章

第5章

第6章

第1章

えっ痛ぃ！　痛ぃよやめて。
ごめんなさい、もうぶたないで……

「おいてつー！！！！！　てつや！！！！」

親父から自分の名前を呼ばれる度に背筋がゾッとした。

呼ばれて嬉しいはずのこの名前。俺は親父から名前を呼ばれるのが嫌だった。呼び方、言い方、声のボリューム、全てが異常。

親父がトラック運転手の仕事が終わり、家に着いての日常会話、

「おいてつー！」「おかえり。ん、何？」

「お母さんどこいった？」「知らない」

「えっ痛い！　痛いやめて。知らないよ本当に」

「なんで知らねぇんだ。今すぐ電話しろ！」「あっ、はい」

これだけ、知らないって言った、たったこれだけの会話で俺は思いっきり殴られる。

(いやいや自分で電話しろよ。俺だっておかんがどこにいるかなんも聞かされてないんだよ……)なんて心で思った言葉をぶつける勇気は俺にはなかった。


俺の親父は怖い。めちゃくちゃ怖いイメージしか残っていない。叩かれること、顔色を窺うことは本当に嫌だった。親父の言うこと全てが俺の家庭では絶対だった。理不尽でもなんでも。

俺は生まれてから15歳まで、そんな親父を含めた4人家族で過ごした。


俺が15歳の時、親父とおかんは離婚した。俺はもう暴力を振るわれないで済むと思い、心の中で「ヤッター!」と叫んだ。でも親父にその気持ちがバレたら殴られると思って、ガキの頃から悲しい、寂しいパフォーマンスを演じたのを覚えている。

そして離婚後俺は、おかんとアパートで二人暮らしになった。だけど金の問題はさらにでかくなり、暴力から逃れられる、顔色を窺わなくて済むといった心は解決したが、生活的現実はもっと厳しいものになった。夢とか希望なんて持つわけもなく、日々をただ暮らしていた。

俺が19歳の時おかんに新しい男ができて、俺とおかんのアパートに来るようになったから、俺は一人暮らししたいとおかんに伝え、家を出た。

これが19歳で一人暮らしをするきっかけ。

もの？　言葉？　結果？　人？
死ぬまでに何を残したいですか？

平等不平等を一旦置いて、私達は生まれてきたこの人生を、どう生きていけばいいのか？

どう生きたいのか？

そして皆さんのゴールはなんだろうか？


人生のゴールというのは一旦死と仮定して考えた時に、死ぬまでに皆さんは何を残したいと思っているのか？

そもそも何か残すものなんて考えたこともなかったか？

逆にもしあるならそれは言葉か？

ものか？

形か？

結果か？

それとも人か？

さっき置いておいた平等不平等について、出会う人、タイミング、親、コネ、金、環境、運、国の制度、今現状の環境についてこれは平等なのでしょうか？

今皆さんは満足していますか？

それとも不満ですか？

世の中の差別、いじめ、貧困は防げると思いますか？

起こるべくして起きているということでしょうか？

無くす必要はありますか？

最小限にするべきですか？

幸せだとか不幸せだとか、今のこの世の中はこのままでいいのでしょうか？

何か変える必要はあるのでしょうか？

だとするなら今あなたは何をしますか？

何をしていますか？

何をするべきですか？

変えたいですか？

変えられますか？

変えようと動いてますか？


はい質問の嵐ですいません。

私は結構小さい時からなんでもなんで？　なんで？　と気になってしまう性格で、作られたルール、当たり前のものによく疑問を持っていました。

私は人生というものがどんなものなのか、たった一度きりの人生だからこそ、深く知ることができたらと思ってます。なので先程のように、考えながら進んでいこうと思います。

突然ですが、金持ちの家庭で生まれた子供と、貧乏な家庭で生まれた子供では何がどう違うと思いますか？

皆さんがもし「0歳からもう一度人生再スタートです」と今言われた場合、金持ちの家庭の子供と貧乏な家庭の子供の2択しかなかった場合、どちらの子供を選び人生を再スタートしますか？

もし宜しければ、こんな私とこれからの未来について、まだゴールを持っていないそんな私と、もしかしたら最後にゴールが見えるかもしれない、ゴールとはなんなのか、何が起きるかわからない、私の心の中の暗闇ジェットコースターのアトラクションにお乗り頂き、私の頭の中の世界にお付き合い頂ければ幸いです。

それでも金持ちの家庭に生まれたかったのです

改めて、もし0歳から人生再スタートです！　どちらかしか選べません。

皆さんはどちらの家庭環境でスタートしますか？

金持ちの家庭ですか？　それとも貧乏な家庭ですか？

一旦イメージで良いので、直感で心の中で決めて頂けたでしょうか？

ではいきましょう。

「金持ちの家庭の子供で生まれたいです」と回答した方にお聞きします。

なぜ金持ちの家庭の子供と回答したのでしょう？

それは単純になんでも買ってもらえると思ったからでしょうか？

勉強したいと言えば塾に通わせてもらうことができたり、部活だけじゃなくクラブチームにも入りたいと言えば入らせて貰えたり、15時になれば必ずおやつが出るからでしょうか？

自分の部屋、自分のベッド、テレビ、パソコン、携帯、テレビゲーム、服、自転車、バイク、車、欲しいと言えばすぐ買ってもらえるからでしょうか？

お寿司、焼肉、イタリアン、フレンチ、いろんなおいしい高級なご飯を食べることができると思ったからでしょうか？

北海道から九州、そして海外、ハワイやドバイなど、旅行も毎年経験でき、楽しそうだと思ったからでしょうか？

そしてその経験はやがて知識となり選択肢の多さに繋がり、自分にとって生きやすくなると思ったからでしょうか？

公立ではなく私立の大学に通わせてもらえそうだと思ったのでしょうか？

海外留学や一人暮らしなど好きにさせてもらえそうだからでしょうか？

貧乏な家庭で生まれてしまった場合、ライフラインすら厳しくなり、例えば光熱費が止まってお風呂に入れない、お風呂に入れないとだんだん体が臭ってきてしまう。

臭くなると、臭い臭いと言われ学校でいじめられる。

貧乏な家庭で生まれると毎日のご飯もひもじかったり栄養のあるご飯が食べられないと思ったからでしょうか？

ただし、親がお金をたくさん持っていたとしても、たとえ金持ちの家庭で生まれたとしても、私達にそのお金が回ってくるという保証はありませんけどね。


はい勝手な私の妄想質問、偏見にお付き合い頂きすいませんでした。私の勝手な偏見です。お許しください。

ちなみに皆さんはここまでどう感じましたか？

ちょっと深く考えてみたいと思いましたか？

金持ちと貧乏はどっちが幸せと感じるのでしょうか？

それともどっちも幸せなのでしょうか？

どっちが壁が多く苦労するのでしょうか？

あくまでも平等で一緒なのでしょうか？

いやそもそもこの問題は金があるとかないとかは関係なくて、親の考えの問題なのでしょうか？

親が金に対する価値観の問題から来ているのでしょうか？


改めて世の中は平等ですか？

いやいや平等のわけはないですよね、私は平等だと思ったことは一度もありません。今38歳になってもいまだに平等だと思っておりません。世の中は今でも絶対的貧困や相対的貧困はなくならない、いじめも無くならない。

これからの未来、貧困もいじめも無くす方法はあるのでしょうか？

それは金持ちとか貧乏は関係あるのでしょうか？

いじめられる奴っていうのは、ちゃんと自分で自分を自己主張できないからいじめに遭ってしまうのでしょうか？

いじめられる奴は個性が強すぎで少数派になってしまうからでしょうか？

勉強ができずバカだからでしょうか？

運動神経が悪くスポーツができないからでしょうか？

人見知りで、目と目を合わせてしっかりコミュニケーションを取ることができないからでしょうか？

相手の気持ちがわからず一方的に自分の価値観で話すからでしょうか？

頑張らないと、努力しないといじめられてしまうのでしょうか？

例えばさっきの私の勝手な妄想でお話しした、電気代、ガス代が払えない家庭で生まれ、親の稼ぎでは払えない、払えないことで服も買ってもらえない、洗濯も毎日できない、風呂にも入れない、どんどん汚くなっていく、そして頭も体の匂いも臭くなっていく、臭いとみんなから臭い臭いと言われ、変な目で見られ、シカトされ、これではいじめに遭ってしまうのは当然ですか？

これは自然でありこれからも臭い子がいた場合普通に起きることですか？

皆さんは髪の毛がふけだらけ、服は汚い、そして臭い子がいた場合いじめますか？

自分が小学生や中学生の時はいじめていましたか？

それともいじめられていましたか？

見て見ぬふりをしていましたか？

臭くて汚い人を変な目で見ますか？

シカトしますか？

これからの未来はこういう子がいてもいじめは起きませんか？

親ガチャで引き当てた暴力を奮う父親

貧乏家庭の親は頑張らなかったからいけないのですか？

努力が足りないから貧乏になるのですか？

貧乏で子供を育てていくお金なんか無いのに子供を作ってしまったからですか？

そういう国の規制やルールが無いからですか？

子供を20歳まで育てる上で約２０００万円必要ですとかいう情報を見たことがありますが、子供を育てる上で２０００万円という大金がかかってきてしまうから、そういうお金が無い方は、子供は作らないでくださいと言えば貧困は無くせますか？

今お金が無かったとしても、これから稼げばいいんだよーみたいな軽いノリの親が子供を作ったとしても、これからの未来に問題はありませんか？

国が結婚する上で、子供を授かる上で、こういう条件をクリアしないと子供を作る行為はしてはいけません、というルールを作ってしまえば防げますか？

どうしたら今貧乏で貧困で悩んでいる子供を無くすことができるのか、一人の、たった一人の私の人生を今から振り返り語っていきます。

貧乏な家庭で生まれ、親ガチャで引き当てた、私に暴力を奮う親父に育てられ、母子家庭も経験させてもらったこの私が、そしてこれまでに何回も死のうと思ったことがある私が、今もこうして38歳まで生き抜くことができたのか、どうか皆さん、もし宜しければ最後にＩＤを記載しますので、是非皆さんの答えというかご意見を完読後にＳＮＳで教えてください。

そしてこれからの残りの人生、読者の皆さんと語る場を作って語り合えればと思ってます。私みたいな生活をしている子供を一人でも多く無くす為に。


金持ちの家庭に生まれたいのか、貧乏の家庭に生まれたいのか、自分がもし逆だったならど、いろんな目線でこの本を読んで頂き、そして今置かれている社会問題にも貢献できるよう自分の経験もあてはめながら、この本を書いていき、そしてみんなで考えて繙《ひもと》いて何かしらの答えが出たら嬉しいと思っています。

相手の気持ちがわかる人が一人でも多く増えたら……。

本当にアダムとイブでこの世界がスタートしたんだったら、他人なんてもはや家族じゃん。他人を家族と思えるようになったら、この世界は最強で最高の世の中になりますよね。


まずなんでこんな話をしたかというと、まぁ貧乏だったわけですよ。

生まれた瞬間から貧乏だったんですよ。

生まれた瞬間から貧乏が確定していたんですよ。

それが小学生になっても、中学生になっても、高校生になっても、そして社会人になっても貧乏から逃げ出すことができなかったんですよ。

両親や兄弟、姉妹が仲良く過ごしてる家庭が羨ましかったんですよ。

周りの友達が欲しいものを何も努力せず手に入れてたんですよ。

だから私は勝手に、もしもやり直せるなら次は絶対金持ちの家庭に生まれたい。

浅はかかもしれないけど、私はもう一度0歳から人生をやり直すことになったとしたら、私は金持ちの家庭に生まれたいと思ったんですよ。

単純に経験してみたいという気持ちもありますが……


わかんないよ、わかんないけど絶対綺麗であったかいお風呂に入ることできるでしょ、毎日は大げさだけど学校で臭いって言われることなんてないでしょ。

15時になったらおやつ食べられるでしょ、自分の部屋があって、そこで勉強できるでしょ、自分のベッドで寝ることもできるでしょ。

病気になったらすぐ病院に連れてってもらえるでしょ。

飛行機乗って国内、そして海外だって旅行も行くことできるでしょ。

イタリアンやフレンチとか外食もたくさんできるでしょ。

頭が悪ければ塾に通わせてもらえるし、習い事やりたいって言えばすぐやらせてもらえるでしょ。

20歳まで、いや最低でも義務教育の15歳までは栄養満点、バランスの良い食材を食べて生きていくことができるでしょ、ひもじい思いだけは絶対に無いと思う。

一旦俺の心や環境の問題はさておきね。めっちゃ偏見だよねマジで。知ってる、とにかく偏見。

はっ？　そうじゃねぇから！　って思った人、今たくさんいるかもね。

でも実際に金持ちの家庭で生まれたこと無いから、勝手にそういう想像をしてしまう。

あと俺が経験した環境、感情の逆だと思ってしまうから、勝手に羨ましいと思ってしまう、実際はわからない。

では私の人生を振り返っていきます。

最強で最高のクズ反面教師

親父へ。俺が生まれた時貧乏だったのは間違いなく親父のせいだから。

パチンコ、酒、煙草、いろんなもんにあなたは金を使っていた。間違いなく同じ貧乏家庭でも親父は自分自身に金を使っていた。これを子供に回すだけでもだいぶ変わってたと思ってる。マジで最悪だった。

　でも俺は19歳で社会人になり、20代もずっと貧乏だったんだけど、それは俺がやるか、やらないかの選択で俺が全部やってこなかった、やってこなかったって言う表現というか、常に自分が嫌だ、辛い、ムカつくと思ったら逃げていたから、それは間違いなく俺のせい。金の稼ぎ方もわかってなかったから。

　だから俺は自分の子供達を「心の貧乏」にさせたくない為に、今も挑戦し続けている。これは与えてもらった親父への挑戦でもある。親父みたいには絶対になりたくないから。

　今あなたはどこにいるのか、そもそも生きているのかさえわからないけど、少なからずあの環境、そして反面教師の親父のおかげで俺が俺として今がある。今があるという理由で、そこは感謝すべき。

　俺が15歳の時、あなたは離婚せざるを得ない行動や言動をしていましたね？　ここには書けないレベルのこともしていましたね。家庭が完全に崩壊し離婚するまで育てて頂き、本当にありがとうございました。

　俺は今38歳、あれから23年間一度もあなたと会っていないですね。今後もきっと会わないと思います。会いたいけど会いたくないです。もし仮に会えたとしても、もうまともに話すことはできないでしょうね。私が15歳の時点でもう「あんなん」でしたからね。

　最強で最高のクズ反面教師。俺が今結果こうなれたから言えるだけで、普通に考えたら恨むレベル。あの家に戻ってもっかい生きろ！　って言われたら俺はやっていく自信が無い。俺は本当にあの家が嫌いだった。大っ嫌いだった。

こいつら綺麗事ばっか並べやがって、口ではいくらでも言えるんだよクソが

「夢」「金」「愛」「幸せ」「出会い」「経験」「家族」「仕事」「歴史」「命」「感謝」「運命」、そして「人生」とは……。

どれか一つでも、誰もが一度は自分自身と向き合って考えたことがあるテーマなんじゃないかな。今現在置かれている自分の立ち位置で、周りの人間の生活や考え、行動をみて比較して、深掘りしすぎてわけわからなくなってる。

何が正しいのか、真実とか周りの意見で流され流し、そして最後はだいたいわけわかんなくなって終わる、そんなことの繰り返し。

自分の人生なんだから好きなように生きていい、
自分の為に好きなように生きるべき、
やりたいと思ったならやりたいようにやればいい、

やりたいと思った時にやるべき、
後悔したくないから全ての選択は自分で決める、
自分の人生なんだから自分で決めるべき、
っていうよくある言葉、何も考えていなさそうな奴やポジティブ人間、または人生うまくいってる奴や成功してる奴が共通して口に出す言葉、
こいつら全員綺麗事ばっか並べやがって、口ではいくらでも言えるんだよクソがと、聞くたんびに毎回思っていた。

ずっとこの気持ちは消えることは無いし、それが正解だと思ってた。ただどっかのタイミング（多分出会いや経験）から、あっなるほどそういうことだったのかと結構あとになって気づいた。
それはその言葉の裏には好きなようには生きられない、
自分自身の選択で好きなように生きない、
好きなようには生きたくない、
好きなように生きてはいけない、
やりたいようにやれない、
やりたいようにやりたくない、
時にはやってはいけないことなどが必ずついてくるもんだと。

それも含めて、それもセットでついてくるもんだと気づき、
それを全て受け入れ、前に進み、
それがとても素晴らしい出来事なんだと、ポジティブに生きた方が楽になれる、
ポジティブに自分事として受け入れた方が素晴らしいものになれると、
これこそが人生の極みなんだと、
実は数々の出会いや辛い、苦しい経験で知っていった人達の言葉だったんだと、
めちゃくちゃ深かったんだと知った。

つまり**捉え方**意味付けってこと。

事実は変えられない、ただそのあとの捉え方、意味付けってもんだったたってこと。
俺も出会いや経験で感じたし今は納得できてる。
つまり選択したあとの自分の捉え方、自分次第でその選択はつまんなくもなるし楽しくもなるってこと。

たった一度きりの人生、悔いなくやりたいように生きるべき。間違いない。ただし、それは自分だけではなく、全世界の人類も同じ想いだということ、これは絶対忘れてはいけない。

すでにガキの頃に未来に絶望を感じ、生きていくのが面倒くさくなっていた

俺はなんで俺として生まれたの？

俺は生まれたいと思って生まれたの？

なんで1984年のさらに365日の中で9月20日という日に生まれたの？

何分の何の確率？

もう生まれた時から運命は決まっているのか？

運命って何？

そもそも9月20日に生まれたいとその時から自分の意思があって、9月20日に生まれることによってどんな人間になるのか、どれくらい人や世の中の為に貢献できるのか、何を残すことができるか、どういう人生を送るのかがもう決まっているみたいな**神話**がある。

生まれた瞬間から決まっている的な。

深く考えれば考えるほどわけわかんない場所に行ってしまいそうだから一旦これくらいにしようかな……。ちょっとときもいよねごめん。世の中なんでも説ってつけりゃ成立する説。

まっまとめると、俺はなんでこんな人生の始まりなんだとガキの頃に未来に絶望を感じ、マジで生きていくのが面倒くさいと思い、命の大切さや出会う人達、支えてくれている人達の想いなんて感じられない、考えられない、考えたくもないところからスタートし、今はその真逆の、人の為に何ができるのか、なんてこんなに素晴らしい人生なんだとポジティブに考えられるようになり、誰かの為に生きたいと思って今は生きているのか、そんな立場が変われば、結果次第ではこんなにも考えや行動が変わってしまう、俺という一人の人生、38年間で得た知見。山田哲也の『物語のものがたり』。

では引き続きお楽しみください。

おかん

おかん！　いつかの電話でさ、俺会社死ぬほど忙しくておかんの死に目見られないかもって半分冗談で電話した時のこと覚えてる？

そんときおかんは俺に、「私の幸せはあんたが仕事と家族を大事にすること、大切にすること。そしてあんたが幸せならそれでいい。楽しんで笑っていりゃそれが私の幸せだよ。私の死に目は別に会えなくてもいい、ただその代わり今関わってる人を大切にしなさい。あなたが大切だと思ってる人を大切にしなさい。昔は本当に苦労かけたね。悲しい、辛い思いさせてしまったね、ごめんね」って言われてさ、俺そん時ぶっちゃけ泣きそうになったんだよね。「いやもう謝んなくていいから。確かにあん時はずっとムカついていたし、なんでこんなに我慢しなくちゃいけないんだよって何度も思ったけど、今はその環境があったから今の俺がいるから」って言ってさ。

もうおかんがそんな感じでそんな感情スイッチ入れて言うんだって思って。

誰よりも苦労したおかんが、一番苦労して一番我慢して楽しいことなんて一切しなかったおかんが、自分のことよりも俺のこと最優先して考えてるんだなってとことか。親だなって。だからおかんが死ぬ時は絶対そばにいられるように努力する。当時自分のことで手いっぱいで必死で忙しかった時はマジでおかんのことなんて考えてられなかった。だけど今はめちゃくちゃ考えられるよ。

昔のおかんの口癖はとにかく「迷惑かけてごめんね、辛い思いさせてごめんね、寂しい思いいっぱいさせてごめんね」って、いつも夜になると泣きながらごめんねごめんねって言ってたよね？

それで俺家が汚くて狭くて貧乏で、あと親父が俺を怒鳴ったり殴ってきたり、虐待してくるから本当に嫌だったよ、あの環境とあの当時の家族。俺家族みんなでいる時楽しいって思ったこと無かったんだよね、家族って何？　って思う時めっちゃあった。

親父怖いし、離婚する前もくそ貧乏でさ、俺が中3の15歳で離婚してさ、離婚したらもっと貧乏になった気がする。

おかんと二人でアパートで暮らしてたじゃん？

本当に貧乏で辛くなかった？

俺はメッチャ嫌だったしメッチャ貧乏って感じてたよ。友達も絶対家に呼びたくなかったし、友達来てもお菓子とかそんなん無かったじゃん。俺の家をバカにする人も実際いたし。

まぁおかんと二人でアパート暮らしになってからも、ごめんね、ごめんねっておかんは俺によく言ってたよ。おかんが全部いけないの。おかんが全部悪いのって。自分で自分をよく責めてたよね。

俺結婚して親父になって思ったことがあってさ、なんで俺の親父ってもっとおかんや俺のこと愛してくれなかったんだろう、なんでもっと家族の為に頑張ってくれなかったんだろうって、マジでシンプルに思う。

俺は今結婚して奥さん好きだし子供も好きだし、絶対お金で喧嘩したくない、お金だけは絶対男として稼いでみせる！　って思って生きてる。仮にお金がそんなに無かったとしても。自分ではなく、奥さんや子供を優先して使うって思ってる。俺が育てられたあの環境は謎でしかないマジで。

でもおかんのおかげで俺はこうなれたからさ、もしこうなれてなかったらずっと全てに否定し、絶望し、何も求めない人間になってたよ。

まっ、とにかく今は感謝、大感謝でしかない。間違いなく今は生まれてきて良かった。そしておかんが、あんたが幸せならそれでいいって言った言葉、俺も今は自分の子供に全く同じ感情が芽生えたよ。おかんあの環境下で、おかんの背中で学ぶことができた。

改めて生んでくれてありがとう。

おかん最強。

ありがとうおかん。

絶対長生きしろよ！

おかんの話はこの後出てくるんだけど一旦先に言いたくてね。俺が生まれた原点だから。でもここの事実が一番の肝。俺が今こういう人生だからこうやって本が書けているしポジティブになれている。

マジで生まれた時の環境が今も続いてたとしたらゾッとするし、「人生ハッピー！」なんて一言も言わない根暗な人間になっていたと思う。だからどこで誰が天国にも地獄になる（立場が変わる）かもわからないと思ってる。

たまたま俺は地獄からスタートすることができただけ。またどのタイミングであの地獄みたいな環境になるかもしれないって危機感を持って今生活をしている。

おごったら終わり。おごった瞬間、人をバカにしたり、自分はめちゃくちゃできるとか勘違いを起こしたり、恩を忘れるような人間になればまたあの地獄の生活に戻ると思ってる。神様がいるとは思ってない、あんな人生だったから。でも助けてくださいお願いします！ちょっとでいいのでお金ください！　この住んでる家本当に嫌です！　ってガキの頃神様に祈ることは何千回もやった。

神様はいるのかね。寝る時も学校の帰り道に歩いている時も、授業中も、遊んでいる時も、とにかくあの家が嫌すぎて、毎日帰りたくなくて、祈って祈って祈って祈って祈りまくったけど、当時のあの生活を打破することは無かった。祈るだけでは無理だった。あんな小さなガキでは何も変えられない無力さを感じた。

でも今こうなれたから神様はいるかも。まいいやそんな話。

3回泣いた。勇気一瞬、後悔一生・俺達に未来だけは残っているから

むかーしむかし20歳くらいのある日の出来事、俺がちょっとでっけー夢を友達に語った時のこと。

俺歌手になる、金持ちになる、好きな時に好きなような働き方をするみたいな、そこまででっけー夢じゃねぇか、まっいいやとにかく俺はくそ貧乏で我慢することが多かったから夢見たくて、それで「会社をでっかくして稼いで夢を実現させる！」みたいなことを言ったのよ。そしたら周りの友達や先輩はなんて言ったと思う？

もちろん友達だったら応援してくれるよね。

「おっいいね！　頑張れよ」

「たまには顔出せよ」

「手伝えることがあったら言ってな」

「落ち着いたら飲もうな」みたいな。

ただ俺の周りの人達の答えはね、真逆のことを言う人がほとんどだったんだよね。

「はっ？　何ほざいてんの？　お前が会社？　夢見過ぎ。現実はそんなに甘くねぇから、お前じゃ無理。やれるもんならやってみろよ」みたいな感じ。しかもこれ笑いながら言われてたよ。お前ら○ラミー海賊団かよって。シンプルにムカついたねその時は。

皆さんの周りの友達や先輩はどうですか？

もし自分の夢を語った時になんて言う人が多いですか？

温かく応援してくれました？

それとも「無理だよー、やめたほうがいいよー」って自分じゃないくせに否定から入ってきたりしました？

俺は夢を語ってもらったら全力で応援するけどね。今の俺は人の夢を笑うことは絶対にできない。笑うわけがないよね。だって夢持ってる時点で素敵だしキラキラしてるからね。カッコ良すぎでしょ。

当時はなんで俺の友達は応援してくれなかったんだろうって思ったけど、叶いそうって思われたのかな。そんな夢、そんな可能性すら考えんなよみたいな感じで潰したかったのかな。

そいつらはそういう夢みたいなのが無かったのか、あったけど無理だと自分で判断して諦めていたから、キラキラした目の俺がうざかったのか、煙突の映画が公開されて見た時、俺がその主人公で周りが否定してくるキャラクターの○ントニオに見えた。

別に俺はその主人公ほどカッコ良くは無かったけど、俺は俺であの映画を見た時、そうだ20代はこんな感情で生きてたなって、あてはまるものがめちゃくちゃあって、心にグッと刺さって鑑賞中3回泣いた。やってみなきゃわかんねぇだろって。

まっ否定されたことで俺の場合はたまたまさらにスイッチが入って見返してやるって気持ちになれたから良かったんだけどね。

潰れる奴もいるだろう。折角掲げた夢、そんな素敵な夢を誰かに笑われたらすぐ諦めてしまうのか、否定されたらそこで諦めてしまうのかってここだよね、ここが本当に重要で、マジでやりたきゃ何されようが何言われようがやるんだよねきっと。

そこで諦めるならそれは夢って呼ばないと思うし、または本気で思っていないか。信念、信じ抜くって大事だよな。俺過去は修正できるし、過去を修正できるのが未来だと思っていてさ、現時点で人生最悪だーって思うことの連発だったとしても、例えば失敗して失敗しまくったとしても、あの経験のおかげで今の俺がいますみたいな言い回し。いくらでも過去を変えることができると思うんだよね。話し方言い回しでなんとでも。ちなみに俺はできたよ。だから今こうして本を書くことができている。

この本はね、最初はくずみたいな話が多くて、そのくずっぷりはマジで俺くそだと思ってる。でも本当にその数々のくそみたいな経験で今の俺がいるんだよね。
(実は改稿中にボツになった話が結構あった……仕方ない)
だからなりたい自分に遅すぎるなんてことはないと思う。バカとか貧乏っていうのがコンプレックスだったけど今は長所と捉えている。バカだから気づいたら行動している。貧乏だからこそ覆してやる、マジで成り上がってやるよって。

俺今ね、今は誰かの為に闘ったり働くってすんごい素敵なことだと思っていて、しかもそれって結果自分に返ってくるんだよねマジで。あと約束守れる人間ってマジでカッコいいし信用できるよね。俺はそういう人になりたい。

人生生きていれば遅かれ早かれ誰でも傷つく時は来る。この先も傷つくことはたくさん起こると思っている。傷つく量がこの先どれくらい来るのかもわからない、でもその時が来た時は必ず自分の選択で起きていると考えるようになった。

傷つきたくないって自分がいくら思っていても、自分ではどうしようもない外部的要因は絶対にあるから。だから日頃から人の為にとか、世の中の為にとか、人の幸せを考えて行動することができれば、きっと最小限に抑えることはできると思っている。だから俺はそういう気持ちで生きていく。

勇気は一瞬、後悔は一生。後悔はとにかくしたくない。だから俺はもっと本音で、もっと素直で、行動全てでいくらでも未来を変えることができると思ってる。


夢は叶うし叶わないよ。何が言いたいかっていうと、叶うもんもあれば叶わないもんだってあるよねそりゃあ。

なんでも努力すれば叶うと思ったら大間違いだし、いつか夢が叶うと信じて生きることの大切さと、別にこの努力が報われなくてもいいし、この夢が叶わなくてもいいしという気持ちも大切なんだってこと。

叶わなくたって一生懸命やったんだったらそれでいいじゃん、てかそれがいいんだよ。そん時は辛いけど、悔しいけど、ムカつくけど。どんな人間でも何も残らないなんてことだけは絶対に無いから。だって少なからず今もこうして、**俺達に未来だけは残ってるじゃんね**。

今が何もなくても、明日も、明後日も、何日間何もなくても、その翌日には、その半年後には、その1年後には、必ず可能性は来るから。いつか来るから。生きていれば。生きてさえいれば必ず。

五十音の始まりと終わり

ほとんどの世の中の赤ちゃんってさ、生まれた時、お母さんやお父さん、親戚やらいろんな人が喜び感動してることが多いじゃん。そして生まれてからもベロベロバーとか変な顔したり体を動かして踊ったりして大人達が笑わせてくれる。

俺が生まれた時もきっと周りは喜び感動し、俺をたくさん笑わせてくれたと思う最初は。

そして俺にも自分の子供が生まれた時は、本当に感動した。奥さんに対してものすごく感謝の気持ちが生まれた。子供に対しても生まれてきてありがとうと心の底から思った。

子供が生まれることは本当に奇跡で、決して当たり前ではないことを体で、自分の人生で経験できた。世界では感動されない、望まれない命もあるってことはもちろん理解している。

俺は俺で貧乏でくそ辛かったけど、一応俺が生まれた時は喜んでくれる人が多かったから、それだけでも幸せと感じるべきだよね。まっ、だからこそになるんだけど、この頂いた大切な命を一生懸命生きるべきだよマジで。

そういう人達の分まではおこがましいけど、しっかり自分に与えられた命を燃焼するべきだと思って生きてる。

そして俺は、自分が死ぬ時は笑っていたいんだよね。そしてできればみんなを笑わせたい。これができたら最高の人生だよ。

笑って死ぬということはどれだけ悔いのない人生が歩めたかにリンクすると思っていてさ。こんなに悲しくて辛くて寂しい、死ぬ寸前の環境下で、もしみんなを笑わせることができたら本当に凄いと思う。

ちなみに皆さん、今イメージすることできますか？

本当に死ぬ寸前「何か最後に一言だけ言えますよ！」って言われたら、皆さんだったらどういうことを言って終わりますか？

私は大切な、大好きな仲間を、

プッって小笑いでもいいので、笑わせて終わりたいと思っています。

ということで、なんて言ったらみんなを笑わせることができるか。

今書きながら考えてみますね……。

（10分後）

あっ今思いついたのは、きっと俺はその頃病気でクタクタで入院してると思うから、てか仮にそういう設定にしたとして、んで何人か俺のベッドを囲んでいて、あっそれも誰がそん時そばにいるんだろう……まっいいや家族やレジェンドプロモーションの熱い仲間がきっと何人かいて俺のベッドを囲んでくれているとしようかな。

そして俺はベッドで横になりながら、「なんか最後に一言ありますか？」って聞かれて、俺がめっちゃ振り絞って振り絞ってくそでかい声で、

テキーラショット！　今いる人数分！って叫んでみようかな。

じじいになっても死ぬ寸前で「テキーラ、ボンボーン♪」って歌ったら笑ってくれそうな気がしない？　なんなら「１８００のほうで！」とか、「カットレモンもかわきものも持ってきて！」なんて言っちゃってさ、んで飲んだあと「ポポポポポー」って叫んでレモンしがんで（噛んで）死んでったらプッて小笑くらいはしてくれそう。

どうこれ？

不謹慎？

大丈夫かな？

まっ俺の為の本だから誰になんて言われようが関係ねぇな。

そんな感じで俺はレジェンドプロモーションの仲間ととにかく酒を飲みまくった人生だった

からさ、最後はそんな死に方が理想かな、今んとこね。

俺の人生はとにかくカマすことや契《ちぎ》ることが多かった。宣言や約束事のことね、そしてこのカマスことや契ることというのはとーっても最高なものだった。

急に「俺半年間2時間睡眠で生きていきまーす！」って言ってみたり、
「ぜってぇ今月の売り上げ３０００万円やってみせまーす！」って言ってみたり。
「歌出します」
「本出します」
「ミニライブやります」
「始球式投げます」

全部叶った。

でも未来なんて誰もわからないし、達成するかどうかも誰一人わからない。

まっ、そんなことを本当にたくさんやってきて良かった。やっぱ気合い入るんだよね。絶対やってやろうって。みんなを喜ばせたいっていう気持ちや、ほらできただろ！　っていう達成感や満足感。やれた時にみんなが俺を惚れ直してくれる感じが。

いやー俺の人生は努力してそれが結果に出た時はめちゃくちゃ自信になったね。たとえ努力して結果が出なくてもくそたまんない経験は残ったし。

努力をしたことで報われるとは限らなかったけど、なんでだよとかふざけんなとか思ったけど、そもそもその感情こそが、報われないことこそも、めちゃくちゃ価値があるんだと知ったし。

だから努力してその日を迎えたんだったら、何も残らないなんてことはないんだよ。

ただそれでも挫折して、メンヘラになって、俺は何にも残ってねぇとか、俺はなんも持ってねぇとかいう奴が周りにいたとしたら言ってやれ。

「日本語のひらがな五十音て、あいうえおの**あい**から始まって、わをんの**をん**で終わるだろ？　俺達は愛（あい）をもらって生まれてきた人生なんだから、最後は恩（おん）を与えて死んでいけ」って……はっ？

誰でも生まれた時は愛をもらってスタートしているんだ。愛をもらって生まれてきたんだ。そして誰でも未来は、未来だけは残ってから。この世に何にもない奴は一人もいねぇよって。親から、もっと先祖代々から愛をもらって俺らは生まれた。愛というものが何なのかきっと知ってるんだ俺らは。親からもらった愛（あい）から始まってんだから最後は**恩**（**をん**）で人生終えないとな……はっ？　ひふへほっ？

まっ愛のバトンだよ。俺はそういう考え。

だから毎日に感謝するべきで、感謝しない意味がわからない。感謝とそして謝罪はマジで大事。当たり前すぎる、でもできないやらない。迷惑かけたらごめんなさい、何かしてもらったらありがとう。基本過ぎるのに世の中やらない奴多すぎる。感謝と謝罪はすぐできる人間になるべき。

本当に偉い人は偉そうにしないし、本当に強い人は強がらない。人格形成だ人格形成、人間らしく生きていく。どんな夢でもデカ過ぎることはないし、どんな挑戦でもデカ過ぎることはない。むしろどうせ掲げるんだったらデケェ方がいいに決まってんだろ！

ガッハッハッハッハッハッ！

片っ端から行動し全身で生きていくことを俺はここに誓う。

ガキの頃は、とりあえずやってみるっていう生き方だったじゃん

金が無くても、時間が無くても、知識が無くても、前例が無くても、人脈が無くても、極論何にも無くたって世の中できることってたっくさんあっから。今この瞬間からできることだってたくさんある。

この本で良いなって思ったところはマーカー引いたり角の部分折ったりして印つけたり、それも今すぐ行動できる。まっこの本はそんな学ぶほど素敵な本じゃねぇかもだけど。

あとは改めて親に感謝しないとと思って、親に「ありがとう！」って今この瞬間メールや電話したりとか、なんでもいいんだよ、小さな積み重ねなんだなんでも。何が言いたいかっていうと、そもそも最初っから全部揃ってる奴なんて誰もいないでしょ？

だーれもいないから。

海賊王になると言った大人気漫画の主人公も最初はなんも持ってなかったし、仲間もいないところから物語がスタートしてる。

天下の大将軍になると誓った大人気漫画の主人公だってなんも持ってなかったじゃん。

今この瞬間、今すぐできることってたくさんあるのに、いいわけばっかして、やれない理由見つけて、面倒くせぇとか、金無ぇとか、やっても意味ねぇとか、やる前から決めちゃってさ、やらないいんだよね結局。それが理由なんだよ。マジでくそ、鬼雑魚だったよ俺。

成功する奴が一部なんじゃなくて、チャレンジする奴が一部なんだってことに気づいた。

ガキの頃はとりあえずやってみるっていう生き方だったはずなのに。マジで思ったことを片っ端からやっていた。勉強したくないって思ったら先生にくそ反抗してでもやらなかったし、友達と深夜に遊びたいって思ったら親に怒られることよりもすぐ家飛び出してみたり、学生時代はバイクに乗ってみたいって思ったらまず乗っちゃってたし。そのままの素直な感情を優先し気づけば行動していた。

ただどっかのタイミング、出会う人や経験、挫折でそれがシンプルにできなくなっていった。

今の俺は大人になって、いろんな経験を経てさ、またガキの頃みたいにとりあえずやってみるという精神を取り戻すことができたのよ、今はね。

ただそれまでの俺っていうのは、くずで弱くてしょーもなかった。なんでも人のせい、まずやらないし、人も否定しまくるし、俺の今の環境では無理って貧乏という環境のせいにしていた。

最近は覚悟って言葉がめっちゃ好きでさ、覚悟って**絶対やってやる！　任せろ！　必ずやりきってやる！**って、やる前に宣言するっていう想いと、鬼のような行動で覚醒され、覚悟というものに確立するんだと知った。知ったというか確かにそうだよねって再確認した。

行動したことで自分の弱さや自分の無力さ、自分の未熟さがわかって、それでこそ反省して初めて生まれるもんなんだって。やべぇ逃げれねぇ、守る為に強くなんなきゃ、もっと勉強しなきゃみたいな感じで。どんどん自己修正して、宣言してるから修正スピードも鬼早くなる。

自分で自分を逃げれなくするのって結構いいと思うよ。押し潰されそうになるんだけど、1周回って俺はそれが良かった。一体俺はドMなのかドSなのか……。

そんな金で友情なんて木っ端微塵だよ

借金って悪いイメージばかり先行してるけど、俺は借金のおかげで強くなれたし、めっちゃ良い経験できたって思ってる俺はね。

借金も逃げれねぇ返さなきゃって思ってくそ頑張れる理由になったからマジで成長できた。アッただ友達とかから金借りるのはもうやんないね。あれはもうやんない。なんか底辺になるよ、自分が。

なんつーのかな、なんか俺の価値が下がるっていうか、金貸してる奴が一気に最強化してくるんだよね。

「返すのいつでもいいよ！」とか最初余裕ぶって笑顔で言ってたから借りたのに、

「いつ返してくれるの？」

「別にいつでもいいけどまだ？」

「逆にいつになったら返してくれるとかわかる？　お金って信用問題だからね」みたいなことめちゃくちゃ言われてさ、しかも借りてから結構頻繁に。

俺友達から金借りて思った。もう借りたくないって。あっ全てにおいてではないよ、友達にはもう借りないって思った。「返すのはいつでもいいよ！」って言葉、これ絶対に信じない方がいい。これね、この言葉の冒頭に隠された言葉があって、貸してる側で言うと、「今はお金に余裕があるから、この余裕な感じのままなら返すのはいつでもいいよ！」ってことなわけよ。

もし貸してる側がなんかの環境変化で一気に貧乏になったら、要は俺みたいな環境の側に回ったら「そんなんいつでもいいよ！」なんて呑気に言ってくるわけがないからね。だから金貸す側も借りる側も、どのタイミングで逆転するかはわからないから、軽い気持ちで金を貸したり借りたりするのはマジでやめた方がいい。

それで友達なんていっくらでも失ったし、友達ってそもそもなんだよってことをたくさん経験した。金の貸し借りで友情なんてもんは、一瞬で脆くなって粉々になる。脆くておもろかった。当時は金がくっついてくると、本当に脆かったよ友情とか仲間なんて絆は。

授業を受けなさい、「嫌だ」勉強しなさい、「嫌だ」正しいことって何ですか？

俺高卒でしかも典型的なバカでさ、学生の頃はもちろん山田って高卒なんだーってこんなにも社会に出た時、俺高卒でファストフード店、居酒屋、イタリアンレストランの社員、家電量販店では派遣社員、レジェンドプロモーションに入る前に経験した仕事は、そこでそんなに高卒？　って言われるとは思ってなかった。


「こんなことも知らないの？」

「これもできないの？」

やってきてないから知らないことがめっちゃあったんだよね。


高卒っていうレッテルは当時の俺の社会ではめちゃくちゃ感じた、でも最初だけ。

20歳から30歳の約10年くらいかな。

10年だけ。

いや10年は長いか……。

一番はパソコン能力と知識だね。

パソコンなんて俺の世代はギリギリ授業には無かったから、当時パソコンなんて知らなくたって一生生きていけるわって思って、絶対やろうとしなかった。

むしろパソコンやってる奴をバカにしたりしてた。そんなんやってても、覚えても意味ないからみたいな。


俺がバカな理由は明確で、勉強しなかったんだよね。勉強したくないって思っちゃったんだよね。小学校、中学校、高校とさ、勉強するチャンスめっちゃあったのに勉強してこなかった。なんでかも明確で、そん時に楽しいって思ったことばっかしかやってこなかった。楽しいと好き、面倒くさいこと嫌い、これだけ。

とにかく授業聞いてて楽しいと思ったことが無かった。メモを取ることが面倒くせぇって思ってメモも取らなかったし、算数とか国語とか、特に理科とか図工とかマジで興味が無かった。体育は割と真面目にやっていたくらい。


どの先生も話がくそつまんなくて眠くなっちゃって、あと授業をちゃんと受けることで、覚えることで、できるようになることで、この先の未来にどう影響するのかが全くわからなかった。イメージが湧かなかった。

正直テストの点数取ってる奴は凄いと思ったよ、みんなからちやほやされてたし。

でもだからといって、楽しさよりもそのちやほやの為に毎日くそつまんない先生の話をちゃんと聞いて、とんでもねぇ量のメモを取って、

「そんなに記憶して覚えないといけないの？」

「歴史上の人物覚えて将来何に活かされるの？」って考えたら俺は、

「点数やちやほやなんかはいらねぇ」って思っちゃったんだよね。

それしか情報が無かったんだよ。


今思えば勉強しとけば良かったと思う時はある。

でもだよ、完全否定はするつもりなくて、遊んできてめっちゃ良かったと思う自分もいるからなんとも言えない、どっちもどっちかな。

てかだいたい頭悪い奴って考えられないからなのか、ノリ良い人多いよね。

俺の周りはとりあえずやっちゃうーみたいな。後先考えないでさ、俺はそんな人間だった。

まっ勉強の意味や意図がわからなくて、俺は友達と遊んだ。


友達と遊んでる時はめっちゃ楽しかった。単純に恋バナ語ったり、カタパン（相手の方をひたすら殴り合うゲーム）したりテレビゲームしたり。だから楽しいこと、その時やりたいことをやった。だからバカになった。

無知だよね無知。無知な人間。

逆に頭いい奴って友達と遊ぶことより勉強を取ってるから、知識めっちゃあったよね。歴史とか、国語の漢字とか、記憶系は絶対テストで落とさないし、数学の計算も何回もやってるからめっちゃ解けるし、国語の文章能力も長けていたよ。俺はパッパラパーだった。

でもみんなとくそ遊んだことで、

俺は**正しいよりも嬉しい**を優先する人間なんだって気づくことができた。

この時期にこの感覚を身につけることができたことは、今の俺の人生において、めちゃくちゃ活かされているから本当に良かったと思ってる。

例えば授業中に友達から、泣きながら悩んで困ってるっていう相談をもらった時、俺は友達と教室を飛び出して、「体育館の裏で話そう」って誘い、解決するまで語った。

最後はその友達から「気持ちが楽になった、相談に乗ってくれてありがとう」って、めちゃくちゃ感謝された。俺も嬉しくなった。

でも絶対駄目なんだよね普通は。「授業を受けなさい」ってことだよね。

せめてその友達に「授業が終わってから休憩時間の時に話そう」って誘うべきなんだよね。

これが正しい答えだよきっと。

俺は抜け出したことで先生に怒られた。

授業を優先せず、友達の悩みを優先したから。

怒られた時、納得できなかった。

その授業を受けるのは誰の為？

先生の為？

学校の為？

同じ行動をさせたい為？


当時その先生は俺の為だってさ。

はっ？　俺の為だったらくそくらえだわ。お前は俺ではない。

だって俺はその時、授業よりも友達に寄り添いたい。友達の相談を１秒でも早く乗ってあげたい、力になりたいって思ったから。俺のことは俺が決める。先生は俺ではない、先生は俺みたいに非常識な生き方をしてきていないから、俺の気持ちがわかるわけがない。ちなみにその授業がなんだったか、いまだに思い出すことができない。でも相談に乗った友達は、いまだにその友達の心に俺の思い出が残ってる。正しいって何だろうね……。


あと授業中に外抜け出した時もあってさ、急に学校来なくなった引きこもりの友達の家に行って、「俺と一緒に登校しようぜ！」って呼びかけに行ったんだけど、その友達は学校に行きたくないって言うから、俺はそのままその友達の家でゲームして遊んじゃったんだよね。

これもダメ？

まぁこれも絶対ダメでしょ。

知ってる。

この時も先生や親に怒られたから。

正しくないよね。


引きこもりの友達からはめちゃくちゃ感謝された。

「一緒にゲームしてくれてありがとう」

「学校に行こうって誘ってくれて、気にかけてくれてありがとう」って。

俺もありがとうって思った。俺と遊んでる時そいつめちゃくちゃ笑ってくれるのよ。

楽しい楽しいって言ってくれてさ。

「授業を受けなさい」

「なんでそんな行動をするの？」

「なぜ言うことを聞かないの？」

「もうやめなさい」

「いけませんからね」だって。

わかってるよ！

これね、俺全然わかってるんだよ。

わかっててやってるんだよねこっちも。
先生も言うのが仕事だからね。それもわかる。

ただあんた達もこの俺みたいなガキの頃はなかったんか？
そういうのを大事にした時なかったんか？
正しいことばっか言って。
正しいことしかしない。
そりゃあ正しいこと言っていれば、誰からも批判されることはないよ。
だって正しいんだから。
正しいこと言っていれば何事も無く暮らしていけるからね。

俺みたいな行動をする奴は少数だったよ。
だから大多数の人には共感されなかったんだと思う。
だってみんな授業受けてたもん。
しっかり受けてたよ。
がっつり周りと同じ行動して授業を受けていたよ。
だから俺の行動は先生や親からは絶対に理解されない。
絶対に怒られる。

その当時の周りの親や先生は絶対に正しくないと言っていたけど、俺は今になってもあの時やった行動は良かったと思ってる。

別に人と比べる必要はないんだけどね、ただ遊んできたことで、いろんな世間からダメと言われてきた悪さとかたくさん経験したからこそ得た感覚。誰かに勝ってるとか負けてるとか、頭が良い奴が上だ下だなんてことを言いたいわけではなくて、勉強を取らなかった俺の人生はこんな感じになったってことを書きたいだけ。

まっ後々バカで無知な俺は社会に出てからめっちゃ**世間の常識**で苦労することにはなるんだけどね。

若いうちから買ってでも苦労しろ、っていう言葉

あとで話すけど俺生まれてから30歳までずっと貧乏だった。生まれてからずっと。

俺の周りの大人達がよく「苦労は10年以上経つとくそ楽しい話に変わる」って言っててさ、これね、マジでそうなったよ。俺は30年貧乏だったけど、どの先輩や大人でもいまだに苦労話を楽しそうに話してる。

そしてついに38歳になった俺も、いつのまにか苦労話を楽しんで話す側に回ってしまった。

よくさ、「若いうちから買ってでも苦労した方がいい」って言葉あるでしょ。今はめっちゃわかる。苦労した方がいいマジで。これは本当に心の底から思う。俺は自然に苦労することができてめっちゃ良かったと今は思ってる、今ね。

ただ俺は、俺の苦労の定義は、地道に地味でめっちゃ面倒くせぇことや、仕事だけじゃなく誰でもできる掃除や挨拶、感謝とか当たり前のことを毎日やり続け、それが10年以上やり続けた時に初めて苦労と呼べると思っている。

苦労って誰でもできるもんなのに誰でもできてるわけじゃないからねこれ。

あと人それぞれ苦労の価値観もあるからなんとも言えないけど、苦労ってなんだろうね。我慢、忍耐、感謝、一生懸命、継続？　みたいなものをうわーって固めて10年以上熟成させたものって感じ。

ワインもそうだよね、深くて重めのワインって結構歴史があるものばっかだし。時間の長さや作り手の想い重さで味とか全然変わってくる。人もワインも外見ではみんな一緒で判断できないけど、栓を抜いて匂いを嗅いで飲んでみて、やっと差がわかるというか。

苦労こそ人間の渋み極み。

楽しさ、楽なことばかりの毎日って逆に暇だし刺激ないからくそつまんないだろ。だってやりたいことしかないんだから。

てかなんで急にワインに例えたんだ……わかりづらいし伝わんないだろこれ。

人生はタンニン濃いフルボディ感、きっと深さを伝えたかったんだ。

裏切り上等。最後は路頭に迷い恨んで死んでやる

小学生くらいから芽生えたか……。

ピークは中学と高校、自分が持っていなくて、人が持っているものは全て「いいなぁ」、なんで俺は持っていないんだ、なんでこんなに俺は可哀そうなんだと悲劇のヒーロー化してた。

周りはゲームや流行りの服、新商品のお菓子やジュース、友達とファストフード店に行って好きなものを好きなだけ買って食べたりとか、何にも努力せずに手に入れやがってと、いつのまにか妬み、僻み、恨みながら生きるようになっていた。

人の心をとことん弄んで、ムカついたら喧嘩して、誰にも心なんて開かず全員敵や的だと判断し生きてやるって。俺はわかってた、非常識でくずでメンヘラになっていることを。

ただ当時のテレビに出ているアイドルや夜のお店のホストやホステスと俺の行動や言動、思想はあんまり変わらないと思ってる。もしくは俺の方がまだマシだとさえ感じている。

アイドルは「彼氏いませーん！」「彼女いませーん！」って平気で嘘ついて活動しているからね、「アイドルは恋愛禁止！」とか聞いたことあるでしょ？　裏ではバンバン恋愛していたらそれはどうなるの？

しかもそっから5年後とかに「実はお付き合いしておりまして……」とか言って結婚するアイドルめっちゃいたでしょ？　あれ5年とか10年とかファンのことを騙してることになると思うんだけど。

その間にグッズ買わせて、会えるかも見たいな雰囲気出して、握手会とかいろんなものに金ツッコませて、終いには心だよ心、ファンの心踏みにじって。最後の最後に急に「結婚します」とか言って終了。ファンも「えっ？」で終わり。

ホストやホステスも好きじゃないのに好きなふりをする。

当たり前のように「好き」とか「会いたい」とか言う。

居心地が良い空間を提供する？

時間を忘れさせてあげる場所？

心を満たしてあげる場所？

はっ？

人の心奪いまくって、結局は弄んでその気にさせて、ただ金ツッコませてるだけだと思ってる。

ただそれが良いって思う人間が通ってることで、ビジネスが成り立ってるから別に俺はいいんだけどね。ただ世の中なんてそんなもんだろってことが言いたくて。

まっ俺も真面目な心と歪んだ心が存在していた。


嘘つきまくって、裏切って裏切って裏切った未成年時代。

金が無いのをいいことに、貧乏に生まれた家庭という理由をいいことに、みんなから可哀そうだと思われる為に、自分で自分も、俺は可哀そうな生き物なんだと。

こんな感情がいつまで続くのか、一生こんな生き物として生きて死んでいくのか。全てを疑い、信じるなんていう言葉がくそ嫌いで、辛ければ逃げ出し、人に流され、それがいいと思ってた。

いろんなことに向き合うまでにはかなりの時間がかかった。

疑っている時の自分が一番自分らしくいられた。

でも人には熱さがありその熱さを感じることができた。結構後半になってから俺は本物の熱さを知った。ほとんど辛いことしか覚えてないけど、あの時、あの場所に戻ることはもう二度とないから。


正しいと思えないことがたくさんあって、納得いかないことがたくさんあって、家に帰ればいつも愚痴ばっか吐いて、泣いて、叫んで、暴れまくって、それがいいしそれでいいと思っていた。だってそれしかできねぇんだから。

諦めないだとか、優しさだとか、強さ、愛、願い、信念だとか、人を信じる意味とかは結構人生の後半になってわかってきた。諦めないことの意味を教えてくれた。

これまでの人生は夢で、今は夢から覚めたのか、それとも今もまだ夢の中で、決してこの夢は覚めないままなのか、マジでとんでもない光と影の人生な気がして、こんな経験普通じゃねぇよなきっと。


生まれた時から貧乏、小学校、中学校、高校も貧乏、20歳になっても貧乏、20歳でレジェンドプロモーションという会社に出会い、夢を語り、夢を実現する為にくそ働いて、俺の大好きな睡眠を削って、俺の大嫌いな他人の為に何かをするという行為もくそやりまくって、人の代わりに謝罪したり、人の代わりに働いたり、人の代わりに金払ったり、駆け抜けて駆け抜けてやりたくないことたくさんしまくって、我慢しまくって耐えまくったのにずっと貧乏。むしろ貧乏は悪化。

生活できないから借金や人から同情してもらって金も貰ってさ、金借りるたんびに俺という人間の価値がどんどん下がっていってる気がした。底辺野郎って感じ。

はっ？

なんで俺に貧乏というものはずっとつきまとい、放してくれねぇのか、なんだよ貧乏って。金ってなんだよ。

なんでこんな紙切れで世の中争ってんだよ。

なんで俺もそんな紙切れ追っかけまくってくそみたいなことしてんだよ。

世の中は金だよ、世の中上級国民の為に成り立っている。俺はそんな奴らの為に働いて働いて死んでいく運命。だったらくそみてぇなことしてやるよバーカ。

どうせ何やっても勝てねぇし、覆らないんだろ。生まれた時からもうハンデはくらっていて、平等ではないんだろ。

そんな人生上等だよ。裏切り上等、最後は一文無しで路頭に迷い恨んで死んでやる。

くそったれが！！！！

第２章 ここに来て本の趣旨

はい、ちょっと刺激が強かったですかね？
ここまで読んで頂きありがとうございます。一旦休憩です。

初の本、どうですか滑り出し？
インパクトありました？
やっぱりインパクトは大事ですからね。
でも疑問多すぎるし感情がめちゃくちゃだったから読んでて疲れましたよね？
ここで一旦落ち着きますね。

私にとってレジェンドプロモーションという会社は、出会えて最高に良かったと人生に光が差した、かけがえのない存在です。人生を変えてくれた場所。
20歳でレジェンドプロモーションに出会い、そして今日という日まで、これからの私の人生は死ぬまで**人生そのもの**だと言い続けると思います。
最後まで読んで頂ければ幸いです。

私はこの会社が最初はとても嫌いであり、今はとっても大好きだということ。

いろんなことを教えてくれた一生の宝物です。

「山田さん人生楽しいですか?」。いろんな人から聞かれることがあります。

この質問は私にとって、「レジェンドプロモーションという会社は楽しいですか? 仲間は最高ですか?」と聞かれているように聞こえます。


当時20歳の時、私は今の社長に誘われレジェンドプロモーションに入りました。

私が一緒にやるきっかけは至ってシンプルで、当時同い年では稼げないお金を稼げるかもしれないという夢を見せて頂いたことです。何がしたいかなんて夢は無く、無いわけではなかったのですが、ざっくりしすぎていて浅はかなものしかありませんでした。漠然と、

「芸能人になりたい!」

「歌手になりたい!」

「お金持ちになりたい!」

せいぜいそんなところです。

私は会社に入ってから約５年間、正直「働いていてとってもつまらない」という期間、気持ちの方が強かったかもしれません。

１年目は何をして良いかわからない時間が多く、自分から何か作り出すというよりかは、社長がとってきた仕事を淡々とこなす日々がほとんどでした。

自分で何かを考える、生み出すなんていう能力は皆無でした。本当にこの会社は大きくなるのだろうかと常に疑問を抱き他人事で働いていました。


私の少年時代は尊敬できる人もいなければ、信頼できる人も誰一人いませんでした。そもそも見つけようともしていませんでした。

全てにおいて自分中心に世界が回っている。自分が常に正しい。そして性格も誰よりもネガティブマインドで、人の挑戦をすぐ否定したり侮辱したりしていました。

そのくせ私は自分から行動するより誰かが作り上げたレールに乗っかり生きていましたし、人と話すことも大嫌いでした。

だって人と話す意味は？

なぜ仲良くしなければならないのか？

他人と比較して何が生まれるのか？

考えれば考えるほど人に興味が無くなっていきました。

この感情は小学生くらいからちょっとずつ芽生えはじめ、中学、高校では自分をわかってくれる人が一人二人くらいいたらいいな程度。別に一人もいなくてもいいとさえ思っていました。

少年時代は貧乏だったこともあり、当時はただただお金持ちになりたいという気持ちが強く、夢を見たくてこの会社に入りました。

お金があればそこから夢が見つかるかもしれない。やりたいことが生まれるかもしれない。とにかくお金がまず最優先。とにかくお金を手に入れたかったことで、社長と一緒にやることを決断しました。

どんな事業をするのか、どんな会社にしたいのか、最終的なゴールも当時は不明確のまま私は突っ走ることを決意しました。

会社を始めた頃は、当然お金は無く、仕事ももちろんありません。

そのころ柏で一人暮らしを始めたのもあり、家のカーテンやら布団やら、貧乏家庭ですらあったであろう普通のものが自分では買えない。

食べ物もカップラーメンが最高のご飯。1か月に一度だけ牛丼屋で並盛を頼み、白いご飯の上に紅ショウガをたっくさん載せて、最後はお味噌汁でお腹を膨らませる、最高の瞬間でしたね。まぁそれくらい生活は常にギリギリでした。

毎日出社してもできたてほやほやの0歳の会社にルールがあるわけでもなく、何をすれば良いのか？

どうすれば仕事が取れるのかもわからない日々が続き、あんなにお金持ちなりたいと思い決意してやると言ったにも拘わらず、わずか半年で心が折れかけました。


私はそれまで仕事も恋愛も長続きしたことが無く、ちょっとでも嫌なこと、思い通りにならないことがあれば投げ出し逃げていました。そして毎回、

「何で俺がこんな思いをしなければいけないのか」

「なぜ俺の思い通りにならないんだ！」と、人や環境のせいにして自己中心的な考えで生きてきました。


1回やると決めたことに対し、基本私は逃げ出す傾向が多かった人間。

だから今回は成功するまでやってやると心が折れそうになる度に言い聞かせました。

何度も何度も言い聞かせました。メンタルも弱かったので、とにかく言い聞かせました。


不安定な毎日もあっという間に1年が過ぎ、2年目になると「本当にこの会社は大きくなるのだろうか」と思っていた気持ちが、いつしか社長や誰かに頼っていた考えだと気づき、「この会社をでかくしたいのか、それとも潰したいのかは自分次第だろ！　やるしかないだろ」と思えるようになり、私は、自分自身を説得、納得させる為、帰る（逃げる）場所があっては腹が決まらないと思い、自分なりに本格的に行動しました。

2年～3年目の23歳の年に、19歳から始めた千葉県柏市で一人暮らしをしていた環境から、レジェンドプロモーションという会社がある豊島区の池袋に引っ越しました。

自分で逃げ道を無くし、成功するまで地元には帰らない。この会社で一生やっていくのだと改めて決意し自分に言い聞かせました。この決意、決断は私の人生にとって、とても重要な選択となりました。

4年～5年目からはその決意で流れが変わったのか、徐々に仕事が増え、いろんな仕事を経験するようになりました。たくさんの経験ができましたが、でもそれでもそもそもやりたいことではなく、やりたいことも特にその時は無く、感情もあまり無く、ただただ目の前のことを一生懸命やっていました。

次第に仕事が増えると今度は時間が無くなってきて、休みも少なくなり、なのにお金は増えず、お金と時間が無い生活。決意したのになんか常に満足いかない日々が続きました。

この1年目～5年目までは、私の中で心が鬼闇の5年間と勝手に呼んでいます。

若いという理由もきっと大きいと思いますがとても辛く、いろんなものを失い、変な覚悟もしてしまい、とにかく思い出したくないくらい自分の中で嫌な5年間でした。

この先どうなるのか、自分自身「大丈夫！　きっと成功する！　成功させてやる」と言い聞かせて働いていてもどこか「本当に大丈夫だろうか？　このままでいいのか？」と。

周りの同じ年代は大手企業でどんどん出世して、ボーナスも休みも増えて、とにかく周りがイキイキとしているように見えました。何より会社に守られていることに羨ましさを感じました。

ベンチャーの場合、守ってくれる人は当然いませんし、良くも悪くも親の目線や世間体、「何の会社で働いているの?」と聞かれても答えられなかったし、私自身何の仕事をしているのかわかっているつもりがわかっていなくて、自分がやっている仕事がなんなのかを人にうまく説明もできなかったのです。

設立当初の私の名刺も、部下も部署も無いのに部長でしたし。

お金が無かったことが大きな理由なのか、我慢せず好きな時に好きなものを好きなだけ買いたい、食べたい、手に入れたい。なのになんでこんなにも働いているのにこんなひもじい思いをしなければいけないのか、買いたいものも買えず、食べたいものも食べられず、なんでこんなに我慢をしなければいけないのか。

私の人生は我慢することがとても多かった。そして我慢することが本当に大嫌いでした。

やりがいのある仕事もたくさんありましたがぱっとせず、このままずるずる生きていくのかな、この会社と一緒に俺の人生も倒産するのかな。私の心はどこか常に、抜け出せない真っ暗なトンネルにいるようでした。

ちょっと話は変わってしまいますが、レジェンドプロモーションという会社はアウトソーシングをメインとしている会社でスタートしました。

人材を雇用し、得意先から「商品を販売してくれ」と言われれば、現場に立ち商品を販売する「新商品が出るから研修をしてくれ」と言われれば、事前に情報を頂き勉強し、人前で講師として立つこともある。お店の数字が伸び悩んでいれば、コンサル業務も行う。

約18年経った今「レジェンドプロモーションの強みは？」と聞かれたら、過去18年の実績から「人間らしさ、正しさよりも嬉しさを追求する会社」と得意先に自信を持ってお伝えしています。

独自のノウハウ（話術やマインド等）ももちろんございますが、人間らしさがレジェンドプロモーションの強みです。


話は戻しますが、6年目から私の考えに変化が起きました。

今までの努力が6年越しで実り始めるのです。まずは結果がお金として表れ始めました。いやらしい話、私はホントにお金が第一であった為、稼げるようになってからちょっとずつ「楽しい」と思えるようになってきました。

後輩にも恵まれました。体を休む時間も増えだしました。

単純ですが、お金に余裕があると、こうも考え方が変わるのかと、お金は恐ろしいものだと改めて感じました。

お金に殺される人、お金で殺す人はこういうことなのか、いろんな考えはありますが、私の中でお金とメンタルは常に一心同体なのだと学びました。お金を稼ぐことの難しさ、有難さ、レジェンドプロモーションは道徳だけでなく、お金の使い方も教えてくれました。

現在、会社を始めて約18年。「山田さん人生楽しいですか?」と質問をもらったら、「この会社は最高に楽しい」と答えます。

私が歩んできた道は、決して楽にお金を稼ぐことはできない道のりでした。

いつになったら成功するかもわからず、どこまでいったら成功かもわからず、目の前のことを一生懸命生きていたら、いつのまにか人と人との繋がりが増え、私に協力してくれる人が現れ、私を認めてくれる人、賛同してくれる人が一人ずつ増えていきました。

一人では絶対に味わうことができない、とんでもない思いを経験することができました。

まさに井の中の蛙大海を知らず。

人を大事にしてきたことで、感謝することで、身になった結果がレジェンドプロモーションです。だから「最高に楽しい」と即答します。


私の勝手な持論ですが、仕事が楽しくなければ、人生楽しくないと言っているのではないかと思うほどです。

どうすれば自分自身で楽しく仕事ができるのか、誰かに楽しくしてもらうものではなく、自分で楽しむ方法を見つけなければいけないのだと感じています。

私の生きがいはレジェンドプロモーションです。読者の皆さんも是非今のレジェンドプロモーションに興味を持ってもらえたら嬉しいです。素敵な人の集まりの会社ですよ。

この会社を通して出会えた人、今の社長に出会えたことに感謝と、選んだ自分の選択、そして今の職業に就けていることに、誇りとプライドを持っています。もちろん6年目から芽が出始めて徐々に結果が出たから言えるのであって、もしあのまま7年、8年と全く結果が出ていなかったら、私の心はボロボロになって、こんな発言はできていないし、むしろ路頭に迷っていたかもしれません。

簡単ではありますが、冒頭ではこの辺で締めたいと思います。

ここからは、私の感覚、私の言葉遣い、情景を思い浮かべながら、さらに自分らしさでこの本を書いていきたいと思います。言葉遣いがさらに汚くなったり「表現ヤバ！」って思われるかもしれませんが、私の為の本なので、予めご理解頂ければと思います。

レジェンドプロモーションの山田です

俺の名は山田哲也（やまだてつや）。

1984年9月20日、千葉県松戸市の馬橋というところで生まれた。

2022年の現在38歳。おとめ座、AB型。

俺は今猛烈に本を書きたくなっている。本じゃなくてもいいかもしれない。でも本にするってカッコいい。

俺の中で1冊くらい自分の本があってもいいんじゃないのかと思い、書きたくて書きたくて書きたくなったからまずは行動。

俺ってさ、自分の記憶は曖昧で、俺が大事にしている大切な言葉や頂いた言葉、なんらかの出来事で時として忘れてしまうかもしれないと思ってる。めっちゃ良い言葉を貰ったり、たくさんの経験をさせてもらったのよ。

例えば俺って、「冷やし中華始めました」みたいな軽いノリで、20歳の時に会社始めた経験があったり、マジで死にたい！　人生くそつまんねぇマジ全員どっかいけーって思って、でも全員どこもいってくれないから俺がもう死んでしまおうってメンヘラみたいに思った経験があったり、ど貧乏という環境なだけで親とか友達とか世の中とか何もかもが嫌になった時期とか。

自分さえ良ければいい、自分だけが幸せになればいいと思っていた感情がさ、こんなくずだった俺が今は、てかこれからの人生一生なんだけど、人の為に、会社の為に、家族の為にこの命使っていきたいという感情に変わったりとか。俺なりに波乱万丈生きてきたわけよ、俺なりにね。

今の俺が俺でいるのはたくさんの出会いや言葉、経験。だからこそ、俺にとって正しいってことよりも嬉しいって思うことをどんどん言い伝えていきたい。言葉やもの、映像、人を残していきたい。

たかだか38年でって言う人もいるかもしれないけど、俺にとってはされど。だから決して忘れたくない。

これから先もたくさんの出会いや言葉が貰えるとしたら、現時点の記憶をアウトプットし、自分の脳みそを1回リセットしたいと。自分自身で何度もこの本を読み返す為に。

だって誰にも奪うことができない俺だけの最高の思い出という財産でしょ。忘れない為に、今俺が持っている財産をここに書き記す。あくまでも自分の為に。それが、俺がこの本を書いた理由。

なんか死ぬみたいだね。でもそれくらいの気持ちまで行きついたんだよね。

今この瞬間を燃焼する為にも過去は全て受け入れていきたいから。ただこの本はあくまで俺の為だからね。本文の内容はポジだったりネガだったり、言ってることがどっちだよ！　みたいに矛盾してるわって思うこともあると思うんだけど、それは意図的だから許して。

ちなみに、**出会う人や知識、経験でいくらでも立場は変わる、**これはマジで最初に言っておく。

幼稚園の記憶

千葉県松戸市の馬橋駅ってところ知ってる人いるのかな。結構マイナーな駅だと感じている。栄えているイメージはないね。近くに松戸駅や柏駅という栄えた街に挟まれた駅。それが馬橋駅。

俺が未成年時代生まれ育ち、遊んだエリアは松戸駅、北松戸駅、馬橋駅、新松戸駅、北小金駅、南柏駅、柏駅周辺。電車の駅もこの順番で茨城の方に続いてくんだけど、こうやって並べても馬橋駅だけ飛びぬけて知られていない気がする。

そもそもウマバシ駅じゃないよ、マバシねマバシ！

まっそのマバシってところで生まれ育った話をまずはサクッといこうかな。

幼稚園で唯一記憶に残っているのが、年長の時の担任の先生がとても素敵な優しい先生だったなーってことと、みんなの前で「てっちゃんはなんの食べものが好きですか？」と先生からの質問に対し俺は「煮ものーー」って叫んだんだよね。そしたらみんなから笑われた。

おかんが言うにはほかの友達はハンバーグ、カレー、オムライスみたいなこと言ってたみたいで、俺だけ煮ものって言ったからおかしな空気作ったたっぽいんだよね。

幼稚園の記憶はこれくらい。そっからすでに貧乏感は出ていたのかな、全然覚えてない。

16歳、初めてのコンビニバイト

突然16歳のコンビニバイトの話。今の馬橋はどうなっているんだろうか。

馬橋駅降りて（八ヶ崎方面の出口）まっすぐ進むと左がS字カーブになっていて、そのカーブを曲がりきったところの右側に俺が働いていたコンビニエンスストアがあって、向かいには八ヶ崎方面行きのバス停（今あるかはわからない）があった。

俺は高校入学式の日、入学式が終わって家に帰る前に、そんなめでたい大事な日の帰り道にそのコンビニに行ってアルバイトの面接をしにいった。

おかんとアパートで二人暮らしをしていて、おかんは働きながら母子手当も国からもらってたんだけど、それでも足りなかったからっていう理由で。んで面接してくれたそん時のオーナーがめっちゃ良い人ですぐ採用してくれた。俺が貧乏なこととか伝えたらその日に破棄の弁当いっぱいくれた。毎回バイト終わりに「破棄の弁当1個持って帰っていいからな」って言ってもらえるほど。

でも俺1か月くらい経って仕事内容ほとんどマスターできるようになったんだけど、調子こきまくってオーナーにこう言った。

「もっとお弁当貰えますか？」

「……あーじゃあ今日はお弁当以外におにぎりも持っていっていいぞ」

「まじっすか？　えっあそこにあるパンとサンドイッチもダメですか？」

「まぁじゃあ賞味期限切れているし、どのみち廃棄するから1個ならいいよ！」

ってズカズカとおねだりしてたくさん貰って帰った。俺はその日の夜に全て食べきることができないくらい貰えたから、次の日学校のお昼に食べようと思って弁当やらサンドイッチとかを学校に持っていった。お昼になってサンドイッチや弁当を食べていたら、一人の同級生が俺に近寄ってきて「そのサンドイッチ一口ちょうだい」とか、「その唐揚げ弁当マジでうまいよね？」とか言ってきたから、から揚げ1個あげたり一口あげたりした。そしたらありがとうって言ってきて急に１００円くれた。

俺はそんとき「えっ１００円くれるのマジ？　マジかやったー！　これ廃棄の弁当で俺は1円もかかってないぞ。これはまた俺がサンドイッチとから揚げ弁当をコンビニで貰って持ってきてそいつにあげればまた１００円貰えるかもしれない」って思った。

そこでまたコンビニのバイト終わりに店長やオーナーに、

「また破棄の弁当があったら欲しいんですけどありますかね？」

「あーあるよ、一つなら持っていっていいぞ！」

「あっ、ありがとうございます。ちなみに僕もっとシフト追加したり、サービスでちょっと長めに残業したりすることもできるんで言ってください。誰か急遽働けないとかシフトに穴が空くようでしたらまず自分に相談してくれれば働くこともしますんで」

「ほんとか？　ありがとう！　それは頼もしいな！」

「いや全然大丈夫です。ちなみに店長今日なんですけど、から揚げ弁当以外にまたサンドイッチとかおにぎりを貰うことってできますか？」

「おぉ全然いいよ！　これは俺が貰おうと思ってたおにぎりとサンドイッチだけど嬉しくなったから山田にやるよ！」

「マジっすか！　ありがとうございます！」


また味をしめた俺は次の日学校に持っていった。だって飯より俺は金が好きだったから。金が欲しかった。廃棄の弁当を金に換えてやる。たとえ１００円でも50円でも。でも次の日その友達は何も言ってこなかった。だから俺から近づいて、

「またから揚げ弁当持ってきたけど1個いる？」

「あっこないだはありがとね。いやてっちゃんのお弁当だからてっちゃんが全部食べな。こないだは1個貰ってごめんね。めっちゃテンション上がっちゃってさ」

「そっか、もし食べたい時は言ってね。俺コンビニで働いているんだけど、賞味期限が切れたお弁当オーナーに言うと貰えるからさ」

「そうなんだ、いいなぁ。うんわかったありがとう」

そっから廃棄の弁当をそいつから金に換えることはできなかった。だから俺は違う奴をターゲットにしてお声がけするようになった。あんまり言えないけど、そっから結構な確率で成功を収めた。


どんどん読むとわかってくるんだけど、俺普通の人よりというか一般家庭と比べて貧しくてね、それでちょっとでもお金にできる方法は無いかと考えて考えて行きついたところが、廃棄の弁当を貰って友達からご厚意でお金貰うっていう……。○崎弥太郎か！　いやいや○崎弥太郎に失礼だわ。まっこん時から商人みたいなセンスはあったんだろうね。

ただ普通に配っても基本はありがとうで終わってしまって、お金くれることは基本ない。でも捨てるくらいならみんなで食った方がいいよね。今でいうSDGsだよ、貧困な俺が自分で自分の貧困問題をこの廃棄弁当で救って解決してたからね。

賞味期限もさ、あと3日なら通常価格、あと2日になったら30％減、あと1日なら50％減、その日が賞味期限なら90％減の10円でいいよみたいな、最初っからさ、閉店間際とかじゃなく作る段階からプライス5通りくらい作って売ればいいのにって思うよ。

買う側も今日食べるのか、明日食べるのか、明後日食べるのかのタイミングがあって買ってるわけじゃん。だから最初っからそういう消費者の目線に立てばもっと廃棄を減らせるんじゃないかと思う。

だって捨てるのってマジもったいないよね。今そういう取り組みをやってる食品会社ってどれくらいあんのかな。これ「作る側の責任なんだから自分達でしっかり責任持って食えよ！」って思うけどね。

責任取れなくて、でも自分達でも食えなくてみたいになって捨てているなら、こんだけ何十年も同じようなことやってんだから、データもちゃんと取ってもう必要以上作るんじゃねぇよって思う。どんな目線で言ってるかわからんけど。作る責任ってどの業界もすごい重大なことだと思う。

コンビニのバイトは1年弱やったかな。俺結構真面目で素直に働いていたからパートのおばさんや先輩に気に入ってもらえてたんだよね。気に入ってもらえてたからって、廃棄の弁当を貰い過ぎたのはかなり図々しかったけど……。

レジ打ち、品出し、検品、掃除、お中元やお歳暮、あと季節もの（例えばおでんとかアイスクリームとか）とか、今思えばコンビニでも結構業務の内容多かった気がする。

一番好きだったのはレジ打ち。誰よりも1000円って打つの早くて自信あった。お客さんのほとんどが1000円札出してくるから、自然と1000円って打つのが得意になってくるんだよね。

あと袋詰め、あれは奥深いね。最初はただ入れるだけだったんだけど、慣れてくるとどんな商品や数だったとしても綺麗に入れたくなってきて、辞める直前なんて袋詰めマスターみたいになってた。結構な確率でおばさんのお客さんとかに褒められたことある。「うまい！　そこにヨーグルト入ったかぁ」とか、「袋持った時に崩れないね、お兄ちゃんさすが！」とか。単純に気持ち良かった！

あったかいものと冷たいものは、俺は分けて入れてほしい人だったから、まずは俺の感覚がどこまで通用するか試してた。ほとんど俺と一緒だった。

ただお客さんによっては「あーいいよいいよ、あったかいのも冷たいのも全部一緒に入れちゃって！」って言われて、でも「あったかいのと一緒でいいんですか？」って聞き返すと怒られることが多かった。

「別にすぐ食うからいいんだよ！　それよりも早くしろ！」って。でも中にはくそアツい弁当の上にアイスの○リガリ君のっけた人もいて。さすがに溶けんだろ○リガリ君だぞ。○リガリ君が入ってるあの袋がどれだけ薄いかわかってないだろ？

すぐ溶けて棒から落っこちるのお客さん大丈夫なのか？

右下か左下の角が溶け出してポタポタやられるんだぞ。想像できてるか？

どんなペースで弁当とガリガリ君食うんだよって逆にこっちが思ったりして。

まっお客さんが良ければいいんだけどさ。それでもいまだに○リガリ君は別だろって思ってる。

あとお客さんがお店に入るたびに「いらっしゃいませ」、出る時は「ありがとうございました」って言わなきゃいけないんだけど、特にオーナーや店長達も挨拶はしっかり大きな声で言いなさいって言ってたから、最初は大きな声を出すの恥ずかしくて小さい声で挨拶しててさ、もちろん「声小さい！」って怒られてた。

だって恥ずかしいだろ16歳のピュアな俺が、知らない人に毎回「いらっしゃいませ！」って。しかも別にいらしてもほしくないし。

でもどうせ言わなくちゃいけないんだったら、これでもかっていうくらい元気な声で言ってやろうって思って言い出してみたり、さらにプラスアルファで「おでんが今できましたー」とか「肉まんが今できましたー」とか、結構スイッチ入れてでき上がるたんびに声出ししてた。

そしたら一緒に働いているパートのおばさんに「うるさい！　そこまで言わなくていい！」って怒られた。確かにそんなこと言ってる人は俺以外誰もいなかった。

てかコンビニでもなんでもそうだけど態度が悪いお客って結構いない？

俺が働いていたコンビニにも結構いたのよ態度悪いお客が。お客様感をクソ出してくるのよ勘違い野郎が。レジに弁当持ってきて俺が「いらっしゃいませ」って言ったら「これあっためろ！」ってタメ語で言いだしてきて、そんで早くしろ早くしろって焦らすのよ。焦らすくせに弁当あっためるからねそいつ。初対面とかお店の人にタメ語使う奴の神経がわかんないんだよね。意味がわからない。失礼じゃない？

まっ俺もその神経の人だった時期はあるんだけれども……。

まっいいやコンビニのバイトはなんだかんだめっちゃ楽しかった。最初時給680円からスタートして、720円くらいまで上がった気がする。メッチャ安かったけど廃棄の弁当貰えるし、高校の友達も遊びに来てくれたりとかして、バイトが終わったあと友達と廃棄の弁当を公園で食いながら恋愛の話したり昔の話をしたりしてた。

特に冬の寒い時期はおでんを買って公園で食べるのが楽しかったな。

おでんは容器におつゆをたくさん入れて、卵と大根、牛串を頼んで、最後は卵の黄身をおでんのおつゆに溶かして飲み干す。これがたまらんかった。

飲み物はミルクティーのホットの缶缶（カンカン）。やばいねうますぎた。

あと100円のパックのコーヒー牛乳やイチゴオレも最強にうまかった。

あいつを見るといつでも過去に戻ってしまう。100円で500ミリリットル入っててあんなくそうまい飲みもん飲みながら語ったら最強に最高でしょ。今は太るから飲まないけど青春の飲み物だねあれは。

まっこんな感じでコンビニのバイトは1年弱で辞めた。

俺がお金を稼がせてもらった初めての仕事。タイムカードだの、研修マニュアルだの声出しだの品出しだの、いろんなルールや仕組みがあるんだなーって感じてたな。

段ボールのバーーーンっていう音

コンビニの次に始めたバイトが、段ボールの中にポテトチップスとかチョコとかのお菓子が大量に積んである倉庫があってさ、その倉庫作業の仕事。でっかい倉庫の中にポテトチップスとかせんべいとかが入ったでかい段ボールがめっちゃ上に積み上がってるのね、めっちゃ高いよ。20個くらいは積み上がってた気がする。

それを上から取らないといけないんだけど、6個から7個目くらいから一気に持ち上げないといけないからバランスと力の両方を兼ね備えてないといけなかったんだよね。毎回掌で棒を立てて歩く的な感覚。

なんつーんだろとにかくジェンガみたいなポテトチップスの柱がくそあった。んでその段ボールを1個1個検品したり、伝票通りに緑のカゴ車とか呼ばれていたカゴに隙間なく綺麗に入れて、んでそれをトラックに積んでいくっていう流れ作業。

これは結構すぐ辞めたね。2か月くらいで辞めたのかな確か。家から遠かったのと、バイト中誰とも話さないしおじさんしかいなかったんだよね。

とにかくひたすら段ボール検品したおして終わったら帰るっていう。まずつまんない。冬の倉庫の中寒すぎるし。むかついた時はその段ボールを殴って蹴って穴空けてストレス発散してやろうと思ったけど、何度も踏みとどまって。

自分で買った商品の話だけど、家に段ボールに入った商品が届くと必ず、ガムテープ張ってるところの真ん中を思いっ切りぶん殴ると気持ち良く二つに開くんだよね。しかもバーーンっていう音も快感でさ、気持ち良かったなあれ。バイト中腹立つとそれ何度もやりたくなってた気がする。

そして次にバイトしたのがファミリーレストラン。これはマージで良かった。ファミレスの話はまたどっかのタイミングで話すとして……

高校卒業後就職したイタリアンレストラン

高校卒業後、まだ柏で一人暮らしする前の話。俺は高校卒業後ファストフード、居酒屋、イタリアンレストランを社員として点々と勤務した。でもくそつまんなくて全部すぐ辞めた。心が弱かったから嫌だと思ったらすぐ辞めてたな。

その中でもイタリアンレストランの正社員だけはめっちゃ楽しかった。西葛西駅下りて徒歩

5分くらいの場所にあった。当時の店長がめちゃくちゃ優しくて人が良くてめっちゃ可愛がってもらった記憶がある。店長の家を泊まらせてもらうほど。

社員はホールもキッチンも全てできないとダメだったから料理もたくさん作った。ニンニク、カルボ、グランキオ、イカツナ、カラマリ、パッパルAB、アフォガードとかくそ好きだったなー。単純にうまい！


ただその中でもピザ。カルツォーネなんて綺麗に膨らますことができるまで、めっちゃ時間かかった。

ピザで思い出に残ってるのは、ピザの生地をイースト菌から発酵して作る作業があってさ、店長からメッチャ丁寧に一から優しく教えてもらった。こねる時間や入れるタイミング。難しいからこそ時間をかけて丁寧に教えてくれた。

やっとの思いで生地ができてもそっから今度は一定の薄さや円形にして具材の統一感や窯の焼き加減から。とにかくピザ1枚作るのにとんでもない神経と時間と労力がかかった。

おいしく食べてもらいたい、満足してもらいたい、「うまい！」って言わせたいっていう気持ちが無いとできないあれは。


あとこれが一番凄かったんだけど、店長が作るグランキオって呼ばれるワタリガニのトマトクリームスパゲティやカルボナーラは格別にうまくて、社員の間やアルバイトで働くスタッフも全員うまいうまい！　これはやばいっていうほど！

今でも俺の中で永遠に1位かもこればっかりは。

だから俺も「こんなうまいスパゲティを作れるようになりたい！」って思ってめちゃくちゃ頑張ってた。まっいくらやっても店長が作る味にはなれないまま辞めてしまったんだけどね。

みんなに店長が作ったパスタと俺が作ったパスタを、名前を出さず食べ比べしてもらっても、毎回俺が作ったパスタに票は入らず毎日悔しい思いをしてた。「なんでだよふざけんな！」って。でも自分でも食うんだけど間違いなく俺のはうまいけど負けてるってすぐわかった。うまいよ⁉　うまいとは思うけど確実に負けてる。


高校3年間は入学式当日からコンビニのアルバイト1年弱やって、その次に倉庫作業、またファミレスみたいな感じで何かしらのアルバイトをしてた。

単純に働かないと生活できないレベルだったから。部活は何も入ってない……入れないよ。

高校2年くらいの時にファミレスに出会い、このファミレスがめっちゃ楽しかった。

そのファミレスが高校生活の大半だったんだけど、そこで俺が同僚のアルバイトに作るまかないの評判がめっちゃ良かったから、普通の人より感覚や味には自信があった。

自慢なんだけど、結構感覚含め仕事できる方だったから平日の夕方17時～21時の4時間俺一人でキッチン回すシフトが多かったんだよね。当時の店長が「山田全部できるじゃん、いいね！」って気に入ってくれたのもあるんだけど、「山田一人で回せるでしょ？」みたいなスパルタ要素もあって、俺も「別に一人で捌けるよ」って強がって。

今思えばただただ人件費削りたかったんだろうな。時給交渉しとけば良かったなあれは。

話は戻ってとにかく料理には自信があったんだよね。だからすぐパクッて超えられると思ってたからパスタ作れない俺のプライドやばかったな。

超えられなかった一番の難しさは塩加減とパスタの茹で加減。

茹でた麺のやわらかさ？　硬さ？　絶妙な歯ごたえ、アルデンテ的な。

全て店長は感覚でやる。しかも毎回何回作っても同じ味！　たまに俺も同じ味になったりするんだけど、**常に**ができなかった。

あの人はマジでヤバイ。無口でシャイでマジで良い人！　人間性だな多分。料理はやっぱ人間性で味が変わると思う。今でも思ってる。誰の為にとか、その人を考えながら作ったりすると明らかに差が出るよね。俺はそう思ってる。辞めてからもやっぱあの味が欲しくなって何回もお店も行ったな。

あー書いてたらまたグランキオ食いたくなってきた。マジで西葛西、いや店長だね間違いなく。まだ辞めずにいるのかな。あの人が作ったパスタがマジで一番うまい本当に！

高2、17歳のファミレス

このタイミングで話そうかな。

17歳〜18歳ファミレスでアルバイトをしてた。ファミレスに電話して面接して受かった。受かったのに最初の勤務をずる休みした。ぶっ飛んでるかな俺。理由は忘れた。でもめっちゃ怒られたのは覚えてる。パートリーダーのおばさんらしき人が「はぁ？」みたいになって。でも勤務もしてないし戦力でもないからか「はいわかりました！」ってガチャ切りされた。

あとで知るんだけど、俺が勤務してたら洗い場（皿洗いね）をやらせようとしてたみたいで、その日昼間のピークがすごくて洗い場がヤバいことになってたらしい。そこで俺が休むって言いだしたからみんなで「マジかあいつふざけんな！」ってなってたんだって。

まっそんなことは知らずこっちも別にどうでもいいやと思って。でもシフトはいっぱい提出しちゃってるから次に働く時はすげー緊張した。

ずる休みしてから初めての勤務。

確か土曜日のジュウニック（12時〜21時のこと）。

「おはようございまーす！」って店内入っていったらまずシカト！　リアルに全員シカトして

きた。

女性の店長が俺のとこに来て、裏のバックヤードを引率してくれた。

「こないだは急に休んだわね」

「はい、すいませんでした。もう休まないように頑張ります！」

「もう大丈夫なの？」

「ハイ、もう大丈夫です」

「じゃあ休んだ分もしっかり働いてもらうからね」って言ってくれた。

少し気持ちが楽になった。


「今日あなたがやる仕事は洗い場だからとにかく来た食器をひたすら洗ってちょうだい」

「はい、わかりました！」

心の中で洗いもんなんて楽勝だわって思ってたら、尋常じゃない汚い皿が山積みになってる洗い場が見えてきた。想像以上の量！　しかも12時！　どんどん皿が洗い場に運ばれてくる。

おっマジか、

「えっ店長もう洗っていいっすか？」

「どうぞ！」

そっから時間ガン無視でとにかく自己流で皿を洗い続けてみた。

なんかメッチャ皿が熱くなるウォッシャーっていう自動で洗浄する機械（？）の使い方だけ

教わって、そっからはもう自分との闘い。

電話で休みますって伝えた時のおばさんも働いてたんだけど、その人がどんどん皿を持ってきて、「はいこれもお願い！　はいこれもお願ーい！」って、（おばさん！　はいおばさん！　おばさん言い方腹立つわー！　これ絶対前回俺が休んだ時の腹いせだろ）と思いながら、とにかく洗って洗った。

でも洗っても洗っても皿が減らない！　本当に減らない。洗い場は一人でやるもんらしくマジでひたすら皿洗った。しかも洗った皿は毎回指定の場所に持っていかないといけなくて全然間に合わなかった。何から洗えばいいかもわからないし、効率もわからない。

そしたらまたあのおばさんが、

「シルバーが無い！　シルバー追いついてないんだけど！」ってみんなにわざと聞こえるように叫び出して（スプーン、フォーク、ナイフとかのことね）、んで俺全然シルバー洗ってなかったから「すいません！　今洗います」って言ったら舌打ち、からのシカト。俺んとこまで来て舌打ちしたあと溜息ついて、自分でシルバー俺の隣で洗い始めた。10本くらい洗ったあとそのまま嫌な空気のまま出ていった。

このおばさんマジで黙らそって思って、そっから皿とシルバー同時に洗ってなんとかギリギリ追いつくまでは持っていけた。12時から洗い始めて2時間。14時までぶっ通し。ピークは過ぎたけど洗い物はまだまだ全然残ってて、そしたらそのおばさんがまた俺んとこ来て、「次夜またピークくるからそれまでに全ての皿洗っといて。間に合わせることできるなら今休憩行ってもいいよ！」だって。

このおばさんマジで言い方も態度も顔も全部センスあるなと思って。

「いや俺休憩いらないっす、間に合わせるんで大丈夫です」って言ったらシカト。

そっから16時くらいまでずっと皿洗ってた。

洗い場やったことある人ならわかると思うんだけど、まず食べ残しとかソースとかついた皿を、水が溜まったシンクの中に一旦入れて、ある程度洗って汚れを落としてからウォッシャーに入れるんだけど、30枚くらいシンクに入れると溜まった水がそのソースや食べ残しで灰色になってくるんだよね。

自分のタイミングで水を抜いてまた新しく水を溜めてやるんだけど、俺そん時そんな余裕も無ければ、そんなこと教わってても無かったから、16時の時点でシンクの中の溜まってる水がもうくそドブラックの超汚ねーどっかの廃池みたいになってたんだよね。

ハンバーグのかすとかポテトとか、スパゲティやグラタン、サラダやステーキのかす、あと何よりも油！　そんなのがプカプカ浮きまくってるシンクの水に、俺肘だよ肘、肘まで手を入れて洗ってた。

きったない池で手入れて下の土みたいなのを握っては離して握っては離してを何時間もして

いる感覚。もちろん俺の爪の中まで油やソース、人が食った残飯の肉の破片みたいなのがギッシリ詰まってて真っ黒だった。とにかく何よりも爪がめっちゃ臭い。

ずっと爪嗅いで「クッセ！　はぁクッセー」って言いながら洗ってた。

腕にもチンゲン菜のくずとか、ホウレンソウとかくっついてきて、一人の先輩がそれを見て、「山田！　お前水換えろ！　なんだこれ汚ねーな。お前こんな油と食べ残しの塊にずっと手突っ込んで洗ってたのかっ？」

「はい、そうですっ！」

「ダメだこれじゃ。汚れが落ちにくくなるから10枚くらい皿をシンクに突っ込んで洗ったらそのタイミングで水も換えろ！」

「あっ、はい、わかりました！」

「あとお前休憩行ったのか？」

「いやまだ行ってないです」

「次夜またピークくるから一緒に休憩入るぞ！」

「いやまだ皿残ってるんで全部洗ったら休憩入らせてもらいます」

「バカ！　皿全部無くなるわけねぇんだよ。きりがねーから一緒に休憩入れ。飯も食ってないだろ？　今まかない作るから裏で休憩して待ってろ」

「えっ、まかない出るんすかっ？　はい、わかりました」

その先輩が一番最初に俺に洗い場のやり方を細かく教えてくれ、優しくしてくれた人。それ以外の奴は全員俺を見て見ぬふり。シカト状態。初日ずる休みしてるからそりゃそうか。

その先輩と一緒に休憩入って、先輩が「これ食え！」ってワハン（和風ハンバーグ）を作ってくれた。


「俺が好きなワハンだ！　山田一緒に食おうぜ！」

「あっ、はい、ありがとうございます」

初めて食ったこのワハンがいまだに忘れられなくてとにかくめっちゃうまくて感動した。

「なんすかこのソース？　めちゃくちゃうまくないっすか？」

「当たり前だろ、客に出すソースは誰が作っても同じだけど俺がまかないで作るワハンは少しアレンジしてるんだよ。うめーか？」

「はい、うめーっす！」

「ここで働いている限り、毎回まかないでこれが食えるぞ！　辞めないで続けられるか？」

「はい、辞めないっす。また食いたいっす！」

「じゃあこれ食ってまた洗い場頑張れよ！」

「はい、頑張ります！」

「あとコーヒーか紅茶も飲めるけどどうする飲むか？」

「いや水でいいっすよ！」

「バカ飲めるんだよ、コーヒーか紅茶。飲めるなら飲んだ方がいいだろ？　どっちがいいんだ？」

「あっ、じゃあコーヒーで！」

「わかった。じゃあ早く食ってコーヒーで休憩するぞ」

「あっ、はい、ありがとうございます」

夜のピークの洗い場は昼洗った1・5倍以上の量だった。だけど俺は遅れることなくむしろピーク中にほぼ全ての皿やシルバーを洗いきることができた。爪はずっと臭いままだったけど。

21時になって先輩が声をかけてくれた。

「お疲れやるじゃん！　山田がタイムカード切ったらちょっとバックヤードで話そうぜ！」

「あっはい、わかりました！」

そして休憩中、先輩から、

「お前初勤務ずる休みしたらしいじゃん？」

「はい、休みました」

「なんで休んだんだ？」

「なんか休みたくなって休んじゃいました」

「そうか、お前が休んだ日、洗い場大変だったんだぞ！　お前からしたらどうでもいいしわかんなかったと思うけど、店長は新人が今日来るからって見込んでシフト調整してるんだよ。お前がどんなに使えなくてもいるかいないかでは特にこの洗い場は変わってくるんだ。だからきっと今日みんな冷たかっただろ？」

「はい、常にシカトでした」

「お前にこの想いを、洗い場を通して何か伝えたかったんじゃねーのか。明日日曜もシフト入ってんだろ？」

「はい、入ってます！」

「そしたら明日出勤してる人達にシカトされてもいいから、1回全員一人ずつ謝ってこい！それでもシカトするような奴がいたら俺から言うから！　まずは謝るんだ！　わかるか？」

「はい、わかりました」


そして次の日一人ずつみんなに謝ろうとしたら、みんなからおはようって言ってもらえた。

その先輩の根回しのおかげで……。

いろんな先輩から、

「今日は昨日以上に洗い場しっかり回せよ！」

「今日は休憩でまかない何が食べたい？　ご飯は大盛りか？」

「コーラは好きか？」

「はい好きです！」

「んじゃあ飲みもんはコーラにしてやるよ！」とか。

昨日とは全然雰囲気が違くて、むしろめっちゃくちゃあったかくて良い人達ばっかでやばかった。


そっから俺の洗い場の使命感スイッチが半端なくて、２週間くらいでみんなから褒められるほどの早くて綺麗な最強の洗い場の人間になれた。それでも毎回爪は臭くなってしまうけど。あの先輩のおかげ。

そして俺の常識の無さ、責任感の無さ、みんなで働くことのチームの素晴らしさや楽しさを知った。

フライヤー事件

働きだして１か月くらいで俺は洗い場に追加でグリルという持ち場をやらせてもらうように

なった。

グリルはサラダやオーブンを使ったグラタン系、オニスラ（オニオンスライス）などのつけ合わせを焼いてフライヤーに引き継ぐという業務。

フライヤーはグリルをマスターした上で最後の上級者がやる仕事。主に揚げもの、火を使う上で最も危険な持ち場。

さらに洗い場、グリル、ホールのデザートを作る女性チームとの連携、オーダーが入った瞬間何から始めさせるかを指示するなど、これが全てできた上でキッチンとして一人前と言われていた。


グリルをマスターするまでに約2か月かかった。サラダやグラタン、つけ合わせを同時にこなす器用さスピードが求められていたから。しかもピークになるとマジでパニック。

何からやるかでフライヤーにも迷惑がかかるし、料理提供時間も決まってる。さらに綺麗に美しくがテーマ。

当たり前だけど手摑みではなくトングを使って皿に野菜を盛りつけないといけないから、普通に手で取るよりも時間はかなりロスってしまう。ただ俺の手は、てか俺の爪は毎回洗い場で臭くなってるからどのみちトングじゃないと危ないよね。ピークになるとトングなんかで取ってられるかって思うほどトングのウザさがピークの邪魔をしてくる。早く提供しなきゃダメだろって思って。忙しくなると摑かないといけないから綺麗さと速さが一緒に提供できなくなる時があった。

まぁでもとにかくやりがいは爆上がり！　料理すること、スピード、質、連携、回せた時の達成感、自分で自分のまかないを作る楽しさなどのめり込んだ。

グリルをマスターしたあとにフライヤーをやれるチャンスがピンチとして突然訪れる。普通にチャンスが来たわけじゃない。


ある日フライヤーの人が遅刻してしまってやる奴が俺しかいなかった。

急にワハンやステーキとかのオーダーが入り、ホールにいた店長が、

「大丈夫か山田？」

「おぉやべぇフライヤーの仕事じゃねぇかよ！」って叫んで、
ただひよりたくなかったのとやってみたかったから、

「あー大丈夫！　まずはやるだけやってみる！　無理だったら『店長助けて！』って言うから」

もともとグリルの持ち場をやりながら、フライヤーの先輩が何やってるかを見てたりしてたから、記憶を辿ってやってみた。あと全ての食材の補充は下っ端がやる仕事でもあったから、どこにどの食材が入ってるかは全て把握できていた。

あとはどのタイミングで何の工程をまず先にやるか、綺麗に美しく時間通りに提供ができる

かが勝負！　まずは時間がかかるものから手をつけていく。

例えばハンバーグをまず片面、両面1分ずつ焼かないといけないからハンバーグをまずグリル板に思いっきりぶん投げて、これはグリルの仕事。そんでポテトが確か約4分上がるのにかかるからポテトをくそ適当にぶん投げて、その間にグリル板でオニスラを焼いたり、皿の上にサラダを盛りつけたりするんだ。

ステーキは割と早く焼けてしまうから絶妙なタイミングで肉をぶん投げる。ここで大事なのはワハンとステーキを同時のタイミングで提供しないといけない。そうじゃないと当たり前だけどどっちかの料理は冷めておいしくなくなってしまうし、同時にみんなで食べてもらいたいからね。

ハンバーグ系は時間がかかるから先に手を出す。その次に絶妙なタイミングでステーキ肉をダンク。

お客さんによってはコーンスープ、シーザーサラダ、グラタンまで頼んできたりする。コーンスープは沸騰したボイル気に3分、「サラダはオーダーが入ったら1分以内に作る」とか独自の俺のルールもあったから。

これを一人で全部やれた時の達成感が半端なくてね。でもまぁ最初のオーダーは一人でできたんだけど、ついに3組ほぼ同時に来て、作る料理が3倍になった時始めてハコった（テンパって終わったたって意味ね）。

「店長無理だ。食材が切れたー！」

「ポテト揚げるの忘れたー」

「ハンバーグにかけるソース間違えたー」とかでテンパるにテンパって、店長に、「頼む。無理だ、キッチン入ってくれ！」って俺が言って、店長もホール一人でやってたんだけど店長ホールとキッチン両方やってくれてた。

ただホールとキッチンの服装って違くてさ、俺んとこのファミレスは女性の店長だったんだけど、キッチン入る時はコック帽子みたいなの被らなくちゃいけなくて、店長スカートのウエイトレスの恰好にそのコック帽子被ったまんま料理をお客さんに提供しちゃってさ。

その姿見て俺くそ笑っちゃってさ。俺厨房から見てたらお客さんもくすくすってなってて、（店長もこれなかなかテンパってんな、やべぇ逆に俺が店長助けなくちゃ）みたいな感じになって、そっから急にその姿見て俺覚醒してさ。料理提供時間も追いついて一人で結局捌けちゃったんだよね。

あとからフライヤーの人来てたけど、店長が「あんた今日給料上げないから、ただで働きなさい。私と山田めちゃくちゃ大変だったんだからね」って言って仲が良いからこそなんだけど、フライヤーの人をなかなかの角度でいじってた。

いやーでも店長がそばで見てくれてたおかげでその翌月から俺はフライヤーもやることができたんだよね。そして後に夕方一人で回せちゃう男に成長してしまったっていう。高校生だよ俺。

ファミレスバイトは財宝の山だった

俺が働いていたファミレスは間違いなく俺にとってでかい経験だった。今あの頃のメンバーは何やっているんだろう。俺が一番年下だったたっていうこともあったからなのか、めちゃくちゃ可愛がってもらった。バイトの時間だけじゃなく、

「山田ボウリングしようぜ！」

「みんなでカラオケ行くけど行くか？」

「夜泊りがけで肝試し行こうぜ」

なんて、いろいろ連れてってもらった。

あとファミレスって俺は高校生だから21時までしか働けなかったんだけど、深夜の大学生と

かフリーター、社員の人達が交代で21時から朝方まで働くんだけど、俺は21時になって家に帰ってもつまんなかったから、よくファミレスの裏の休憩所で時間を潰していた。

　そうすると先輩が休憩で入ってきて、

「山田まだいんのか家帰れよ！」

「いや帰ってもつまんないんでなんかお話しましょうよ」って俺が言って先輩の時間奪ったり。

先輩も先輩で俺のことこき使ってきて、

「じゃあお前、俺が小休憩入るまでまだ時間あるからそれまでに、洗い場にあるこの皿洗うの手伝え、皿洗い終わったら小休憩入るから一緒に話そうぜ」

（えっ嬉しいけど、また爪臭くなるじゃん！）とか思いながら手伝ったり。


　あと俺のことがめっちゃ好きな先輩は「なんか作ってやろうか？　何食べたい？」って言ってくれて、その人のまかないを一緒に食ったり。先輩の昔の話をしてくれたりでめっちゃ楽しかった。恋愛の話とか「大学はこんな生活だよ」とか話してくれて、俺はめっちゃワクワクが止まらなかった。知らない世界って感じがして。

　ファミレスのまかない、洗い場、先輩の話など、あれは今でも俺の宝だ。あっ、あとちょいちょい出てきた爪がめっちゃ臭くなる話。これね、本当にトラウマだった。当時家で寝る時も、1回爪の匂い確認して、クッセッって言ってから寝るのが日課だった。

小4で初めていじめに遭う

話は変わって次は小4の話。俺小4で初めていじめに遭った。

いじめって難しいよね。俺はいじめに遭ったという思い出がたくさんあって、でもいじめって捉え方だよね。俺はあれ冗談だったからとか言われればその人にとっては冗談で片付いてるからね。まっいろんな人からいろんなこと言われた。

「てっちゃんっていつも同じ服だね、なんでいつも同じ服なの？　買ってもらえないの？」

「てっちゃんのこと無視しようぜ」

「てっちゃんの家はなんでトラックは買えるのに家は買わないの？」とか。

いじめって今思うと大したことないんだけど、当時だとめっちゃ辛いんだよね。逃げ場が無くて、誰にも言えなくて、言いたくなくて、自分がいじめられてることがダサくてみじめで。先生とか親とかマジで頼りたくないんだよね。

「いつも同じ服だね！」って言われた時は、お金が無くて買えないとか、これしかないんだって真実を言うとさらにいじめられると思ったから、

僕はこの服がお気に入りなんだ。だから毎日着てるんだって初めて嘘をついたり。

つきたくない嘘だったから心がギューって締めつけられるような感情を今でも覚えてる。

きつかったな。自然と出たんだよね。自分の家の事情を知られたくない。買ってもらえない俺が可哀そうとか、言われたくないとかの感情で。

トラック買うくらいなら家買ったら？　って言われた大事件

あとトラック事件もやばい。「トラック買うくらいなら家買った方がいいじゃん！」って言われた事件ね！　鮮明に覚えてる。

毎日一緒に通学する友達がいてさ、当時小4ね小4。俺は家を出たらその友達の家に寄るのよ、ピンポーンて押して、そうするとその友達が出てきて「いってきまーす」って。んで二人で学校に向かうっていうのが日課で。向かってる途中でまぁ他愛もないこと話するじゃん。例えば「今日の授業やだねー」とか、「今日学校終わったらみんなでドロケーしない」とか。そんなノリで俺が、「そういえば俺のお父さん最近トラックを買い替えたんだよね」って言ったの。そしたらその友達が、

「えっ？　てっちゃんのお父さんトラック買ったの？　えっなんでなんで？　トラック買うくらいだったら家買った方がいいじゃん」って。

俺その言葉もらった時、一瞬フリーズしたのよ。

確かに俺の家めっちゃ汚くてめっちゃ狭くてさ、結構貧乏だったから、そんなトラック買う金があるなら家も買えるじゃん、なんであんな家に住んでんの的な。

俺の親父はトラック運転手でトラックが壊れたから買い替えなきゃいけなかったみたいで。その友達も俺の家来たことあるんだけど、その友達の家と比べてもあからさまに俺の住んでた家はマジでやばかったか。

少し脱線するけど俺が住んでた家、まず家作なのよ家作。わかるかなぁ？　ネットで調べてほしいくらい。ボロい、狭い、畳から虫が出る、網戸よく外れる、隙間風もえぐい。蚊とかハエとか当たり前。とにかく汚い。さらにそん時猫も飼ってたから、その猫が炊飯器の上でよく寝るから、炊飯器の中に白いご飯と一緒に猫の毛とかよく入ってた。猫がいるせいでノミもいっぱいいた。かゆくなるあいつはマジで……。衛生的にかなりえぐかった。

昼は味噌汁まんまとか袋のラーメンとかを自分で作って食べるっていう生活だった。

親父はトラック運転手で早朝から夜までいなくて、おかんもパートで朝から夕方くらいまでいなかったから、家には誰もいない時間の方が多かった。

夏はもちろんくそ暑いし、冬はくそ寒い、広さは4畳半が二つくっついたくらいの家。親父が一つ4畳半を独り占めして、もう一つの4畳半は俺とおかんと姉ちゃんの3人で使うっていう感じ。だから自分の部屋なんてもちろん無いし、好きなテレビを見られる状況でも無かった。

お風呂も「カチッカチッボッ！」てマッチとかライターでつける湯船だったし、シャワーだのクーラーだの洒落たもんは縁の無い家だった。まぁそんな家に0歳から15歳まで住んでたんだよね。

話は戻り、考えてもみなかったから俺も「なんで俺のお父さんは家買わないでトラック買ったんだろう」って思ってきて。あまりにも気になってしょうがなかったから、その日の夕食中に両親に言ったんだよね。

「なんでお父さんは家じゃなくトラックを買ったの？」って。

そしたら俺の親父急に顔色変えて「哲、今なんて言った？」と。

「えっごめんなさい、今日友達からトラック買うくらいだったら家買った方がいいじゃんって言われて僕もそう思ったんだよ」

そしたら次の瞬間、親父が「その友達の家に電話する！」って言いだして、気づいたらその友達の家に電話してた。俺の親父は、俺が生まれて物心がついた時からもうおかんだけじゃなく子供にも暴力振るう人だったから、その友達のお父さんを俺の家に呼び出しちゃったんだよね、夜19時くらいの出来事だったかな。

俺と姉ちゃんは「そっちの部屋にいろ！　襖は開けるんじゃねえぞ」って言われて、親父が電話越しで「今から俺の家に来い！　今すぐだコノヤロー」って言ってガチャ切り。

友達のお父さん本当に俺の家に来ちゃってさ。あんまりここでは書けないんだけど、中々の話し合い。友達のお父さんはずっと「すいませんすいません！」って謝ってた。俺のおかんが止めてたけど止まることなく親父は一方的に話してた。

ある程度話し合いが落ち着いて、友達のお父さんが「てつ（俺）と話をさせてくれ。謝りたい」って俺の親父にお願いして、俺ももう見てるの耐えられなくて襖を勝手に開けていったんだよね。

そしたら俺に「うちの息子が哲を傷つけてしまったな、本当にごめん、哲本当にごめんな。これからも仲良くしてくれたら嬉しい、哲本当にごめんな」って。土下座みたいな状態で俺の両手を強く握って離さなかった。俺は「全然いいよ大丈夫だよ」ってすぐ言った。

当時の俺の心の中は傷ついても無いし悲しくもなくて、「本当になんでこんな家に住んでるんだろう、なんで家買わないでトラック買う金はあったんだろう」っていう疑問だけだったし、友達もシンプルにそう思っただけだと思う。まさかこんな事件みたいになるとは思わなかった。マジ親父の言動と行動はありえなさ過ぎて見てられなかった。

次の日の朝気まずかったんだけど、いつも通りその友達の家に行ってピンポーン！　て押したら、その友達のお父さんとお母さんが玄関まで来て、

「てっちゃん昨日は本当にごめんね！　本当にごめんね！　これからも仲良くしてね！」

「うん全然大丈夫です」って言った。

その友達からも「ごめんね！」って言われたから「本当に気にしないで、逆に俺も、俺のお父さんがあんなことしてしまってごめんなさい」って俺も謝った。

俺は最初自分の置かれている生活が貧しいとか不便とかってことが全然わからなくて、この小4あたりでみんなと同じものが買えないとか、いろんな友達の家に遊び行くことで、自分の家がどれだけ汚くて貧しいかってことがわかった時期。何を言ってもおかんの口癖はとにかく「うちはうち、よそはよそ」って。

今思えばあんなに貧乏だったのに、おかんはいつも笑ってた。おかんが家を明るくしてくれていた。今思えばマジで凄いと思う。おかんのメンタルって半端ねぇわ。

集団無視された時の解決方法は無い

同じく小4の時、俺が駄菓子屋に行っても金が無くて何も買えないの知っておきながら、「みんなで駄菓子屋に行こうぜ～」って学校の帰り道で言うのよ。へんな仕切りたい奴らが。

本当は俺も行きたいけど行ってもなんも買えないから、買うお金が無いからみじめになると思って「俺は帰るね」って言って帰ってた。

そういうのを仕切りの奴らが数を増やしていくんだよね、また駄菓子屋行こうぜとか、コンビニ行こうぜとか、金使う場所をたくさん提案して、遠回しに俺を仲間外れにしてくるんだわ。今考えるといじめる奴って頭良いしセンスあるんだよね。

当時はもちろんこんなこと考えないよ、くそ辛くて辛くてしょうがなかったから。ただなんでか女子と仲良くしゃべってるとハブられたり、先生と距離感縮めて楽しそうにしゃべってるとハブられたり、なんか仕切りの奴らから俺は気に入らなかったんだろうね。

その小さな積み重ねで集団無視されるようになった。俺が貧乏だったから「なんで買ってもらえないの？」とかって精神的に削りに発展して、いじめというものになっていったんだよね。

当時は何も解決はできなかったね。時だけが過ぎるのを待つって感じ。

1回だけ当時担任の先生が俺の家まで来て、話を聞いてくれて心配してくれたことはあった。その先生では何も解決しなかったけど。意味ない。でも意味なくていいんだよね。先生が解決できるわけないんだから。

結局小5でクラス替えがあって仕切りの奴らと離れた。その流れで自然といじめられなくなった気がする。

俺のいじめの解決方法は時間とクラス替えのおかげ。いじめの解決方法は難しいと思う。俺は当時自分では解決方法は見つけることはできなかった。心が弱かったからね。あのままずっとクラス替えがなくて環境も変わらなかったらどうなっていたんだろう。

小5の学年マラソン大会

小5のマラソン大会で学年の中で突然2位を獲った。これ結構でかい経験。そっからみんなからの見る目が明らかに変わった。俺めっちゃちやほやされた。先生や学校側からも「陸上大会の選手として出てくれないか？」って言われてその年の長距離の陸上選手になるほど。

この時結果にコミットすることのメリットを知った。人よりも少し上に行くとちやほやされるんだってことを。

小学校時代のマラソン大会は、毎年特別目立つ人間ではなかった。ただ小4の時に学年で7位を獲った時に、「努力すればもっといけるんじゃないか、この7位は何も努力しないで7位が獲れたから、来年は5位以内を目指したい」と思って、そっからずっと練習してた。練習と言ってもただ走るってことだけ。学校行く時、帰る時、寝る前に家の周りを何周も走る。ただそれをずっとやってたんだよね。マラソン大会が近づくにつれ校庭を何周も走るっていう練習をさらに追加して、ただひたすら走ってた。


ついにマラソン大会当日、今までにはない感情が芽生えた。

「勝ちたい」

「負けたくない」

「めっちゃ緊張する」

「心臓のドキドキが止まらない」

「やばい始まる」

そんな中ついに「位置ついて、よーいドン！」。走り出してからは無（む）だった。あっというまにゴールしてて結果2位だった。

周りからはとてつもなくすげぇみたいな目されてた。「えっあのてっちゃんが？」みたいな顔。

「38歳にして、おかんに『マラソン大会のビデオってまだ残ってる？』って聞いたら、実家からそのビデオが出てきた。27年ぶりに見返したら、俺ちゃんと頑張ってた。見たい人いたら会社にあるから見せるね（笑）」

マラソン大会が終わってからはずっとみんな俺の席に来て、ずっと「凄いねぇ、凄いね」と言ってた。（いやお前らより練習してたからだし、勝ちたいっていう気持ちお前らより強かっただけだし）って心の中で思いながら。

5位以内に入りたいっていう想いとひたすら努力するってことだけ。この二つでなんでもできるんだって思った。

俺もちょっと調子に乗ってしまってさ、陸上の選手に選ばれてから今度市の大会（?）県の大会（?）みたいなのがあって、あの時よりあんまり練習しなかったんだよね。案の定大会で全然良い成績出せなくって、めっちゃ恥かいた思い出があるな。

小4と小5の思い出は結構鮮明に覚えている。この時の努力は結果として報われた。そしてその結果次第で周りは掌をあからさまに変えてくるんだと知った。立場だよな立場。これが大多数で仕上がっているのが世の中なんだって。

だから今で言うなら「SNSのフォロワーが100万人います」とかの情報だけでペコペコついていく奴とか、「俺、某有名アーティストと友達なんだ」とかの情報だけで、そいつと繋がりたくてペコペコしてたり。

そういうアカベコ野郎見てると本当に吐き気がする。どれだけ騙して金奪えるか、自分の地位とか名誉をちょっとでも上げたい的な感じだろきっと……浅っ。

俺2位獲った時、女の子からもめちゃくちゃモテた。「てっちゃん足早くてカッコ良かったよ！」だって。先生からもちやほやされた。その時に近寄ってきた奴らみんな嫌いだった。お前らに何かしらのメリットがあるから寄ってきてんだろって思って。まぁ素直に喜べない、ひねくり始めたこの俺の心に対しても吐き気がするわ。

学生時代

中学に上がってからもいじめられた。結構年月が経って大人になってから、当時の友達と再会した時、あれは全然いじめてねぇからって言われたけど、俺にとっては結構辛かった。

俺当時自分の家が本当に嫌いでさ。よく友達の家に泊まって、麻雀したり、オイチョカブやったり。バイクの乗り方教えてもらったり。テレビゲームで朝まで遊んだり。コンビニに溜まってみんなで話したりカタパンしてた。あとテレビはプロレスと『THEわれめDEポン』『ギルガメ』あたりをよく見てた。確か土曜の夜だったかな。

遅くまで友達と起きて何かしていることがめっちゃ楽しかった。自分の家にいたくない、ただそれだけ。現実逃避したくて。

特にバイクの思い出は鮮明に覚えてる。

学生時代にバイク乗ってみたくて、友達が先輩から貰ったバイク乗っててさ、「哲も乗ってみるか?」って言ってくれて、それで「うん乗ってみたい」って言って、ひたすら練習した。

とはいえバイクなんてちょっと練習すればほぼ覚えられたから、バランスさえ取れればすぐ乗れちゃったんだよね。

それで遠出したいって言って、俺が前で友達が後ろに乗ってもらって「にけつ」で運転してた。今思うとマジで青春でめっちゃ乗って良かったと思ってる。あの経験は二度とできないし戻ってこないから。ただやっぱり若かったからリスクもめっちゃあってさ。


例えばいつものように俺が前で運転して友達が後ろに乗って道路走って楽しんでる時に、変なヤン車みたいなのに見つかってさ。

追っぱしられるの初めてだったからテンパっちゃって、追っ走られるのだけでもひやっとするのに、罵声浴びさせられて「止まれコラー」みたいなことめっちゃ言い続けるのよ。しかも夜だからめっちゃ音が響いてさ、あっち車だったからすぐ追いつかれたんだよね。

それで俺が「やばいやばいどうしよう」って叫んだら、その後ろに乗ってる友達が、

「この下り坂降りきったら左に曲がれ!」

「わかった」

「左に曲がって真っ直ぐ行ったとこで俺が運転代わるから」

「うん」

「とにかくそこ左に曲がれ!」

「わかった」

「おい待て！　そんなスピード出すな、曲がれねぇだろ」

「わかってるよ」


俺テンパるにテンパっていつのまにかどんどんスピード出しちゃってさ。結局、そんなスピードじゃ左に曲がれねぇよみたいな速度になってて、それを見かねた友達が急に後ろから立ってきて左ブレーキをギュウって握って、バイクが止まるレベルまでスピードを下げたんだよね。

「えっ幅寄せしてきてる。捕まっちゃうよ」

「うるせぇ、いいからそこ左に曲がれ」

なんとか左に曲がって真っ直ぐ進んだんだけど、その左に曲がった道が自転車やバイクくらいしか通れないほっそい道だったんだよね。んでそのヤン車が来れなくなったタイミングで友達にバトンタッチして運転してもらった。その友達追っかけられた時にどう撒くか全部道知ってたんだよね、運転交代してからもいろんな細道を使ってその友達の家付近まで行って無事捕まらないで済んだ。


「おい哲！　何ビビってんだよ」

「ごめん」

「あんなヤン車くそなんだからテンパんじゃんねぇよ」

「うん」

「次からあんなヤン車一人で撒くくらい道覚えとけ」

俺その時マジで、今で例えるとなんとかリベンジャーズの〇イキーみたいな存在だこいつ、マジ俺のヒーローだ！　って惚れてしまったんだよね。誰が〇けみちやねん。っていうくらい俺はビビりまくってた。


バイクで遊んでいるうちに今度はまたいろんな友達が先輩から単車貰ったり借りたりするようになって、単車が流行り出すんだけど、俺はそもそも買うお金も無ければ俺は先輩から貰うルートも無かったから、友達の単車のケツによく乗ってた。

その代わり後ろに乗ってる奴は、もしヤンキーやおまわりから追っ走られた時は、運転手に的確に情報を伝えないといけない役割があったから、そこは今思うと的確にできるようになった自信がある。

「今曲がってきたから距離的にまだ大丈夫。追いついてないよ」とか、

「俺も道を覚えたから次左でＯＫ、そのあとここ真っ直ぐで大丈夫だよ」とか。

とにかくバイクで夜道を走ってる時はハラハラドキドキ含め、楽しくてしょうがなかった。

その後コンビニや神社にたまってみんなでカタパンやったり下らない話したりして、１００円のパックのコーヒー牛乳で語る時間はマジで格別だった。まっそんなつるんでた友達からも

いじめに遭うんだけどね。

これはいじめじゃないんだけど、学校の非常階段でみんなで語ってる時に、番長みたいな友達から安全ピンを俺の耳にあてて穴を開けてきた。断れなかった。

俺も俺でピアス開けてみたいっていう興味はあったし、単純にその番長もどきのノリを断る力も無くて、ただいいなりでピアスの穴を初めて開けた。

実際はめちゃくちゃ痛かった。しかも安ピン（安全ピン）で開けた後、透明ピアスに変えないと先生にバレるから透明ピアスを耳に入れ替えるんだけど、そん時も番長に耳グリグリやられた。めっちゃ痛くてやばかったけど番長もどきは笑ってた。今でもその穴は俺の左耳で閉じることなくしっかり思い出と共に刻まれている。

あっどうでもいいんだけど俺が通った中学っていくつかルールがあってね。

まず「中3は中1をいじめてはいけない。どうしても中1と話したい場合は、中3が中2に指示を出し、中2が中1と話す」。

あと「ヤンキーでもない普通の生徒には手を出してはいけない」。

中3の先輩が毎回廊下に横一列になって、あぐらで給食を食べるんだけど、「通りすぎる時は一人ずつ止まって頭を下げて挨拶をしなければいけない」とか。

あとヤンキー同士でわざと吹っ掛けあって喧嘩するみたいなのは日常茶飯事だった。放課後駐車場や神社でタイマン張ったり、喧嘩してる時は正直胸が痛かったね。単純に可哀そうって。俺がこんな目に遭ったらマジで嫌だわって。まぁそんな中学で俺は育った。

普段から神社はカタパンやったり語ったりっていう感じで使っていたから、今考えると神社の使い方くそ間違ってた。


まっこっからいじめられた話に移るんだけど、つるんでた友達よりも金無かったから、○ニストップ行ってもみんなはカップラーメンとか。

当時ね、当時の○ニストで販売されていた塩がめっちゃ振られていたほそーいポテトフライがあったんだけど、そのポテトフライは毎回注文すると揚げたてだから格別にうまかった。もちろん俺は買えなくて、友達は当たり前のように買って食べててさ、羨ましくてしょうがなかった。

「俺もポテト食べたい、一口ちょうだい！」

「じゃあ面白いことやれよ、俺が笑ったらやるよ」

「そんなんだったらいらねぇよ」

「うるせぇやれ」

「お前が欲しいって言ったんだろやれよ」

「わかったよ」

超カタパンしてくるからね。マジで俺○けみちだわ。

急に思いついたわけわかんないコサックダンスみたいな踊り永遠したりとか、変顔とかものまねしたりしてさ、んで笑ったのよ。でも笑ってくれても1本とか2本しかくれなかった。しかもしなしなの超小さい部分。今の俺のメンタルならいじられてるっていう感覚でいけるけど、当時はきつかったな。金無ぇとこんな思いしなくちゃいけないんだ的な。


ほかにも修学旅行に持っていくおやつも地味だけどくらった。みんなはいっぱいおやつあってさ、俺全然お小遣い貰えてなくて少なかったんだよね。本当に小さい。

本当に小さい出来事なんだけど辛かったな。俺だけなんでこんな思いしなくちゃいけないんだよって。なんでみんなと同じことができないんだよ。

なんか毎日マウントとられてる気がして、明るさや元気が俺の売りだと思って頑張ってたけど、ある時バカみてぇだわと思って、○滅の刃の○ナオみたいになんか糸が切れて笑わなくなった。

元気でいればいるほどいじめられるというか、楽しくしてるといけない的な空気があったから。なんかマジで糸が切れたんだよね。

まっそれでも貧乏生活から抜け出すことはできなかったから、世の中金と力なんだ。とにかく早く高校になってアルバイトしてやるって思った。早く高校生になって自分の金稼いでやるって強く誓った。

それでも中学生活はくそ長く感じてさ、俺マジでメンタル弱かったから、スーパー、デパートに家電屋さんと、どうだろう……多分俺的にはやっちゃいけないこといっぱいしてしまった。

友達と遊んでいても、その友達の親がてっちゃんとは付き合うのやめなさいとか言われていたな。

てか卵型の機械めっちゃ流行ってたな。〇やじっちになった瞬間感動したわ。あとカマキリ自転車に六角をつけるのが流行ってた。チュウクとかいうブットい六角もあってさ、改造するのが楽しかった。

あとデパートにあるメダルゲーム。これもめっちゃ流行った。ピエロみたいなメダルゲーム知ってるかな？　メダルを7枚横一列に並べることができたら一気に240枚ＧＥＴできるっていう、ちょうゾクゾクするゲームがあって、それめっちゃ好きでやってた。

最後の1枚になると「ドゥンドゥルドゥンドゥンドゥンドゥルドゥン♪」みたいな音楽が流れてきて、周りのガキとかが超見てくるんだよね。んで揃わないとそのガキ達が一瞬で全員散らばって、逆に揃った瞬間は掌変えて「メダルちょうだいメダルちょうだい」ってたかってきてさ、くそみたいな奴めっちゃいたな俺の地元は。なんとかストライカーっていう機械はメダル3枚入れて、3倍の99枚ＧＥＴとかも、青春のメダルゲームだった。

おかんの涙

友達と一緒にデパートで遊んでいる時に、友達が万引きで捕まった。

もうあるかわからないけど、北小金にあったデパートで捕まったんだけど、そん時は友達が塾カバンに大量の本をパクって、デパートの非常階段でパッケージを破ってた。

今思えば外に出てからパッケージ破ればいいのに、非常階段でパッケージ破ってしまっていたんだよね。

巡回の警備員みたいな人に現行犯で捕まった。一緒にいた俺も捕まった。なんか裏の防犯カメラが映ってて、部屋で親が来るまで待機させられた。その待機中にお店の人が、今まで友達がパクってきた映像全部見せてきた。


「知ってたんだよ。これも君でしょ？」

「えっ？」

「この時も君でしょ？　全部おじさん達は知ってたんだよ」

「……」

「どんどんエスカレートしてるから今日捕まえたんだよ」

全部バレてた。友達は後日、

「マジで俺バカみてぇ」

「……」

「全然バレてると思ってなかったしむしろ完璧にできてると思ってた」って言ってた。

実際に防犯カメラ見たら平気でパクってるとこが映ってた。パクってるとこ全然隠せてなくて俺もマジ終わってると思った。俺のおかんも到着して、おかんがひたすら謝って謝って謝りまくってた。おかんをめっちゃ泣かせてしまった。あの日のおかんにはマジで申し訳ないって思った。


「ごめんね。ごめんね。うちはお金が無いから哲也に買ってあげられない」

「いやそういうことじゃ……」

「我慢させてごめんね、ごめんね。おかんが悪いの。全部おかんが悪いの」

「いや違うよ」

「もうなんとしてでも買ってあげるようにするから、もうそのお友達とのお付き合いはやめてくれる？」って泣きながら。

その友達との付き合いをやめることは絶対しないと心に思いながら、一旦わかったと伝えた。

そもそも貧乏だからみんなと同じ洋服着たい、同じガム食べたいとかから、俺もやるギリギりだった。万引きは一回やるとクレア化する絶対。

だけどそもそも金が無かったしみんなと同じ生活がしたかったっていうなんか心の問題もあったと思う。今思えば金っていう存在がめっちゃ嫌いだった。金という価値にめっちゃムカついたし、金の恐ろしさ、いろんな金という勉強を誰からも教わることなく、こういった過ちでたくさん経験できた。

金は絶対大事。金があれば何でも買える。

金があればこんなに我慢することは無い。金で人の人格まで変えてしまう。金欲しさに犯罪を犯してしまう。

当時金の最大の目的はいじめられない為に金を稼ぐっていうのがゴールだった。

みんなと同じものを身に着ける。みんなと同じ服、みんなと同じ食べ物、みんなと同じって。友達が万引きして、ただで品物を手に入れて、それを半額で友達に売ってた。犯罪だしありえないけどこれビジネスモデルだよね。そん時はこんな感情何一つないけど。まっとにかく俺も俺で自分の力で金を稼ぎたい。早く抜け出したいって毎日思ってた。

あと何よりも俺の親父はなんで俺の為にもっと稼いでくれなかったんだ。なんでおかんをめっちゃパートで働かすんだ。おやじを超えたい。親父を見返したい。今まで俺を貧乏という理由でいじめてきた奴を見返してやりたい。それだけが俺の生きがいだった。

仮に俺が万引きしてたとしても、仮に捕まったとしても親父のせい、親父が悪いんだ、親父が謝ればいいくらいの感情があった。でも一番傷つけてはいけないおかんを傷つけてしまった。万引きという犯罪行為でいろんな人の心を知った。もちろん俺の浅はかさ、愚かさは一番感じた。今でも万引きは簡単にできると思うけど俺はやらない。

中3で両親がついに離婚

中3で俺の両親は離婚した。

親父の性格や日頃の行い、暴力がヤバすぎて、おかんめっちゃ我慢してくれてたんだけど、何回も離婚話が出ていたみたいで、それでもおかんが我慢すればいい、おかんさえ我慢すればうまくいくって思って、おかんずっと離婚したかったのに子供の為に我慢してた。

とにかく親父はおかんのことや俺に対して暴力をやめることはなかった。食事中も、お風呂の中でも、寝る時の布団の中でさえも……。俺がもう中3になったからっていうのもあってついに離婚。

「哲也はおかんとお父さん離婚してもいい？」

「……うんいいよ」

「ありがとう……」

「俺高校入ったらすぐバイトしておかんを支えるよ」

とにかく毎日が怖かったから、離婚してくれることは嬉しかった。


そっから俺はおかんとアパートで二人暮らしになった。親父はいなくなって良かったけど、でも生活はもっと貧乏になった。

おかんは俺が高校になってもずっと働いてた。

親父は慰謝料払えるお金なんてもちろん無くて、1円も払ってくれなかった。マジでクズ親父。親父との楽しい思い出なんてマジで無い。家の前で何回かキャッチボールをしたのと、親父のトラックに乗ってどんな仕事をしているのかの1回くらいしか覚えていない。それは決して楽しいとは思ってない。


とにかくおかんはずっと働いてた。働いていない時期なんかなかった。おかん毎日働いても、それでも足りないから母子手当（?）みたいなのを国から貰ってた。国になんてそもそも頼るっていう概念も無かったから、「国がちょっと援助してくれんだ」って、少しだけ感謝してたくらい。

冒頭でも出たけど俺は入学式当日にコンビニの面接して受かった。俺はそっからずっと働くことになった。俺の給料の半分はおかんに入れてた。せいぜい学校帰りの時間に680円の時給じゃどんなに働いても3万円とか4万円しか稼げなかったけど毎月入れてた。これは高校アルバイト生活3年間ほぼずっと……。マジで生きるのに必死だった。食う為、生きる為に。


俺は親父が憎すぎてたまらなかった。

「おかんと子供に好きなもの食べさせてあげたい」とか、

「旅行連れてってあげたい」とか、

「最低限必要なものは買ってあげたい」とか、

「その為に俺は仕事頑張る」みたいな気持ち無かったのかなって。

毎日夜は酒飲んでたし、居酒屋にもよく行ってた。煙草もめっちゃ吸ってた。こういう金を子供に少しは回したいとかなんで思わなかったのだろう。


俺の夕ご飯が居酒屋の時もしょっちゅうだった。

急に「今から居酒屋に来い！」って親父の携帯から自宅の電話にかけてきて、夜俺一人で居酒屋まで行って、好きなもの食わしてくれるのかと思いきや、「これが俺の倅（せがれ）だ！」って店員さんや周りの客に自慢した後に、「哲！　お前はコーンバター食って帰れ！」って。俺の夕ご飯居酒屋のコーンバター。食ったらまた夜道を帰る。

おかんも親父と二人で居酒屋に行って、俺と姉ちゃんだけ家に残すことなんてめっちゃあった。親がいない夜の家ってめっちゃ怖かったな。雨や風の音とかテレビで怖い映像出るだけでダメだった。

離婚して良かった。何よりもおかんが救われた。

高校入学式の式典で、「黒染めしなくていいから短くしてきなさい」

中学の時に、「とにかく高校には行きなさい！」っておかんや学校の先生に言われまくって、中学時代に最後必死に勉強して、偏差値なんて全然高くない学校だったけど、なんとか高校に行くことができた。

俺マジで頭がめちゃくちゃ悪くて勉強してこなかったから、受験勉強してる期間は本当に気が狂いそうだった。

小学校の時担任だった先生が、「私が教えるから私の家に泊まり込みで勉強しに来なさい！」って言ってくれて、受験勉強中はとにかくその先生の家に行ってた。先生好きだったな。先生にはマジで頭が上がらない。

あれから今日まで会ってない……何してるんだろう。元気してるかな？　なんか書いてたら会いたくなってきた。


んでまぁその先生のおかげで高校に行けたんだけど、高校の入学式、中学の友達とオイチョカブの賭けかなんかで負けて、入学式前日に友達の家で染め粉を買ってきて金髪にしちゃったんだよね。それで家帰ったらおかんが、

「何やってんのあんたバカじゃないの？」

「えっ何が？」

「何がって明日入学式でしょ？」

「いやでも俺友達と賭けで負けたからこれで明日入学式行ってくる」

「バカ！　本当にそれだけはやめなさい」

　って言われて、コンビニだかドラッグストアかなんかで黒スプレー買って、当日黒スプレー頭に振りまくって入学式行ったんだよね。

　髪の毛長かったからめっちゃ変な形に固まっちゃって、カツラみたいな頭になってしまってさ、ワイシャツや俺の手も黒スプレーの残骸で超汚くなって、案の定入学式終わった瞬間生徒指導室みたいなとこに呼ばれて怒られた。

　頭の色が斑すぎて蜂みたいに黒と金が入れ混じってたんだよね。高校の先生に「黒く染めなくていいから短くしてきなさい」って言われて、しばらく金の短髪で高校生活を過ごしていた。

高1、大親友との出会い

高1の時に後（のち）に大親友になる人と出会う。

高校3年間のうち、1回だけクラス替えもあったんだけど、その大親友とはずっと3年間一緒だった。マジで大親友と出会えて良かった！　くそ楽しかった。

一番最初のきっかけは、俺がめちゃくちゃでかい下品なぞうさんの絵を書いたA4用紙を、授業中に前の席の大親友に肩叩いて渡したらしいのよ（38歳の時、久しぶりの再会をした時にこの話をしてくれたんだけど）。んでその大親友が爆笑してそれで仲良くなったって言ってた。

そっから急接近してよく遊んでた。仲良くなりすぎてその大親友の家によく泊まりにいってたんだけど、夜一緒の布団で眠くなるまで語ったり、一緒の携帯、一緒の光るアンテナに変えたり、電池カバーの裏に一緒に撮ったプリクラを張ったり、着メロの本を買ってきて着信音を自分達で手で打ち込んだり。


大親友の家に行く時はほぼ必ず野田の○ジャーランドに行って、その大親友とプリクラ撮ったりカラオケしたりボウリングしたりゲームしたりと、とにかく○ジャランに行きまくった。ただ毎回夜中大親友と○ジャランに向かうんだけど、野田のエリアは俺だけかもしんないけど治安が悪いというか、いっつも行く途中で怖い人や「ゴキブリ」に追っ走しられて、大親友運転うまかったから毎回撒いてたけどね。ただドキドキしてたな俺。青春だな青春。

でも1回だけ高1の時、俺の家に遊びにいきたいって大親友が言ってくれてさ。友達なりたてだったから嬉しくて嬉しくて、高校から俺ん家まで一緒にチャリで帰ってたんだけど、その途中、千葉の6号線を通っている時に後ろからペケペケペケペケって（多分音的にチャンバーだったと思う）原付「にけつ」のたこやき二人が、金属バッド道路に火花たきながら向かってきて、歩道に乗り込んで俺らを幅寄せさせてきたんだよね。


「おい！　どこ高校だ？」

「○○高校です」

「地元どこだ？」

「○○です」

「ガキがいきがってんじゃゃねぇよ」

「何がっすか？」

「何がっすかじゃねぇよ」

「えっなんすか？」

「財布出せ」

「いや無理っす」

「財布出せよコラー」って絡んできて、俺達のチャリを金属バッドで叩き始めた。

「ちょっとやめてください」

「じゃあ早く財布出せよ」。俺の友達のチャリまで叩き始めたから、

「わかりましたもうやめてください」って。


最悪だったのが、金はまだしも俺財布の中に家の鍵入れていたのを忘れてて。せっかく大親友が俺ん家来てくれたのに、その日家に上げることができなかったんだよね。

あの日はマジで忘れられない。あん時は大親友よマジごめんね。今思い返すと笑けてくるけど、当時はお金も鍵も盗られて絶望だったたな。

高2、パンクバンドのボーカルに挑戦

高2は大親友が軽音部でバンドのボーカルを始めた。俺は大親友からの誘いもあり俺もノリで歌うことになった。ただ俺は入学式の日からずっとバイトしてたから、軽音部には入らない条件でボーカルだけやらせてもらった。

笑えよ、バカにしろよ、俺が音痴なの知ってるから

俺小学校と中学校の時マジで音痴で、友達とカラオケ行っても歌下手だねってマジで言われまくった。小学校の時は親からも声が高いとかバカにされてた記憶がある。

そんな中でも特に記憶が曖昧だけど、俺が小学生の時、親父とおかんが「居酒屋で飲んでるから哲（俺）も今から来な」って言われて、俺夜一人で居酒屋まで歩いていったんだよね。今思えば小学生が夜一人で親が飲んでる居酒屋に行くってこと自体どうかと思うよね。

まぁいいや。そんで居酒屋に着いて「好きなもん頼みな」っておかんが言ってくれて、トラウマもあって毎回コーンバター頼んで食ってたんだけど。

そこの居酒屋カラオケがついててさ、スナック居酒屋みたいな。俺の親父もおかんも歌うまかったらしく（その居酒屋の飲み友いわくね）、「倅（せがれ）も歌え」みたいなことをその飲み友らしきおやじ達が言ってきて、（はっマジでやめてくれ、何言ってんだこのおっさんたち）みたいなことを心に思いながらも、おかんも「1曲くらい歌ってみたら?」みたいになって、マジか……飯食ってすぐ帰りたいのに。

でも結局小学生の俺にその空気をぶっ壊す力もなければ、うまく断る切り返しも思いつかな

かったから1曲歌ったんだよね。なんの曲か思い出せないんだけど、〇川七瀬の曲だったと思う。あっ『〇見る少女じゃいられない』だ。確かに俺小学校の時声高くて声変わりもしてなかったから、マジで『〇ののけ姫』歌ってる人以上の高さだったと思う。

そんな外見がガキで音痴でそんな声で〇川七瀬のアップテンポの歌を歌ったもんだから、なんかその時間だけ居酒屋にいた人全員笑ってたんだよね。「なんだその声！　これは面白い。いいぞいいぞ倅（せがれ）」みたいな！　いや完全にバカにしてる。これがもうトラウマにもトラウマでえぐい。いまだに情景浮かぶ。ありえないくらいトラウマになって、おかんもゲラゲラ笑ってた気がする。

結局その日はコーンバター食って1曲歌わされて、みんなに笑われて一人で夜また家に帰るっていう。ヤバくない？　夜の帰り道なんかすげぇ変な感情になった。もう二度と人前で歌うもんかって。でも俺が歌が下手だってことがわかった日だった。

だからそっから中学でもカラオケする機会はたくさん来るんだけど、そのトラウマがあるからいっつも盛り上げ役に回ってタンバリン叩いたり、「フォー」とかわけわかんない言葉叫んで踊ってた。マジで歌いたくないから。黙ってると絶対声かけてきて「歌え！」って言われるから。

でもそんな中学でも一人親友ちっくな友達からカラオケ誘われて、二人で何回か行ったこと

がある。また踊ったり「フォー」とか言ってりゃいいやと思ってたら、
その親友チックが「次お前も歌えよ！」っていきなり言ってきて。

もちろん「はっ俺は嫌だよ！」って言ったんだけど、

「いや俺しかいないんだから歌えよ！」

「いやお前しかいなくても嫌だよ！」

「いやなんでだよ、ここはカラオケだろ歌えよ！」

「嫌だよ」

「みんながいる時は歌わなくてもいいけど、今二人しかいないんだから歌ってくれよ！」

「いや嫌だよ歌いたくないんだよ！」

「なんでだよ別にお前の歌なんか興味無いから歌ってくれよ！」

「だったらお前が歌ってろよ」

「お前が歌ってくれないと俺声が枯れちまうだろ。てか哲いいか。カラオケっていうのは一人が歌ったら次は違う人が歌うんだ。友達と来てるのに自分の好きな歌ばっか歌ってもダメなんだ。それがカラオケのルールなんだ」って言い出して。

(はっ、マジかこいつ。ちょうグイグイくんじゃん。そもそもなんだよその順番ルール。ウザ、もうこいつとは今日をもって友達辞めよう）って決めて、二度とこいつとはカラオケも行かないし友達も辞めるから、もういいやどうにでもなれってなって歌ってみたんだよね。小学

生の時居酒屋で歌ったあのトラウマ○川七瀬、『○見る少女じゃいられない』を。

そしたらまさかの奇跡が起きた！　俺が歌ってる時、親友チックがじっと静かに次自分が歌う歌を曲を選ぶ本を見ながら探してて笑ってないのよ。俺が歌ってるこの音痴でハイトーンボイスを。

歌い終わった後、その親友チックが、

「えっ、お前いいじゃん！」

「はっ？　何がいいの？」

「めっちゃ声出てたじゃん」

「俺の○川七瀬は声も高いし音痴だしヤバかっただろ？　正直に言えよ。笑いたかったんだろ？」

「いやむしろ良かったよ。てかその歌知らねぇから音痴とか音外れてるとかどうとかわかんねぇし」

「えっマジ？」

「じゃあ俺は次これ歌うわ」って言ってすらーっと時間と空気が流れた。

マジカマジカマジデスカーーーーー！

笑わないんですかーーーー！！！

また親友チックが歌い終わったあと、「次はお前な」ってなってまた俺歌探して。でも歌える歌が無いからまたさっき歌った同じ○川七瀬の『○見る少女じゃいられない』を入れようとしたら、

「はっ、お前またおんなじの歌うの？　バカじゃん違うの入れろよ！　普通は違う曲入れるのがルールなんだぞ」

「はっ、そんなルール知らねぇし、そもそも○川七瀬以外カラオケで歌ったことねーから！」

「はっ、マジで言ってんの？　マジか。じゃいいよおんなじ○川七瀬のでいいから歌えよ！　ただ次回のカラオケはちゃんと違う歌も勉強しとけよ！　それがカラオケのルールだからな！」

（ちなみに俺その日3回○川七瀬歌った）

はいまた来たこいつの勝手なカラオケルール。こいつは誰から教わったんだマジで。まっでもその日を持って俺のトラウマ人生が終わって、逆にその日からいろんな人の歌を聴くようになったんだよね。

トラウマが克服できた日。

歌が好きになった日。

努力してうまくなりたいって思った日。

今思えばその親友チックのカラオケルール俺、体に染みついてるかも。今誰とカラオケ行っ

てもみんな順番で歌ってるし、1回歌った歌は歌わないもんね。そう考えると親友チックは中学からあのルールを知ってたのは凄いな。

文化祭、デカい体育館のステージで歌う時が来た

話は戻って高2の時初めて人前で歌うことになった。親友チックからの良いじゃんの一言で俺の歌へのモチベ温度感は凄まじい勢いで上り詰めていったから、普通の人よりも曲は知ってたんだよね。

ただ高校の文化祭でお願いされた歌がなんとパンク！

「はっパンクって何？」

「タテノリのパンクだよ」って！

「てっちゃんパンク知らないの？　○イスタとか○ガガSPとか○ラフマンとか○コチンとか」

「えっ何？　ハッ○イスタ？　○ガガSP？　○コチン？　○ラフマン？」

○コチンだけ聞いたことあるけどきっと煙草じゃないよね。俺の頭がパンクしてますけど(いらんこと言わんでええねん)。そんな聞いたことも無いような歌は歌えないよ！

でもそっからCDを借りて毎日パンクを聞くようになった。

俺の歌の練習方法は、とにかく爆音でイヤホンで聞く。聞くだけじゃなく歌詞見ながら声を出して合わせにいくっていうのが、当時の俺の練習方法だった。とにかく毎日聞いてた。

ついに本番。文化祭で体育館のステージで歌う時が来た。まぁデカいステージで歌うことになったんだけど、先に言っとくとめっちゃ気持ち良かった。みんなタテにノッてくれて、俺に合わせて踊ってくれて、一体感ヤバかった。

歌終わった後後輩やらタメからモテた。結構モテたな。歌が歌えて、その歌がうまいならモテるんだって気づいた。

俺の時代は小学生の時は足が速い奴がモテたんだよね。俺は小5で2位獲った時ちやほやされたし実際にモテてると感じた。

中学はヤンキーや喧嘩が強い奴がモテてた。俺喧嘩は全然してなかったけどヤンキーがやるようなことは、周りがそうだったからだと思うけどやってた。でも俺は中学はモテてるっていう記憶は無かったね。カッコ良い人がいっぱいいたから。

話は戻って高校は歌がうまい奴がモテるんだって思った瞬間だった。俺はこの経験のおかげで今になってもカラオケの雰囲気も好きだし、みんなの前で歌うことも好きになった。後（のち）に俺はいつか自分の歌を出してみたいと思う日がやってくる。

校則違反で人生初のゴリンカット

高2の時に校則違反でゴリン（五厘刈り）にさせられた。ゴリンやったことある人いる？　あれやばいよ。後ろから友達にタオルひっかけられて、マジで首持ってかれる。本当にあれは危ない。やってみないとわからないあれは。

生徒指導の先生に教室の横の廊下でバリカンでゴリンにさせられた。マジ最悪、人生初めてのゴリン。バックレようと何回も思ったけど退学にさせられるかもと思ってそこはちゃんと学校に行って謝った。

今思えばゴリンはやりすぎだよね。あれ何ミリ？　1ミリとか2ミリの世界でしょ。頭が青くて青くてなんか恥ずかしかった。本当に最悪、夏休みほとんど学校にきて宿題みたいなやつとか掃除をさせられてさ、なんなんあの制度。しかもゴリンなんて初めてだったから風呂あがった時とかティーシャツ頭引っかかって着れなかったし。

マジで最悪だよゴリン。ネーミングも嫌だし、何ゴリンって……

野球部でもないのに「野球部？」とか聞かれるようになったし、女友達からも「〇ルコメみたいでかわいい」とか言われるようになるし。（だれがCMの『〇ルコーーメミッソ♪』だよ！）とか心の中でツッコミながら。マジで二度とゴリンはしないと誓った。

まっそんな感じで月日が経って高校3年はとにかく大親友と遊んだ。当時は日サロ（日焼けサロン）が流行ってたから柏の日サロにめちゃくちゃ通ってた。どっちがより黒いかを大親友と争ってた。肌が白くなる度にすぐ日サロ行ってさ、俺のバイト代日サロにつぎ込みまくった。

プリクラも撮りまくってたし、携帯（ガラケー）の着メロとかも本を見ながら3和音とか打ち込んで同じ曲にしてみたり。ストラップも一緒に揃えたり。マジで大親友。恋愛話も勉強もスポーツも遊びも常に一緒にいたし相談し合ってた。クラス内にいたうざい奴のいじり感覚も大親友とは共通認識だったし笑うツボも一緒だった。

そんな大親友はイケメンで背も高くて優しくて、歌もうまく、ギターまで弾ける。スポーツはバレーボールが得意で、笑いのセンスもある。とにかく完璧だった。憧れの存在であった。

あとクラブ行ける年齢になった瞬間に、大親友とはクラブにも行きまくった。当時は「○トム」「○ムズ」あたりに行ってた。地元の柏は「○ング」っていうクラブがあって、そこにも大親友とはよく行ってた。

○ンズエッグの雑誌が流行ってたからそこで情報を収集してた。全身服を○ーバリーで固める男を「バリ男」、○ンポリオアルマーニで固める男を「ポリ男」って呼ばれていて、俺はバリ男だった。パラパラも家でめっちゃ覚えてクラブのお立ち台で披露してた。

口の中パッサパサにしてから最後コーラで一気に流し込む

高校もなんとか無事卒業できて、卒業してからも大親友とはクラブに行きまくってた。それ以外も○ウンドワンやカラオケ、居酒屋で飲む仲はずっと続いていた。

俺は高校を卒業して就職した。大親友は専門学生になった。

俺は19歳～20歳くらいに柏で一人暮らしを始めた。おかんが新しい人と再婚することになって、「俺とおかんが住んでいたアパートにその人と住んでいいよ」と伝え「俺は一人暮らしする」って言って出ていった。

人生初の一人暮らし、何もかもが初めて。物件探し、内覧だの契約だのも俺一人、必要なお金も自分で用意する。いろんな初めてを経験した。

なんとか無事一人暮らしを柏で始めるんだけど、1か月目2か月目、3か月目あたりまでは鬼のように地獄だった。

まず初っ端からカーテンなんか買えるわけないからね。バスタオル2枚をガムテープでくっつけて画鋲で留める。当時壁に穴開けちゃいけないとかそんなん知らないから穴開けまくり。ガムテープで繋げて思いっきり壁に画鋲で何か所も穴開けて貼り付けた。テーブルも椅子もベッドも無い。家から布団みたいなのを持ってきてそれで寝てた。1か月に1個何か買うと決めて過ごしていた。冷蔵庫も洗濯機もとにかくなんも無かった。大親友は俺の家によく来てくれた。俺の家で飲んだり、ゲームして遊んだり、でも俺ん家なんも無かったから、大親友とかほかの当時の友達がなんか買ってきてくれるんだよね。食べ物とか飲み物、あとゴミ箱買ってくれたりハンドタオル買ってくれたり、あれは助かったマジで、友達も友達で「てっちゃんが一人暮らししてくれたおかげで実家に帰らなくて済むからありがたいよ!」って言って泊りにきてくれたりして。なんだかんだ、結果一人暮らしは楽しかった。

1か月に何回かご褒美で、ポテトチップスとコーラで夜更かしするのよ。あれが唯一の楽しみだった。当時のポテチは神だった神。ポテチをを極限まで食って、口の中パッサパッサにしてから最後にコーラで一気に口の中を流し込む。全て食べきったら至福の一服。これがマジでたまらんかった。

でも一人暮らしってやるとわかるんだけど、友達呼んでいっぱい遊んだ後に友達が帰って一人になった瞬間なんかめっちゃ「うわーーーー」ってなるんだよね。寂しさね寂しさ。一気に寂しさがくるんだよね。

あと長電話も多くなった。一人暮らしになると気にせず電話できるようになるからめっちゃ電話してた。でも俺から電話すると当時携帯電話めっちゃ高かったから、電話してもらって長電話してた。長電話もいいよね、急に無言になったり、時には急展開で告白系になってドキッとしたり。

短期間で職を転々とする

俺は高校卒業後、お肉を揚げる専門店に就職するんだけど1か月で辞めるんだよね。店内の肉臭さが嫌っていう理由で。

毎回仕事が終わる度に俺の身体が全身肉臭くなってて、それが嫌で嫌で仕方なかった。あと俺帽子被るの好きじゃない。髪の毛セットしても帰りぐちゃぐちゃになってくそダサい。もうそんな理由で辞めた。今働いている人に失礼かもしれないけど、俺はそう思って辞めた。とにかく毎日自分の服や頭が肉臭くなるのが嫌だった。

次に居酒屋で働くことになるんだけど、居酒屋は3か月くらいで辞めたね。これは料理長が怖すぎて辞めた。マジで優しさとか全くなし。だから辞めた。

アルバイトの人達は良い人だったんだけど、とにかく料理長が怖すぎた。あの人が○ドリックっていう車乗ってたせいで○ドリック見るといまだにゾッとする。

次にイタリアンレストラン、これは10か月くらいはやった（グランキオやカルボがうまい店長の店）。でもそんくらいで辞めた。

これはなんで辞めたかったんだっけ。なんか嫌になったんだろうな。人はみんな良い人だったんだけど働くの嫌になって、何もする気無くなって無職になった。

突然車の免許取りたいって思って、すぐ車の免許を合宿で茨城まで行って取ったんだけど、俺が通った茨城のI市っていうところさ、その合宿所ちょうヤバかった。俺と同じ生徒の受講者が本当にやばかった。いろんな理由でここに書けないのが悔しい。

だから「うわやばっ、こいつらと仲良くしてたら車の免許取れない」と思って、一定の距離感保って過ごしてた。一発で仮免取れたから良かったけど、多分あいつらは無理だっただろうな。何しにきてたんだよマジで。

蝶を追っかけていたらいつのまにか山に登っていた

その合宿が終わって20歳くらいでついに人生を変える環境、それが家電量販店の派遣社員になった。無職が続いてたから、働かないと金がやべぇと焦って、紙ベースの募集媒体を何枚もめくり電話してついに採用された。

俺は今まで飲食のお店が多かったから、初の家電量販店。その名もなんとかカメラと呼ばれるところ。当時は3カメって呼ばれていて、○ックカメラ、○ドバシカメラ、確かもう一つは○クラヤ。

俺は人生で○ックカメラと○ドバシカメラで働いたことがあって、○クラヤは無い。俺がついに全く縁の無い家電量販店に手を出すことになる。理由は単純で、時給１３５０円っていう当時ではめっちゃ高かったんだよね、それで飛びついた。

俺はＡＤＳＬの派遣社員として働き始める。

ＡＤＳＬって知ってる？　電話回線を使ったインターネット回線で○レッツとか○フーとかが当時有名だった。基地局からの距離で速度が変わるサービスで、速さによって料金が違ってくるんだけど、俺は○フー担当で働いていた。

ひたすら店頭でマイクを握らされて、お客さんを店内に呼び込むのよ、そんでお客さんが食いついたらすぐお声がけして、契約まで持っていくっていう仕事。エリア確認して本人確認書類あるか確認して、契約できるか調べて、そんな仕事を約1年くらいやった。

その職場は携帯を売ってる販売員や固定電話を売ってる販売員さんと同じコーナーだったから、携帯や固定電話もご案内できないとダメな空気だったんだよね。スイングって言って、携帯の店員さんや固定電話の店員さんと仲良くなれば○レッツのお客さんを○フーにしてくれたり、携帯と同時に「ADSLもどうですか?」って紹介してくれてさ、だから（権力ある人達から気に入られないと生きていけないぞこの戦場は）って思いながら働いていた。

陰でコミショ（申込書）を家に持ち帰って勉強してて、気づけば当時のゼンキャリ（全キャリア）の申込書を俺、全部書けるようになってて、さらに一般電話機や電話加入権までご案内できるように努力してた。これ努力って言うのかな。楽しくて進んで勉強してたから努力って呼ばないかも。**蝶（夢を）を追っかけていたらいつのまにか山を（苦労、困難を忘れて）登っていた的な。**

月間1位の裏側

俺はまだ半分も飲んでねぇよふざけんな……えっやめろ！

当時は光ではなくＡＤＳＬが主流だったから、インターネット回線のご案内がメインで、でも最初の３か月くらいまでは辞めたくて辞めたくてしょうがなかった。

派遣会社の俺を担当してた営業社員が俺に、

「まずは３か月、とにかく３か月我慢してやってみろ。とにかく嫌でもなんでも３か月だけでいいからやってみろ。それでも辞めたかったら辞めてもいい」ってクロージングされてさ。

金を稼ぐ為に我慢して続けてみたら、いつのまにか全キャリの申込書ができるようになってたり、周りの派遣社員からも認めてもらえるようになってたりと、それでちょっと楽しくなっちゃって続けることになっていったんだよね。めちゃくちゃ周りの店員さんから気に入ってもらえるようになってた。

でも俺の心の中は、この○フーを獲得する派遣社員全員の中で件数1位を獲ってみたくて、1位を獲る為にみんなと仲良くしてたって感じ。仲良くなる為には、俺がまず全キャリを覚えてみんなに平等にうまくスイングすれば、いつか俺に返ってくるだろうってだけ。

そしたら案の定その見返りが突然「ドーン」って次々に返ってきて、いつのまにか、

「代わりに接客繫いでくれてありがとう」

「在庫用意してくれてありがとう」

「コミショ書いてくれてありがとう」

「電話確認してくれてありがとう」

「こっちに振ってくれてありがとう」

「マイクで特価商材アピールしてくれてありがとう」って、ありがとうの嵐。

さらにお昼ご飯行こうって誘われるようになった。きっと俺が一番年下だったこともあったと思うけど、気に入ってもらえた。そっからの俺の件数の跳ね具合がやばかった。いろんな人からスイングしてもらうようになったから、自分だけの接客母数では獲得できないほどの数字。

いろんな人から、お昼や、勤務終了後に「飲み行こうぜ！」って誘われるようになったんだけど、中にはさ、あんまりこの人から好かれたくないなって思うような人もいるじゃん？　なんて言うんだろう。自分中心過ぎる人というか、良かれと思って自分の好きな趣味嗜好をめっちゃ押しつけてくる先輩。そういう人からも気に入られちゃって、スイングしてくれるから嬉しいんだけど立ち回りきつかったな。

例えば今俺が覚えている範囲だと、俺当時ダーツって全然やったこと無かったのね。酒もビールとレモンサワーしか知らなかったんだけど。

その良かれと思って押しつけてくるＫＹチックな先輩に、初めて飲み誘われた時の記憶。

「今日終わったら山田飲み行こうよ！」

「マジっすか？　いいんですか？」

「うん、連れていきたいところあるから一緒に行こう」

「了解っす。じゃあ終わったらバックヤードで待ってますね」

「ＯＫ」

勤務終了後、

「山田ここだよここ！」

「なんですかこの店？　焼肉っすか？」

「そう高級焼肉！」

「えっいいんすか？　俺金無いっすよ」

「バーカ！　お前なんかに払わすかよ！　好きなだけ食え！」

「マジっすか？　あざっす！」


ここまでは良かった！　肉もビールもめちゃくちゃうまかった。最高の先輩だよね。

ここまではね……。

焼肉終了後、

「山田！　次なんだけど俺の行きつけのＢＡＲに行こうぜ」

（えっ？　解散じゃないの？　まだ飲むんだこの人は……。でも奢ってもらっちゃったから断りづれぇし良い先輩だからまいっか）と心の中で思いながら、

「マジっすか？　わかりました！」


「着いた。ここだよここ！」

「なんすかここ？　めっちゃ高そうっすね？」

「全然たいしたことねぇよ大丈夫！」


「いらっしゃいませ」

「マスター！　俺いつもの！」

「かしこまりました」

（はっ？　いつもの？　いつものって何だよ）

「山田も一緒でいいか？」

「あっはい大丈夫です」

（いや、はいって言うしかないだろ、何が出てくるんだよ……）

「お待たせしました、ズブロッカです」

（はっ？　ズッ、ズブロッカ？　なんだそれ。えっロック？）

「あっ、ありがとうございます」

「よし山田乾杯しよ！」

「あっ、はい乾杯っす」

「どうだ？　うまいだろ！」

（クッセ、ナニコレ？　臭過ぎだろ）

「はい、うまいっすね。でもきつくないっすかこれ？」

「バーカきつくねぇよ、芳醇な香りが鼻にすーっと抜けて最高なだけだろ」

（うわくっせ、臭過ぎる。何だこれマジで。これ全部飲めるかなぁ）

「……そっすね、今まで一度もこんな経験したことない味なんで新鮮です。でも度数高くないっすかこれ」

「たいしたことねぇよ。これくらいの酒飲まないと酔っぱらえねぇだろ。お前まだ二十歳だからな。こういう酒のうまさがわかったらモテるぞ！」

（うぁバカクセーー。いやモテなくていいし、お前そもそもモテてねぇしカッコ良くねぇから。わっ臭っ。臭過ぎるこの酒）

「そっすね。この酒のうまさがわかるような男になります」

「マスターおかわり。同じの二つ！」

（えっ、やめろ！　俺はまだ半分も飲んでねぇよふざけんな）

「あっ先輩飲むの早いっすね？　もう飲んだんですね」

「芳醇なフルーツジュースみたいなもんだからな、スイスイ入っちまうよ」

（……何が芳醇なフルーツジュースだよ、ふざけんなよマジで。次もっかいズブロッカ頼んできたらマジ断ろ）

「さすが先輩っすね。でも俺次飲んだら帰れなくなっちゃうかもしれないんで、次はレモンサワー頼みますね」

「バーカここでレモンサワーなんか頼んだら笑われるぞ。だったらもっかいズブロッカ飲んで終わりにしな」

（いやいや臭えぇんだって。くせーし度数きちーし、お前は俺じゃないんだよ。俺マジで我慢してるからな。もう二度とこの先輩と飲むのやめよ）

「あっ、はい、わかりました」


「山田ダーツやったことあるか？」

「いや、ないっす」

「ダーツやろうぜ」

「えっ、俺ルールわかんないっすよ」

「大丈夫だ、ただ真ん中目掛けて投げりゃいいだけだから」

（はー、全然やりたくねぇわぁ、なんで男二人でズブロッカ飲みながらダーツやらなきゃいけないんだよ）

「……わかりました」


「どうだ？　楽しいだろ？」

「（楽しくねぇわ）そっすね、真ん中入ると気持ち良いっすね」

「じゃあ、もっかいやろうぜ。マスター、ズブロッカおかわり」

（はい、また臭いの入りましたー、はい終わったもう無理。これやったら絶対帰る）

「了解っす。先輩！　終電やばいんで次のゲームで俺帰りますね」

「もうそんな時間か？　一緒に朝まで飲んでいこうぜ」

（飲むかよ、眠みぃし臭せーしダーツ意味わかんねぇし男二人だし。もう我慢できない、嘘つくしかない）

「いや、明日も朝早いのと、このあと地元の先輩に誘われているんで、今日は帰らせてもらいますね」

「そかそか了解」

「マジ楽しかったです。俺もこういう飲み方できるように、もっと稼いで男磨き頑張ります」

「おっ、いいね、この店お前も使っていいからな」

「マジっすか（絶対使わない）あざっす。その際は先輩に連絡しますね」

「おお、勝手に使っていいからな。今日は楽しかった、ありがとな」

「いや、こちらこそ焼肉から、先輩の行きつけまで教えて頂いちゃって、マジ嬉しかったっす。ありがとうございました」

「俺はまだここで飲むから先帰っていいぞ」

「(おお勝手に飲め飲めー)了解っす。本当にありがとうございました。お先に失礼いたします」


良い人だったよ。良い人だったんだけどなんとなくわかる? 俺がはっきり言わないからダメだったかなぁ。でも先輩怖いし、現場でめっちゃスイングしてくれるから、とにかく我慢しようって思ってしまった。俺は苦手だった。ダーツの投げ方もめちゃくちゃ拘(こだわ)ったフォームだったし。


そんなこんなの人間関係の中、そういう努力?のおかげもあって、俺○月間の件数1位を獲る日が来るんだよね。

当時ずっと1位を獲り続けている大先輩がいて。俺マジでその人に勝ちたくて勝ちたくて、くそ勉強しまくって、気に入られる為にいろんな先輩と飲んで交流深めたり、くそ貪欲にキャッチしてお客さん店頭で止めてマジでやりまくった。その月、月間1位を獲ることができた。めちゃくちゃ嬉しかった。絶対勝てない先輩に勝った。くそ満足した。満たされた。よし! ここからが勝負だ! 毎月毎月1位を獲り続けてやる!

そしたらその1位を獲り続けてきた先輩がその翌月急に辞めた、俺に負けたから。理由はそれだけ。本当に悔しかったみたい。入って半年くらいの俺に件数で負けたし、周りの権力ある人からも俺気に入ってもらってたから多分面白くなかったんだろうね。

その先輩が辞める日に、「もうこれからは山田君の時代だよ。山田君がいるからこのお店はもう大丈夫だね」って言って辞めてった。

俺は1位獲ってめっちゃ嬉しかったけど、1位を獲り続けていた先輩はカッコ良かったし、まだまだその人と一緒に働けるって思ってたからなんか「えっ？」ていう気分になった。でもそっから俺は毎月1位だった。ずっと1位であり続けないといけないんだって思いながら変な使命感の中で働いていた。

周りも俺がずっと1位だから「山田凄いね！」とか、家電量販店の社員やマネージャークラスも俺が件数めっちゃ獲るから店の売り上げも上がって、ちやほやしてきた。最初はめっちゃ怖かった社員も急に優しくなっていろいろ融通利くようになった。

時給が上がった。
手ぶらで出社できるようになった。
俺に対しての髪型やら服装のルールも緩くなった。
休み希望も通った。マジで仕事がやりやすくなって楽しくなった。
手ぶらで出社が一番最高だった。出勤したらしゃべるだけ。お客さんに声かけて件数を獲る。終わったらまた手ぶらで帰る。最高の働き方だった。でも結果出さなければ干されるし自分の思うように働くことはできなくなる。とにかく結果の世界。マジで結果。

俺が結果出なくなったらこいつらはまた態度を変えてくる。掌返してくる。とにかくこの時代は結果だと学んだ。

俺は結果で周りの態度が変わると知っていたから、ずっと結果を出し続けた。

1年弱経ったくらいで俺が所属していた派遣社員の営業の人から、「お前は1店舗でイチ派遣社員として働くのはもったいない。いろんなお店のマネージャーとして派遣社員を束ねる営業社員をやらないか？」ってオファーが来た。「最初っから月収30万は固定でやるから」って。だから俺は金欲しさに「わかりました」って言ってすぐカメラの派遣社員を辞めた。そしてその派遣会社の営業社員になった。

だけどその派遣会社の社員3か月くらいで辞めた。なんかイメージと違うってなって。そして次似たような家電量販店の派遣社員やったんだけど、なんか違うってなってまたすぐ辞めた。

あの環境で件数を追う仕事が、俺は一番合ってて好きだったんだなぁと、辞めてからいろんな仕事をしてその価値に気づいた。

第3章

代表取締役の存在価値

20歳～21歳の時にある人に出会って全ての感覚とか考え方とかが、いろんなもんを変えてくれた超素敵な人。

今現在代表取締役を務めている社長がその運命の人。

社長に誘ってもらって今現在、今日まで18年間、株式会社レジェンドプロモーションという会社で働いている。

社長と出会っていなかったらどうなっていたのだろう。こんなに人の為とか世の中の為とか考えなかっただろうな。本当に出会えて良かった。ただあんまり社長とのこと話すのは照れ臭いから話せるとこだけ書こうかな。

正直、理由は金だった

まず動機、社長と一緒に仕事をやると決めた最初の最大の理由は「金」だった。

社長から「給料なんだけど、会社の売り上げの10％を給料としてあげるね！」と。

「えっ？　どういうことですか？　自分バカなんでわかんないです」

「例えば会社の売り上げが１００万円だったらやまてつの給料はいくらになると思う？」

「……10万円ですか？」

「そう10万円」

「会社の売り上げが５００万円だったら？」

「……50万円」

「そう。会社の売り上げが１０００万円だったら？」

「えっ１００万円ですか？　マジすか？　やります！」

それが一緒にやるきっかけ。


当時社長がどんな人だったかもわからなかったし、俺は普通の家庭っていうのもおかしいけど、周りと比べて貧乏な家庭で育ったから、とにかく金が欲しくて。それが一番の理由だった。

でも入って1～2年くらいずっと20万前後だったかな。貰えても30万円とか。20万円でももちろん十分だし、ありがたい金額なはずなんだけど、当時はその20万の価値がわかってなくて、「なんでだよ、全然100万円貰えねぇじゃねぇか」って思って働いてた。

約1年家電量販店で派遣社員をやってた時、月30万円くらい貰ってたからレジェンドプロモーションという会社を立ち上げるうえで、始めたての時がどんだけしんどくて、どんだけこの金がありがたいことなのかってことは、21歳の俺はあんまりわかってなかった。

「あぁ量販店で貰ってた給料より安いわマジかぁ」って。

一緒に会社やり出した1年目はめっちゃ社長に迷惑かけてしまった。例えば現場バックレたり、嘘ついたり、電話出なかったり、社長が仕事獲ってきてくれたのに「その仕事はやりたくない」とか言って代わりに社長が現場入ったり。とにかく裏切って迷惑かけまくってしまった。

それでも社長は俺を見捨てなかった。見捨てるどころか俺の要望を全て応えようとしてくれた。

俺が仕事うまくいってない時は一緒に夜遅くまで起きててくれてたり、社長の方がお金厳しいのに俺にラーメン奢ってくれたり、代わりに俺の仕事してくれたり、その寄り添いがたまらなく申し訳なくなって俺は覚醒した。

業界御法度の引き抜き大事件

特に忘れられない大インパクトエピソードが一つあって、それが**俺がある時主要取引先から引き抜きされかけた時の話。**

簡単にいうと「こっちで働かないか?」という話を主要取引先から俺がもらったってこと。レジェンドプロモーションはその主要会社から頂く仕事が当時90%を超えるほど、その会社の売り上げで成り立っていた。

その会社に切られたらうちの会社は潰れるほど依存していた。レジェンドプロモーションという会社は立ち上げ当初、その主要取引先から委託で携帯販売の仕事をメインでもらっていたのね。

業務請負契約をして、うちから人を出して携帯ショップや量販店、チビ店といわれる併売店など、携帯を扱っているお店に出向き、1台でも多く携帯を売るっていう。

昔さ、毎週土日になると携帯キャリアのジャンパーを着た店員さんやコスチュームを着たコンパニオンさんが、いろんな家電量販店や携帯ショップの店頭でティッシュを配っていたり、マイクパフォーマンスをしたりしてる風景見たことあるかな? 風船配ったり、新機種の携帯を触らせてもらったりみたいな。

その仕事をうちはメインでもらっていて、実際に俺も毎週店頭でティッシュを配ったりマイクで賑やかしして、イベントを盛り上げながら携帯を販売していたんだよね。

ある日その主要取引会社のお偉いさんが、日曜日の夕方に、俺が入ってる現場に巡回で来てくれて、「山田君。現場終了後に二人でご飯でも食べにいこうよ！」って誘われて。

俺もその人大好きだったし、その人から携帯を売るコツやイベントの盛り上げ方とかいろいろ教えてもらっていたから、そして何よりも俺はその人から気に入られたかったから「はい喜んでバリに、もちろん行きます！」って言ってさ、それで飯食ったのよ。

その時の飯の場で、「山田君もし良かったら統括ディレクターとしてうちで働いてみない？」って誘われた。

最初は心の中で（えっ？　ん？　えーーーー！　どういうこと？　これは社員としてそっちで働くってこと？）ってフリーズしてしまって。

「えっ？　出向ですか……？　それは御社に毎日出社して働くってことですか？」って聞いたら、

「うんそうだよ、ちょっと考えてみてくれる？」

「あっ、えっ、あっ、わかりました。一度持ち帰らせて頂き、またご連絡させて頂きます」って言ってその日の飯は終わった。

突然過ぎた誘い話。ちなみにこんな話は一握りの奴にしか来ないとんでもない話。というのも統括ディレクターっていう役職はマジでとんでもないのよ。何百人っている超デカい組織のTOPのことなんだけど、ちなみに統括ディレクターまでの道のりがやば過ぎる。

その主要取引先の会社はマジでバカでかいのね、最初の最初、いっちばん最初はスタッフから登録して始めないといけない。

スタッフ時代はとにかく現場で実績を出さないといけないし出し続けないといけない。

そのバカでかい組織からも、働く店舗先からも、そして一緒に働くスタッフやディレクターからも認められないといけない。

そしてそのスタッフの次に昇格するポジションがアシスタントディレクター、そして次がディレクター、そして次がチーフディレクター、そして統括ディレクターっていうピラミッド型の構図になっていて、俺はその会社でもちろんスタッフから業務委託でスタートして、どれくらいだろう……1年、いや2年くらいかな、まっ数字出し続けてチーフディレクターまで昇格していった。自分でいうのもなんだけど、チーフでも十分凄いと思っていた。

さっきの引き抜きの話は俺がチーフディレクターまで昇格していた時に貰った話。

ちなみにスタッフっていうポジションは当時本当に何百人っていう単位で人が登録していたからやばかった。お互いスタッフ同士の争いが。

スタッフの仕事っていうのはひたすら現場でお声がけ、賑やかし、販売がメイン。

スタッフで登録した人達のモチベーションは、みんなディレクターに昇格する為にひたすら現場で数字を上げる。単純に金が増えるしカッコ良いから。

ディレクターに昇格するとその業務にさらにスタッフのマネージメントや休憩の管理、店舗のお偉いさんとの連携っていう仕事が追加される。だいたいこのディレクターで止まってしまう人がほとんど。

一握りの人間だけがさらにチーフディレクターの話が来る。チーフディレクターまで昇格されると、店舗のお偉いさんと事前の打ち合わせ、当日の現場の注意事項や目標件数や、動き方などを記載するロケハンシートの作成、当日現場に入るスタッフのキャスティングの補佐、備品管理の仕事まで増える。


そのバカでかい会社は東京はもちろん、神奈川、埼玉、千葉もあって、俺は千葉のエリアをメインで担当していた。地道に働いて、数字を出し続けて、スタッフからチーフディレクターまで昇格することができた。

ちなみに千葉のエリアだけでもめっちゃ人いたよ。周りからの評判や、個人の実力が認められてチーフディレクターになった。当時は嬉しくて嬉しくてしょうがなかったし、やりがい使命感も爆上がりでめっちゃ楽しかった。

何よりチーフディレクターになれる奴はほんの一握りだったから、価値の高さにも大満足していた。そんな中統括ディレクターへの切符の話だった。

日曜日の夜に話を貰い、寝る前まで考えた。考えたっていうのは「えっ、統括？　統括ってやばくねぇか。俺が統括になっていいのか。千葉エリアのＴＯＰに俺が……」って。

次の日月曜日、いつものように俺はレジェンドプロモーションに出社し、一番最初に社長の部屋に入って昨日の話を報告した。一旦そのお偉いさんを今だけ「Ａさん」と呼ぶね。

次の日の朝の、社長とのやりとり。

「社長、おはようございます！」

「あっ、やまてつおはよー」

「社長。昨日Ａさんにご飯誘われてご飯行ってきました」

「あっ、そう良かったね、ちゃんとお礼の連絡入れた？」

「はい。奢ってもらったのでちゃんと『ありがとうございました』とお伝えしました」

「そっか、どうだった？　楽しかった？」

「はい、めっちゃ楽しかったし現場を運営するコツをさらに頂きました」

「おー、良かったじゃん」

「はい、良かったです。ただ、社長。ひとつ、Ａさんから昨日『統括ディレクターとして働いてみない？　もし良かったら考えてみてくれる？』って言われました」

「……えっ……？　嘘でしょ？　本当に？」

「はい、本当です。『統括ディレクターで働いてみない？』って言われました」

「はっ？　マジで？　やまてつそれどういうことかわかってる？」

「えっ？　全然わからないです」

「レジェンドプロモーションを辞めるか、またはその会社に出向しないとできないんだよ、その仕事は！」

「えっ、マジっすか！！」

「やまてつは、それでAさんになんて言ったの？」

「あっ、よくわからなかったので、私は『一旦持ち帰らせて頂き、またご連絡させて頂きます』って伝えました」

「本当にAさんはやまてつに言ったんだね？」

「はい、本当です」


次の瞬間、社長は目の前のデスクの上にある電話機を使って、Aさんが勤務するバカでかい会社に電話していた。

俺は一瞬で察した。なんかやばいことが起きるって。


「あっ、いつもお世話になっております。Aさんは本日出社されてますでしょうか？」

「はい、少々お待ちください」

「お電話代わりましたAですが。社長お久しぶりです」

「こちらこそAさんお久しぶりです。朝から突然お電話してしまい申し訳ございません」

「いえいえ」

「あの、Aさんに一つ確認したいことがありまして」

「はい、なんですか？」

「昨日弊社の山田がAさんにご飯に連れていってもらったと今報告貰ったんですが」

「あっ、はい。山田君とご飯食べましたよ」

「あっ。ありがとうございます。その時の会話の中で、Aさんから統括ディレクターの話をもらったと言っているのですが本当ですか？」

「はい、本当です。山田君に『なってみない？　考えてみない？』と伝えましたよ」

「えっ、Aさん本気で言ってますか？　山田を御社に出向させるってことですか？　これは引き抜き行為に当たると思いますし、せめて山田に直接ではなく、山田の上司である私に話すべき内容ではありませんか？　私はAさん、そしてAさんの会社に大変恩がありますし信頼もありました。ですが、私のいないところでそういう話をするんだったらもう御社とのお取引はやめさせて頂きます。それでは失礼いたします」

と、一方的に伝えて電話を切った。


えっ、絶対にやばい。

もうやばい空気が充満しまくってる。

どうしたらいいんだろう。俺はどうすればいいんだろう。

電話を切った社長が俺に一番最初に言ってくれた一言、

「やまてつ！　もっかいイチから会社やろう！」。しかも笑顔で言われた。

俺は何が起きているのか一瞬わかんなかったけど、社長はそのバカでかい会社との関係を、今この電話で断ち切ってもいいと覚悟した瞬間だけは伝わった。確実に無くなってもいいと思っていた感じが伝わった。

社長の中で、陰でそういう話をしていたことが本当に嫌だったんだと思った。でもそれだけでというか、超デカい取引さんを、こっちから切ってしまうって。本当にバカでかい会社だし、その会社のとの契約を切ったら本当にまたイチからになる。

俺はその一連の引き抜き話があったおかげで、改めて俺は愛されていることに気づいた。そして社長は人に熱く、恩や義理、順番、礼儀などをとても大切にし重んじる人だと感じた。

何より全てにおいて本気だった。社長はマジでなんかすげぇって思った。常に冷静で頭もめちゃくちゃ良くて優しいのに、時に感情で思いっきり突っ走って怒ったり、たまにある、本当にたまに怒る。それくらい普段は絶対に怒らない。

でも確かに俺も今ならクソわかる。超信頼している会社、そして超信頼している会社の担当者が、陰で俺の大好きな部下を引き抜こうとしてたら、たとえその会社がバカでかくて、その会社が凄くても、俺も付き合いたいとは思わない。せめてまず初めに順番としてこっちに相談しろってシンプルに思う。人としてどうかと思う。

社長は当時30歳手前くらいだったんじゃないかな。いやでもやばいよね、めっちゃ頑張って頑張って頑張ってそのバカでかい会社との契約まで折角結びついて、これからもっと仕事貰って会社でかくしていこうって時に、俺のそのたった一つの話でバカでかい会社ごと切ってしまおうとする社長の決断力。

またイチからやろうって言葉、全然簡単じゃないんだよ。イチからやってきたからこそわかる、「もう一度イチからやる覚悟」。

社長はもう一度、イチからになってもそのバカでかい会社よりも俺を選んでくれたこと、俺を愛してくれていたこと。この思い出は今でも忘れられない。本当に俺にとっては伝説の事件だった。

ちなみに最終的には切られることなく、多少の行き違いもあって和解ができて、継続して仕事することができたんだけどね。

社長はここまで鮮明に覚えていてくれているかなぁ。社長本人にも2、3回は話した記憶があるからうっすらとは覚えてくれているはず。まぁとにかく社長が大好きになったエピソードの一つ。

そういうのもあってこの人にこれ以上迷惑かけたくない。この人が喜ぶことをしたい。もっとお金欲しいなら自分が変わらなければいけないって。人や環境のせいにしていた俺の弱い心が少しずつ変化していった。

夢が最短で叶う方法を知った

そっからはいろいろスイッチが入って、できないものを諦めていた自分が、できるまで諦めなくなったり、できた時の達成感を幸せと感じるようになったり、3人くらいで始めたんだけど、4人、5人、6人と増えてった時は、この人達の為にもっと頑張んなきゃって思えるようになったり、人の為に頑張るということがこんなにも素晴らしくて、こんなにも潜在能力が発揮できるのかと驚くほど。

仲間のやりたいこと、仲間の夢を達成させる為に頑張ったことが結果自分の為に、人の為に動くことが実は自分の夢が最短で叶うことを知った。

これは言葉では難しいしなかなかできない行為だと思う。ただ俺は失うものなんてなかったから、失敗したって路頭に迷うだけだろくらいの勢いで20代を突っ走った。借金もあったし、未来が明るいとも思ってなかった。

でも今がある環境は俺にとってかけがえのないもの、この環境を乗り越えることができなければ俺はもう終わりだと思って決心したからくそ走りまくった。

23歳まで柏に住んでいたけど、決心が固まったから池袋に引っ越した。会社が池袋だったから。あと柏に住んでいたら友達とかおかんとかいろんな人に頼ってしまったり逃げそうな自分がいたから。

23歳で池袋に引っ越してからの俺の暴走は止まらなかった。とにかく会社、とにかく仲間、そして金の為にやりまくった。とにかく会社の為、社長の為。その都度弱くなったり、心が折れそうになった時はいつも社長がそばにいた。社長のおかげで俺は真人間になれたと思ってる。

ただ一つ社長はめちゃくちゃ凄いし、いまでも大尊敬の人なんだけど、あの時俺も、俺自身社長についていくと決めた、俺の覚悟、俺の人を見る判断も褒めてあげたい。

今18年経ったけどいまだに社長が好き。こんな人世の中にいるの？　俺も38歳になっていろんな人と出会ってきたけど、いまだに社長を超える人には出会えていない。

誰よりも社長は自分のことより俺、それはお金でも時間でも労力においても、とにかく社長は自分のことよりも俺に時間やお金、体力を使ってくれた。それは仕事を通して毎日感じることができた。気持ち悪いけど「これが愛か？」っていうくらい。

だから俺は社長がどんなに金持ちになっても、もっと金持ちになってほしいって思うし、むしろ俺がもっと稼いでやるっていう想い。社長の金の使い方はみんなをハッピーにさせる使い方。本当に金の使い方が素敵すぎる。こういう人にはもっとお金が舞い込んでくると思ってる。

金の使い方汚い奴って世の中にいっぱいいいるじゃん。人権を否定するような使い方とか、金でなんでも解決させようとする奴、高ければいい的な。社長に関しては「どうやってそんな使い方覚えたんですか?」っていうくらい社長の金の考え方、使い方はやべぇー。てな感じで社長との話はここまで。

山田一派　悠一という男

ここからはレジェンドプロモーションという会社に18年もいるから、うちの会社の話をしていこうと思う。

あっ、折角だから何人か社員の話もしよっかな。

まず一人目は悠一、悠一との思い出を刻みたくなったから書く。

悠一と出会って俺はまた強くなったね。悠一が23歳、俺が26歳くらいの時だったかな。悠一の出会いもまた最強で最高だった。

簡単に言うと悠一は中卒で頭悪くて、猪突猛進で真っ直ぐな人間。最初の出会いは俺が悠一の新人研修の講師を担当した時、悠一以外に研修する受講生が3人いてさ、悠一入れて4人ね、悠一以外の3人はみんな頭が良い大学の子達だった。名門よ名門、有名大学生。

悠一だけ中卒だったから気まずくなってるかなと思いきや、悠一バッチバッチにその大学生にメンチ切りながら受講してさ、それもまた見てて面白かったんだけど、悠一以外の受講生は終始俺の話をしっかり聞いてて、ノートのメモの取り方がめっちゃうまくて、しかもパソコン出して、「パソコンでメモも取っていいですか？」っていう子もいて、みんなガンガンメモ取りまくってたんだよね。

おーすげぇなって見ててパッと俺が悠一の方見たら、悠一俺の目だけずっと見てるのよ。メモ取らず俺の顔だけじーっと。心の中で俺（めっちゃこいつおもろ）って思った。

多分、多分だよ。俺話すのめっちゃ早かったのと情報量がくそ多かったら確実についてこれてない顔だと思ったんだよね。だから何をメモとっていいのか、周りは全員黙々とメモとってるから、せめて俺の顔見て負けてねぇよ感出してきてるのかなって。まぁ可愛く見えてしまったんだよね。俺は逆に目をちゃんと見てくれる受講生の方が好きだったからそこでまず悠一に興味が湧いたっていう印象。

研修が終わって悠一だけ一人残して二人で話した。

「悠一！　お前この会社で働きたいか？」

「はい働きたいです」

「なんで？　なんでこの会社で働きたい？　今日の研修どうだった？　お前パソコン売れるか？　ぶっちゃけ難しかっただろ？」

「いや大丈夫です」

「マジで？」

「はい」

「じゃあ悠一！　この会社で働きたい一番の理由を教えてくれ」

「はい。自分東京出てきてパチンコで全部金すってしまって、正直仕事はなんでもいいっす。この会社は日給が高かったんで金です。金が欲しいっす」

「マジか。なるほどな、よしわかった。じゃあまずはこの会社も俺も好きにならなくていいから金だけ稼いでいけよ」

「えっ？　マジっすか？　あっ、ありがとうございます」

「でもその代わりお前の為に必ず仕事獲ってくるから絶対バックレんなよ」

「はい、大丈夫です」

「初勤務して、『やっぱり辛いです。イメージと違ったんでやっぱり残りのシフトは全てキャンセルでお願いします』みたいなことも言うなよ！　それが約束できるなら絶対お前に仕事獲ってきてやる。できないなら今すぐ帰れ。どうだ？　やれっか？」

「はい、もちろんです。絶対金稼がないと俺もやばいんで絶対バックレないです」

「約束だ。じゃあ必ず金稼いでいけ。ただ悠一、給料形態なんだけど、固定制とインセティブ制の2種類あるんだけどお前どっちがいい?」

「えっインセンティブってなんですか?」

「あーはいはい、俺もバカだったし無知だったからわかんなかったから説明するね。インセンティブっていうのは、簡単に言うと獲ったら獲った分だけ給料が上がるっていう仕組みだ。さっきお前パチンコやってるって言ってたから、パチンコで例えるなら青天井ってこと」

「あー、そういうことっすね。了解っす。じゃあ青天井が良いです!」

「だよな! そう言ってくれると思った。OK。じゃあお前はインセンティブの給料で働いてくれ。そしたら早速なんだけどいつから働きたい?」

「えっ暇なんでいつからでも」

「マジで? じゃあ明日から働けよ」

「マジっすか? いいんすか?」

「いやこちらこそいいんすか? いけんの?」

「全然いけます!」

「じゃあ明日お前昭島! 昭島行って」

「昭島? 昭島ってどこっすか?」

「そんなん自分で調べろよ。あっ、そしたら簡単な詳細メールを今この場で送るから、お前の携帯でうちの会社メールアドレス登録して。今送るから」

「はい」

「明日ベテランの先輩つけるからその先輩と二人で働いてきて。んで1個お前に豆の話をするんだけど……」

「豆？　豆ってなんすか？」

「えっお前豆知らねぇの？」

「食う奴以外知らないっす」

「じゃあ、お前昔よくガキの頃ドッジボールとかキックベースとかドロケーとかを友達と遊んできた人？」

「はいめちゃくちゃしてきました」

「あっじゃあ話早いわ、そん時にさ、たまにその友達の弟とか妹を連れてくるダチいなかった？」

「あー、いましたね」

「ドッジボールやる時にその弟や妹ってまだ体が小さいし、同じように遊んだらけがしちゃうから、『こいつは豆で一緒にやらせてもいい？』ってなかった？」

「あー、はいはいありました。キックベースだったら近くで蹴らしてやったり、得点こいつは倍の2点入れてあげるとか」

「そうそうハンデみたいな。一緒に遊ばせるけど鬼にはしてはいけないとか」

「あー、わかりますわかります」

「それ！」

「えっ？」

「お前は明日それ！」

「えっ？」

「つまりお前は明日どんなに数字を出すことができても1日7000円。豆だから。お前はうちの会社でいうとその弟的な立ち位置なのよ。要はなんもわかってないだろ？　朝入店する時の挨拶の仕方とか、店舗さんとの折衝とか、どうやって引継ぎすればいいんだとか、どうやって立ち回ればいいんだとか」

「そっすね。実際やってみないとわかんないっす」

「それを明日先輩から教わってこい！　んでお前が明日1日でマスターすることができれば、2日目からは一人立ちにしてやる！　一人立ちできればMAX2万円稼げるぞ！　豆だと1日7000円。一人立ちしたら2万円！　死ぬ気で明日1日で覚えてこい！　金欲しいだろ！もし明日の1日だけでは覚えきれないとか、不安だからって言ってくるなら2日目も豆で7000円にすっから。一人で現場に立てるようになったら豆を解禁してやる。どうする？」

「えっマジで豆嫌っす。2日目からは一人立ちしたいっす」

「OK。じゃあ明日のデビュー戦死ぬ気でやって来い、約束だ！」

「はい、わかりました」

「じゃあ明日実施が終了したら必ず俺に電話してこい。そこで2日目を一人立ちするかしないかを決める。ちなみに明日1日現場立って1件も売れなかったら、ほぼ2日目も豆だと思え」

「わかりました」


こんな感じのやりとり。悠一覚えてる？（笑）こんな感じだったよね。

ちなみに悠一はなんと、その初日で先輩と同じ4件を叩き出した。先輩も悠一も4件。この時代にしかも豆1日目で4件出す奴は正直いなかった。

俺はその先輩に電話してキレた。

「ふざけんなお前、なんで新人のこの豆と一緒の数字で終わったんだおい！」

「すいません、本当にすいません」

「なんで負けた？　豆で4件出せるほどの集客だったらお前なら10件以上確実に出せただろ？」

「いや山田さん逆です。逆だったんです」

「はっ？　どういうことだよ？」

「集客めっちゃ渋かったんです。多分来店40人も来てないっす。こいつ、この豆が単純に凄かったっす。このお客さんは絶対買わないでしょって自分が見極めたお客さんに、セカンドアプローチで、昨日山田さんから教わった研修のトークをひたすら一言一句ブレずに言いまくってて、それで全部獲得したんですあいつ。意味がわからないです。こいつの熱意がやばすぎたっす。本当にすいません」

「なるほど、ちょっと悠一に代われ」

「はい」


「おー悠一、お疲れ！」

「お疲れ様です」

「お前本当に4件獲ったみたいだな。やるじゃん！」

「あっ、ありがとうございます」

「明日どうする？　お前が朝の挨拶や立ち回りを今日1日で全部覚えたんだったら、明日田町ってとこで一人立ちさせてやる」

「えっ、マジっすか？」

「マジだ。約束だからな」

「マジやりたいっす。一人立ちしたいっす。2万円すよね？」

「おーそうだ2万円だ！　お前が1日10件以上出せば毎回、毎日、てか一生2万円だ。どうする？」

「やりたいっす」

「わかった。じゃあ今から田町の詳細送るから明日田町行ってこい！　お前は明日からずっと一人立ちだ！　とりあえず今日は4件おめでとう。じゃあまた先輩に代わって」

「はい、ありがとうございます」

その先輩に俺が、

「おい！　悠一多分真っ直ぐだったべ？　センスあると思うから悠一ちょっと第二で育ててい
くぞ！　てか次お前悠一に負けたら許さねぇからな。お前もちゃんと勉強しとけ」

「いや本当にすいません。申し訳ないっす。次は絶対負けないっす」

「とりあえずお前も今日1日お疲れ。ありがとう！」

「はい、ありがとうございます。失礼します」


そっから悠一の激進はやばかった。

第二運営部当時登録100人くらいで毎日33人動いていたから、実稼働で60人くらいは働いていたんじゃないかな。そん中ですぐ月間1位を何度も叩き出した。悠一の真っ直ぐさに俺は惚れた。

そっからは毎回俺から飯を誘った。最初の方はとにかく俺の飯の誘いを断ってきて、何回誘っても俺と飯食ってくれなかった。


「悠一、来週どっかで飯食わない？」

「いや自分彼女と……」

「おーそっか。わかった、じゃあ次の週は？」

「あー、その週も友達と会うんで……」

「おーそうか。じゃあ3か月先だったら大丈夫だろ？　1日のしかも夜1時間でいいから候補日今探して今決めてくれ？」

「え、3か月先っすか？」

「あー、そうだ。来月でも再来月でもなんか断れそうだったから、3か月先ならさすがに予定は入ってないだろ？　だからそこだけ俺を優先してくれ！」

「あっ……わかりました」

こんな感じでよく悠一とアポ取って俺は飯を食っていた。俺も諦めが悪かったから。

悠一からも言われた。3か月先はさすがに断れないって(笑)。


悠一！　出会ってくれてありがとう！　悠一は今俺と12年くらいの付き合いになるか……。俺確か2年くらい社員になってくれってて口説いてたよね。

「悠一！　マジで社員になってくれ！　俺の研修を、言葉を素直にそのままやってくれるのはお前だけだ。お前は本当に俺の言葉や存在を認めてくれる。お前がいれば必ず会社はでかくなる！　だからやってくれ！」

「いや、ぼくは魚屋の息子なんで。しかも長男なんで……」

「はっ魚屋？　マジか……魚屋のしかも、長男っていうキーワード出されたらこれ以上誘えねぇよ。魚屋継ぐのか？」

「あっ、まぁ、はい、山田さんほんとすいません……」

「こればっかりはしょうがねぇな。いや大丈夫だ。ギリギリまではレジェンドで働いてくれ！」

「わかりました、ありがとうございます」

ってやりとりしたのにさ、最後悠一から2年越しのサプライズで、確か第二の決起会だったよね、そこで悠一から「山田さん！　俺社員になります！」って言ってくれた時、マジで泣きそうになった。あれは痺れたね。最高の瞬間だった。

「魚屋の息子なのに大丈夫かっ?」って聞いたら悠一が、「あー、あれはただ山田さんからのお誘いに一旦断りたかっただけだったので、別に家を継ぐとかは特に関係ないっす、嘘っす」って言われた時は、さすがに「はぁーーー?」ってなったからね俺。

お前中卒でバカで猪突猛進で真っ直ぐでその能力だけで、今販売推進部の部長まで上り詰めたからな！　感動だよ感動。サンキューな悠一！　お前のおかげで俺は中に入って社内業務を中心的にできるようになったのを覚えている。こっから先も俺のそばにいてくれ。

山田一派　平良との出会い

次はたいちゃん行くか！　てか昔たいちゃんに、俺とたいちゃんってどんな出会いだったっけ？「簡単でいいから教えてよ！」ってお願いした時に、たいちゃんがワードで俺に送ってくれた文章がまだ残っていたから、そのデータと俺の記憶を元に書いてみるね。

たいちゃんは21歳の時、先輩の紹介でレジェンドプロモーションに入ってくれた。最初はアルバイトでスタート。面接や研修は俺ではなくて、研修の後半のロープレで俺が登場した。

まず最初に起きた、絶対忘れない〇ムサ事件。

研修終了後、帰り際での会話。

「おっ、たいちゃんこのコートカッコ良いね？」

「あっ、はい！　これ結構するんすよ！」

「あっ、そうなんだ。いくらくらいするの？」

「あっ、これっすか？　8万円くらいっすね」

「えっマジ？　高くない？」

「そっすね！」

「だってたいちゃんまだ学生でしょ？　自分で買ったの？」

「いやこれは成人式のお祝いで母親が買ってくれました」

「そうなんだ、えっ？　たいちゃんこれどこのブランドなの？」

「あっこれっすか？　◯ムサっす」

こんときのたいちゃんのドヤった顔は一生忘れない(笑)。マジおもろかったからね。


そして勤務してすぐに教えてもらう先輩が自分よりも年下ってわかった瞬間、たいちゃんタメ語で話し出したり、遠方の現場で大遅刻かまして、たまたま俺がラウンド予定だったから、お店の人に一緒に謝ってなんとか許してもらえたり。俺その日滅茶苦茶怒った気がする。

安い居酒屋もよく行ったね。その居酒屋でみんなで朝礼の練習したりロープレしたり。名刺も作ってその渡し方をそこの居酒屋で練習もした。

俺がトイレで口から血を出す事件があったり、とにかく毎回花瓶みたいなジョッキで酒を飲み交わしていた記憶がある。

池袋のボウリング、目白のカラオケ、本当に良く行った。◯Pod Touchを初めて買って刻印してさ、コイン落としや宇宙のバスケのゲームは本当にはまった。たいちゃんの肩幅が広すぎるから、毎回寝る時「肩を壁に立て掛けて寝ろっ！」て言って寝てもらってたね……。


てか、たいちゃん！　たいちゃんとの思い出ここに書けないことばっかだわ(笑)。うっすーいのしか書けない、無理だ。こっから真面目な話だけ書くわ。

たいちゃんがアルバイトとしてレジェンドで働いて半年経った時。俺はたいちゃんに、

「たいちゃん！　一緒に社員になって働かない？」

「マジっすか。めちゃくちゃ嬉しいです。ありがとうございます。ただ自分大学卒業後はアメリカに留学するんです。なので社員になることはできないです。すいません」

「そうなんだ。マジかぁ、それはしょうがないか。でも引き続き誘うから遊ぼうね」

「はいもちろんです。ありがとうございます」

「卒業ギリギリまでは思い出作っていこう！」


そっから俺はいろんな行事にたいちゃんを誘った。

「たいちゃん！　社員の誕生会に一緒に来ない？」

「たいちゃん！　ホームパーティやるから来ない？」

「たいちゃん！　今みんなでカラオケやってるんだけど来ない？」

とにかく遊んだ！

仕事もプライベートもとにかく一緒にいる時間が長かった。


ある日俺がたいちゃんに、「俺と代表とたいちゃんでご飯食べない？」って誘った。代表が池袋の中でも、最高に夜景が綺麗に見えるレストランを予約してくれた。

（この3人で食べた食材やドリンクは全て一生忘れない思い出になったと後々たいちゃんから

聞く)

折角用意してくれた最高のレストランなのに、終始代表は雑談ばかりだった(笑)。

最後の最後で俺が代表に、

「実はたいちゃんをレジェンドに誘ってるんです。でもたいちゃんは大学卒業後アメリカに留学してしまうんです」と切り出した。

代表はたいちゃんに聞いた。「たいちゃんは夢とかあるの?」

「海外で仕事をしていずれは海外に住みたい」と伝え詳細を話すと、少し間をおいて代表が、

「それレジェンドで一緒に叶えようよ」ってたいちゃんに言った。

たいちゃんそん時めちゃくちゃ痺れたみたい。

(もうたいちゃんの中では留学って決まってたけど、『一緒に叶えようよ!』ってまさか言われると思ってもなかったから、すんごいビックリしたしめっちゃ考えたみたい)

その直後に代表がたいちゃんに、

「向こう見て!」

夜景の先にどでかい花火が上がっていた。


それから月日は1か月が経ち、またたいちゃんをご飯に誘った。

あれからたいちゃんは考えて考えて1か月後に、池袋のとんかつ屋さんでまた俺と代表とた

いちゃんでご飯を食べた。たいちゃんは悩んだ末に、

「それでも今は留学を優先したい」と俺と代表にしっかり伝えた。

俺はもう無理だと思った。たいちゃんと一緒にレジェンドをでかくする夢は叶わないと思った。諦めるべきだと感じた。それでもたいちゃんのことは大好きだったからいつものように遊んでいた。やがて来るこの運命の入社式まで……。

大運命の入社式

レジェンドプロモーションの入社式1週間前、つまり3月の終わりに俺はいつものようにたいちゃんを家に誘ってくつろいでいた。俺の大好きな漫画本を読みながら、俺は（もうここしかない。どうなろうとも今思っている感情は正直に言いたい）と思って、換気扇の下で煙草に火を点け、たいちゃんを呼んだ。

「たいちゃ〜ん！　一緒に一服しよ。たいちゃん、俺やっぱダメだ。俺はどうしてもたいちゃんと働きたい。たいちゃんが好きすぎるんだ。俺とたいちゃんは社員とスタッフであり、友達であり、ライバルであり、兄弟であり、そして仲間なんだ。とにかく離れたくないし離したくない」

「いやーマジっすか。ありがとうございます！　自分も山さん大好きっす。もう決まってますが、もっかい考えさせてください！」って言ってくれて、めっちゃ考えてくれてたね。

たいちゃん心がめっちゃ苦しかったでしょ？　しつこく誘ってたもんね(笑)。

たいちゃんはそっからもう1回いろいろな決意が全部ひっくり返って、入社式までの1週間ずーーーーーーっと悩み続けた。

親にも友達にも相談をしまくってても決まらず、レジェンドプロモーションの入社式の前日の深夜（もはや当日）に、たいちゃんは地元のファミレスに大親友3人を呼んで、4人で最終決断をする相談会をしてくれてた。そのうち親友二人が、

「てかもう迷う必要ないだろ、そんなに尊敬できて好きな人達がいるなら、絶対レジェンドに行くべきだろ」。その言葉を放ち、たいちゃんはなんと翌日のレジェンドプロモーションの入社式の扉を一番最初に開けた。

「おはようございます！　本日から宜しくお願いします！」と、キラッキラの目で俺らを見つめた。

「えっ？　たいちゃん留学は？」

「やまさん！　この会社で叶えます！」

マジで泣きそうになった。

くそ嬉しかった。

俺がたいちゃんの人生を変えてしまった。

たいちゃんを絶対に幸せにしたい！

絶対に幸せにしてみせる！

俺がたいちゃんを必ず、絶対に、この会社に入って良かったと言わせてみせる！

そう心の中で誓った瞬間。くそ嬉しかった。めっちゃ感動した！

絶対に忘れられないあの入社式。

たいちゃん！　ありがとうね！

山田一派　清志という漢

清志も書きたくなった。たいちゃんの紹介で入ってきてくれた同志。

清志は本当に漢の中の漢。絶対に裏切らない。言ったことは必ずやりきる漢。

1年間毎日9時出社をすると言えば淡々とサクッとやり抜く。ランキングで来月絶対1位を獲ると宣言した翌月は、体を壊そうがどんなことが起きようが必ず1位を獲っていた。真っ直ぐで、順番を大事にし、人から貰った恩を絶対に忘れない漢。あんまり褒めすぎると気持ち悪いからこの辺にしとこ。まっ俺の次ね俺の次。俺の次に熱い漢だからね（笑）。

清志のおもろいところも書かないとな。まずは一番最初の出会い、そしてイメージは、「えっ結構体ふくよかじゃね？　たいちゃんの紹介で入ってきたのにふくよかだな。たいちゃんの友達なのにふくよかだな」って思った。

ふくよかなのに、ふくよかだからなのか、中々太いズボンにでかいシャツ着てた気がする。白と黒の服に髑髏（どくろ）のアクセサリー合わせちゃって、

「えっ？　このファッション誰から教わったんだ？　独学？　結構個性たっぷりな奴だな。目がキラッキラで注意しづらいしどうしよう。一旦スルーしておこう……」

外見はそんなイメージだった。


いつの日か俺が清志に、「俺がコーディネートするから一緒に買い物行こうぜ！」って言って、栃木のアウトレット行ったよね？　俺が全身清志の服をコーデさせてもらった。あれもおもろかったよな。清志が髑髏（どくろ）アクセサリーとダブダブの服装で来ているのがなんか嫌だったんだと思う。

まっ外見はそんなとこにしておかないと。内面は素直で真っ直ぐで謙虚で超可愛いかった。マジで可愛かった（今は……）。

なんでも「はい！」「はい！」って素直に受け止めて、とにかく吸収してくれた。

たいちゃんから紹介されたたっていうこともめちゃめちゃ大事にしてくれたから、たいちゃんの面子を潰さないようにっていう意識がひしひしと伝わった。現場に入ってる時も淡々とこなしていた。

ある時自分の引継ぎの甘さから、清志が0件をやってしまう日があったね。支店案件で絶対にこけることができない現場だったのにタコってしまった。もちろん引継ぎはめっちゃしてた。だけど窓口で全て流れてしまった。

現場終了後、清志から「マジですいません！」って謝罪の電話がきた。まさかの清志がって思ったから、

「すいませんタコりました」

「なんで？　どうしたの？」

「全て窓口で流れてしまって。ただこれはお店というよりかは自分の引継ぎが甘かったです。二度とこういうことが起きないよう引継ぎを徹底的にするんで、次回は絶対こんなことやらないっす」

清志マジで悔しがってた。相当ムカついていたと思う。でもそっから清志の引継ぎは完璧だった。

しばらくスタッフとして清志が働いている時にふと、清志が俺の仕事内容に興味を持ち始め

て、俺が普段社内やクライアントとの打ち合わせで何をしているかとか聞いてくれて、んで近々俺が事前にロケハンするっていう仕事があったんだけど、その仕事を見にいきたいっていつの日か言ってくれてさ。

「どうする？　来るか？　ついてくるのは全然いいけど、その日の日給は出せないよ」

「全然いいっす」

「わかった。じゃあ近々だと千葉の遠方現場のロケハンが決まってるから、そこ一緒に行くか？」

「はい大丈夫です。ありがとうございます」


クライアントさんとの対面ロケハン終了後、俺が帰りの電車でロケハンシートを作成していたら、

「山田さん！　あれが打ち合わせですか？　あーやって目標値って決まるんですね？」

「そうだね、基本クライアントさんは高い数字言ってくるから、俺はできるだけ低い数字というか、みんなが負担にならないようにあーやって交渉しているんだよ。やりすぎは良くないんだけどね。俺らは魔法使いじゃないじゃん？　だから特価商材やノベルティ、限定感、特別感があるものを当日用意してくれないと、通常以上の数字は見込めないよって言わないといけないから。そこがロケハンのおもろいところなんだよね」

「てかこのロケハンうちのスタッフ全員見た方が良くないっすか？　俺改めてめっちゃスイッ

チ入りました。こうやって現場が出来上がってるんだと知って、今日ロケハン来れてマジで良かったです。ありがとうございます」

「いや逆にわざわざ日給も出ないのにこんな遠方まで来てくれてありがとな。お前がスイッチ入ったんだったら俺もマジで嬉しいよ！」

「てか山田さん！　ロケハンシート電車で作ってるんですか？」

「うん俺バカだから早く打ち込まないと忘れちゃうからさ。あと早くスタッフに送ってあげたいじゃん」

「そういうのも普段見られないんでマジで新鮮です」

こんな会話で合ってる？　ニュアンスは合ってるから許して。


そしてまた月日が流れて、清志が社員を決断する時、まずは何度も話したね。清志からは俺の今後の展望をたくさん聞かれた記憶があるよ！「第二をデカくしたい！　天下の第二にしたい！」って言ってた気がする。

清志も清志で、「山田さんをその席からどかして自分が頭張ります！　任せてください」って。

清志が社員になってくれた時、めちゃくちゃ嬉しかった！　絶対デカくなるって確信したよ。

社員になってくれて、初めはいつものように一緒に働けていたけど、あっという間に清志は関西支社立ち上げのプロジェクトを任されて俺と離れた。「一緒に第二をデカくする！」と決めて清志は第二の社員になったのに、わずか1年ちょっとで俺と清志は離れた。その関西の立ち上げは俺が選ばれると思った。

俺自身が関西に行くことを覚悟していたし、俺が行くべきだと思っていた。まさかの人事任命は清志だった。

俺は離れる寂しさはもちろん羨ましさ、嫉妬の気持ちも同時に芽生えた。

「俺じゃないんだ。俺じゃなく清志が関西の立ち上げをやるんだ」って。

清志も清志で絶対に迷って、悩んで、ビックリしたはず。

ただ清志は「必ず関西成功させてきます！」って即答した。何もない土地で、コネも金も何もないまま清志は関西に飛び立った。彼は俺にいろいろ言ってくれた。

「すぐデカくして戻ってくるんで」

「関西は自分に任せてください」

「山田さん！　俺がいなくなっても最強の第二でいてくださいよ」

「いつか東西で対決しましょうね」

「人必ず増やして、自分が育った第二の決起会の規模まで作るんで来てください」

結局、清志は関西立ち上げを見事成功させた。人も残し、売り上げも残し、全ての約束を果たし東京に帰ってきた。

清志！

清志には感謝しきれねぇなマジで。こうやって思い出しても良いところ、あちーところしか出てこねぇ。

清志が関西に一人で行って、どれだけ大変だったか、どれだけ辛かったか、どれだけ寂しかったか、想像するだけでちっと泣きそうになる。

お前よく踏ん張ったな！　本当に良くやってくれた。俺らを信じる、信じ抜く！　という気持ちが無ければ、あそこまではマジでできない。よく乗り越えた。関西はお前にとって最高の宝だべ？　俺は特に第二には思い入れがあるし、第二は俺の宝だ。

まっ、清志は東京を離れ、俺と離れ、離れても清志は北やじょうという熱い人間を発掘し、関西支社を大成へと導いた。関西支社の立ち上げにとどまらず九州支社、コンサル事業部まで確立させた。

当時清志も全てを犠牲にした。その結果、最短で取締役になった。たいちゃんと同い年。たいちゃんの紹介で入った清志が、たいちゃんを超え役員に上り詰めた。

清志が成し遂げた武功は本当に凄いと思っている。普通の人ではマジでできない。清志の俺やたいちゃん、そして会社を信じる、信じ続けるという気持ちは誰にも負けてなかった。この漢との出会いで俺もさらに強くなった。覚悟だな覚悟。

間違いなく、今出てきた悠一、たいちゃん、清志！　俺の人生をさらに楽しくさせてくれて、さらに人を信じるということがどれだけ素晴らしいことなのかを教えてくれた。

山田一派と名付けてくれたことや、俺を立ててくれたこと、俺をサポートしてくれたこと、こんな俺についてきてくれてありがとう！　社長の人柄で俺はこうなれた。社長のおかげ！

お前らのおかげ！

山田一派　和弘の感覚

清志の紹介で和弘はレジェンドに入った。和弘もアルバイトで始めてから社員になったんだけど、アルバイト始めてすぐ、和弘は俺に金を貸してくれって言ってきた。たいちゃんも清志からも言われたことはなかった。俺と和弘はまだ全然思い出も無いし、そんなに仲良くもなってないのに、しかも俺は当時研修の講師でもあったし社員でもあった。

そんな会ってまだ時間が経ってないのに「お金借りてもいいですか？」って言われた時、マジで背筋がゾッとした。「怖、こいつ」って心の中で思った。

「山田さんご相談があるんですが……」

「おうどうした？」

「お金借りたいんですけど」

「えっ？」

「いや難しいですよね、急にすいません」

「えっなんで？　なんかあったの？」

「ちょっと厳しくて、来月の○日には必ずお返しするので」

「いいよいくら？」

「一旦１万円とかいけますかね？」

「一旦？　１万円？ まぁいいよ１万円なら今あるから、はい」

「本当にすいません、本当にありがとうございます」

「ちゃんとお前から返しに来いよ」

「もちろんっす、大丈夫っす」

「俺から『お前今日金返す日だろ？』とかそういうの言いたくねぇから」

「大丈夫です。○日には絶対お返しします」

「わかった、じゃあ俺はもう次の店舗行くから引き続き現場頑張れよ」

「はいありがとうございます」


お金を返してくれる○日当日の日、和弘から連絡が来ることは無かった。

待ってみた。結構な日にち待ってみた。

でも来なかった。連絡は一切来ない。

そこで俺は清志を使った。清志が和弘を紹介してくれたから。

清志に俺が、

「清志ごめん、今電話できる？」

「もちろんです。大丈夫です」

「全然仕事の話じゃないんだけどさ、俺和弘に金貸しててさ」

「えっ？　そもそも和弘、山田さんに金借りてるんですか？」

「そうなんだよ、まだ返してもらえてなくてね」

「えっ、やば、あいつ山田さんに金借りるってやばくないっすか？」

「いや別にそこは大丈夫なんだけど、○日に必ず返すって約束したんだけどさ」

「まだあいつから山田さんに連絡してないってことですね？」

「あっ、うん」

「いくら借りてるんですか？」

「1万円」

「わかりました。俺から和弘に連絡して、すぐ返すように伝えます」

「いや、なんかあったのかもしれないから、優しく探ってみてくれる？」

「了解しました」

「俺も別にその1万円すぐ必要ってわけでもないからさ」

清志の根回しで、一瞬で和弘から連絡がきた。

「山田さん、すいません、すいません、本当にすいません」

「いや俺は全然大丈夫だよ。あの日『○日は必ず返すんで』って言ってたから、なんかあったのかもしれないって思って、大丈夫か？」

「はい、もちろんです、全然大丈夫です」

「おー良かった良かった」

「山田さんから借りた1万円、すぐ返したいんですけど今日でも明日でもどこへでも行きます」「あー本当？（笑）　じゃあ今日俺も夜空いてるから、ただ金返すんじゃなくて、二人で飯でも食おうよ」

「わかりました、では今から池袋向かいます」


「山田さん本当にありがとうございました」

「全然いいよ、えっ？　ナニコレ？」

「お借りしたお金です」

「いやそうなんだけど、なんで封筒に1万円と39円が入ってるの？　39円って何？」

「あっそれは利子です利子。サンキューです。サンキューっていう意味で39円入れました」

「はっ？　サンキュー？　何それ？　ふざけてんの？　1万円だけでいいよ」

「あっ、はい、すいません」

和弘と俺の思い出。和弘は何か恩返し的なことをしたかったんだろうね。いっぱい考えて、良かれと思って39円に辿り着いたのに、俺はじゃらじゃらしたその39円小銭の価値がわからなくて和弘に怒ってしまった。「いらねぇよ」って。俺は和弘から貸した1万円以外は何もいらなかったから。

和弘どう？　ニュアンスはこんな感じで合ってるでしょ？

和弘ともも10年か、ついてきてくれてありがとうね。

和弘も清志同様、北海道支社の立ち上げ、東北支社の立ち上げまで成功してくれた時、本当に嬉しかった。和弘の部下もどんどん増えて、俺は最高に嬉しい。ありがとうね！　和弘一つだけ最高に褒めたいことがある。毎年会社全体で行われる会議で、壇上に立ちお前は社員全員の前でスピーチをしてくれているよね？　あれ毎回最高に素晴らしい。話すスピード、トーン、抑揚、間、笑い、そして内容の熱さと、その内容がすっと入るまとめ方。本当に成長したな。これからも頼むぞ。

俺から離れてしまった山田一派4人

たけちゃん、とし、けんと！　やす！

あの時代、あの二度と戻ってこない俺の20代に、一緒に夢を見て、共に同じ景色を見て、一緒に挑戦してくれてありがとう！　何より出会えて良かった。4人から貰った笑いや涙の結晶の思い出も一生俺の心の中で離れず持ち続ける。

ちょっとだけ書こうかな。折角だしね。

たけちゃん悪臭事件

たいちゃんとたけちゃんと俺で、俺が当時住んでいた5畳の家でよく毎晩映画鑑賞していた。俺もたけちゃんもたいちゃんも真剣に映画見てる時に、たけちゃんがめちゃくちゃ臭せぇ『すかしっ屁』したの覚えてる？

あまりにも臭過ぎて俺が映画一時停止して、

「えっ？　くっせ！　たいちゃんたけちゃんどっち？」

「えっ何がっすか？」

「何がすっかじゃないどっち？」

「やまさんどうしたんすか？」

「どっちが屁した？」って犯人捜ししたらまずたいちゃんが、

「俺はしてないっす。俺はマジで無いっす」って。俺がたけちゃんに、

「じゃあたけちゃん？　たけちゃんしかいないじゃん。たけちゃん屁した？」って聞いたら
ずっと半笑いで「えっ？」って。

「えっ、たけちゃんでしょ？　たけちゃんが屁したんでしょ？」

「えっ？」

「いやいやこっちが『えっ？』だよ。なんで屁したって言わないの？　屁したんでしょ？」

「えっ？」


これマジ全員で爆笑したよね。あからさまにたけちゃんが屁してるのに、もう逃げられない状況まで来てるのに、ずっとヘラヘラ笑いながら「えっ？」しか言わないから、マジでその「えっ？」ってなんなの。「えっ？」って言うのやめなよ（笑）、「えっ？」。

もう最終的にヘッドロックかまして屁しましたって言わせたけど。その日見た映画一切内容屁で吹っ飛んだ。くっだらないよね。でもこういう思い出が鮮明によみがえる。

としとの思い出

とし！　としのこと今考えたら一番最初に思い浮かんだのはエレベーターの前で事故的にとしを吹っ飛ばしてしまったこと（笑）。としマジごめん。

今のオフィスの一つ前のビル時代に、としがなんか仕事でやらかしてさ。俺がとしに、「お前もう今すぐ家に帰れ！　会社来んな」って言ったら、としがめっちゃ謝ってきて。

それでも俺は、

「すいませんじゃねえよ。帰れよ」

「いや、本当にすいません」

「もういい。お前が帰らないなら俺が帰る」

って言って、俺帰る支度してエレベーターの前で待ってたら、としがエレベーターまで追いかけてきて、

「本当にすいません、山田さんは帰らないでください」

「うるせぇな、だったらお前が帰れよ」

「いや本当にすいません」ってエレベーターが来ても俺を止めてきたから俺が、

「お前本当にうぜぇんだよ」って言ってとしの手を払おうとしたら、なんかでとし吹っ飛ん

じゃったのを覚えてる。

今思うと本当に俺ダメだよね……。とし、あの日は俺が100％悪い。マジでごめんね。としは俺が風邪引いて家で寝転んでる時に、俺に気づかれないように、俺の家のドアノブにゼリーやスポーツドリンクをそっとかけてしれっと帰る、そんな優しい奴。とし！　ありがとう。お前は本当に後輩想いだったし俺想いだった（笑）。俺は陰で何度もお前に助けてもらった。これからも思い出作っていこうな。

あと、としさ、後輩からよくいじられてたよね。みんなでよくカラオケ行ってたじゃん、としが『あの高速道路の～♪』って歌うたびに、必ずサビで後輩から胴上げされて天井に頭ぶつけられてたよね？　あのノリ何？（笑）おもろかった。

やすとの思い出

やすも書くか。やす！　お前は一番年が下でみんなに可愛がられてたね。

俺お前の家系が金持ちで、そのボンボン息子みたいな感じだったからよくいじってしまった。ごめんね。だって俺の家来て袋のラーメンを作ってごちそうした時の話していい？

２袋か３袋をフライパンで作って俺と二人で食べててさ、俺が、

「スープたくさん飲んでいいよ！　俺が大好きなスープを、お前スープたくさん飲んでいいからな！」っておもてなしで、優しさで譲ったのにお前なんて言ったか知ってる？

「スープは体に悪いんで俺はいらないっす」


この瞬間、はい、お前いじるって決めたから（笑）。俺は本当に金無くて、袋のラーメンのスープまで飲んで腹いっぱいにして生きてきたのに、お前はスープなんか飲まずにここまで生きてきたのか。やっぱり金持ちって嫌いだわーって。

あと家で牛乳出しても、「嫌いなんでいらないっす」とか。20歳のくせにお前が実家にある親の高級ミニバン乗り回していたり、20歳のくせにお台場だの洒落たレストランで女性とデートしてたり。


一番の決め手は俺が住んでいた５畳の家で、「やまさんの家行ってみたいです」って言ってくれたから俺嬉しくてさ。でも何度も「俺の家狭いよ。６畳も無いよ」って先に言ったのに、何度も言ったのに、俺の家着いて見た瞬間お前、

「マジっすか？」って言ってきたからね。

マジっすかってなんだよ（笑）。

まじふざけんなこいつって思った。

でもお前めちゃくちゃ可愛かった、金持ちの息子でも心はめっちゃ綺麗って思ったよ。純粋で上下関係も大事にするし、育ちが良いからなのか外面めっちゃ良かったよね。やすの存在で金持ちのイメージ少し変わったもん。

お前が初めて一人暮らし始めた時はめちゃくちゃ嬉しかった。その一人暮らしのおかげで袋のラーメンのスープのありがたみわかったべ？　やすと出会って俺はすんごく幸せだったよ。

俺の家でみんなで映画見てる時、お前秒ですぐ寝るからってインステップキックを軽ーく腹にかましてごめん。

飯たくさん食わせてちょっとだけ気持ち悪くさせてごめん。

お前が寝てる時に、髪の毛にちょっとだけ香水かけてごめん。なんでか知らないけど目開かない目開かないイタイイタイタイイって、思ってもないのに言ってきて、俺を心配させてきたよね（笑）。

いつもお前は「やまさんやまさん」って言ってクラブやキャバクラもついてきて、いっつも遅くまで未来や夢を語り過ごしたのを今でも覚えてる。俺が貧乏で暮らした昔話もよく聞いてくれてたな。またどんぐり割り飲もうな！　ありがとう。

けんととの思い出

けんと！　お前は俺の最初の新人研修を受けて、俺になんて言ったか知ってるか？「山田さんうさんくせぇー」ってでかい声で言ってきたんだぞ！

お前もそん時まだ21歳くらいだったんじゃねぇか。よく講師の俺にうさんくせぇーって言えたよね。俺めっちゃ笑ったのを覚えてるよ。そっからクラブだのカラオケだのなんだのたくさん飲んで思い出作ったな。


けんととの一番の思い出は、お前お店の副店長に「〇〇〇〇！」って言った日のこと覚えてる？　マージでやばかった。

次の日朝一で電話して速攻で俺謝罪行ってるからね。お前が何度も引継いでも引継いでもカウンターで流されてしまって、んでお前がその日6件出してたはずなのに、1件しか開通してなくてさ。それでお前店舗責任者の副店長に、

「えっ？　なんでですか？　なんで6件引継いでるのに1件しか開通してないんすか？　マジありえない〇〇〇〇」って。

んで業務終了後にけんとが俺に電話してきてさ、

「やまさん俺もうこの現場入りたくないです。まじ〇〇〇〇野郎っすわ」とか言ってきてさ。めっちゃお前興奮してキレてたからビックリしたよ。6件引継いで1件しか開通してなかったら、確かに特にあの時代はありえないしやばいよね。メンタルくらうわな。でも〇〇〇〇は絶対ダメ。お前ぶっ飛んでるからね。

お客さんに訴求中の時もさ、お客さんから何回も切り返されて、また何回も切り返されてしまいにはお客さんに向かって「もう無理ー！」って叫んで、俺とたけちゃんにバトンタッチしてきたからね。

訴求途中でお客さんに「無理ー」って諦める奴お前が初めてだった。俺らその場でお客さんにめっちゃ謝ってさ。もう意味がわからない（笑）。

けんと！　お前と出会ってマジ最高だった。

お前はレジェンドを卒業して旅行会社に新卒で入って、しかも全員部下が外国人のトルコの支店長まで上り詰めていったな。パソコンの事務作業、会話全てが英語。とにかくかっけーよ。さすが第二魂。今度英語教えてくれ。これからも時間がある時は酒を呑み交わそうな。

レジェンドプロモーションの思想伝承

レジェンドプロモーションで学んだこと、良いことも悪いことも、辛いことも嬉しいことも本当に人。人だけじゃわかりづらいか、でも人との出会いでいくらでも変われる。何にでもなれる。何度でもチャンスは来る。

この山田一派しかフォーカスして書いていないけど、これだけでも人はいくらでも変われると思うし、友はいろんな発見を教えてくれる。いつどんな時でも何者にでもなれるんじゃないかな。俺はそう感じている。

まーでもなんといってもこの始まりは社長だ。社長の器。これがでかすぎるでかすぎる。この器を持った社長が始めた会社ってこと。そしてその社長の考えが、本当に関わってるみんながどうやったら全員幸せになったり、笑ったり喜んだりするかっていう、その軸で今日までビジネスをしてきた。だから勝手に人が寄ってきたんだよね。

これマジで深いんだけど、全部物事の大半は人で解決する。人が解決してくれる。人が人生を幸せにしてくれる。一人では生きていけない絶対。生まれながらに自分一人で生きてきた奴がそもそも存在しない。

個人を尊重すること、人のやりたいこと、夢を一緒に達成しようと思う心、それが結果自分に必ず回ってくる。いつかはわからない。でも必ず来る。必ず来た俺は。社長の為、仲間の為、クライアントの為、世の中の為、つまり自分以外の為ということ。「見返りを求めず自ら寄り添えるかどうか」が一番の肝だと思ってる。

自分の地位、自分の金、自分の将来の安定なんてマジでくそくらえ。くそ金貯め込んで毎回貯金口座眺めて安心する奴が周りにたくさんいたけど、そんな奴にだけはマジでならない。これがマジで会社や人と関わっていく上での本質。

人の為にやればやるほど、自分にも興味を持ってくれる。自分がピンチの時は必ず誰かが助けてくれる、寄り添ってくれる。俺はその経験をたくさんさせてもらった。

だから俺も、できるだけ社長にしてもらった愛を、同じようにあとから入ってきた仲間にやってみた。社長には今でも器は勝てないけどね。とにかくとんでもないくらいその経験の積み重ねで今の俺がいる。

俺は小さい時貧乏だったから金持ちの家が大嫌いだった。俺の想いなんて誰もわからない。わかってくれない。わかってたまるもんかって。自分がそういう立場にならないとわかるわけがないと思っていた。だから心なんて開かない、誰にも開くもんか。自分一人で稼いで自分一人でやっていくと決めていた。

その考えだったから俺はこのレジェンドプロモーションていう会社以外の仕事は全て1年未満で辞めてきてたんだなって。どこかで心開けない自分がいたから。今の社長と出会ってめっちゃ弱いところを見せることができた。弱い自分を見せた時にけなすわけでも見捨てるわけでもなく、寄り添い一緒に越えてくれた。これがまさに本質。

だから社長から貰ったこの愛を、俺も部下にたくさんしたいと思った。やってあげるという精神ではなく無償の愛。俺がしたいからする。相手がどう思っても俺はするっていう精神でやり続けた。俺が上司ということで辞めていった社員やスタッフもいっぱいいる。未熟でごめん。ただ今残っている社員は本当に俺という人間を知ってくれたし、俺を受け入れてくれていると思ってる勝手に。あくまでも社長の考えのもとね。

仕事ってさ、業務内容で寄り添ったりカッコいい背中見せるのももちろん正解なんだけど、俺が一番これだなって思ってるのがプライベートなのよ。

例えば失恋した時に寄り添ったり、寄り添うって言っても何かアドバイスするとかじゃなくて、ただラーメン一緒に食うとか、ただその場に一緒にいるっていうだけで良くて、そういう時にそばにいた奴って鮮明に覚えているんだよね。仕事終わったらただ飲むとかね。これもいいよね、ただ飲む。

仕事の話はしないで過去の話や今旬なテレビの話とか、お互いどんな学生だったとか、どんな趣味があるのかとか、そこで共通したものがあったらすぐやっちゃうみたいな。

カラオケ、ボウリング、ダーツ、クラブ、ビリヤード、サッカー、ゴルフ、映画、酒とか、そうするとさ、仕事のノウハウ伝えるよりも、またこの人と遊びたいからとか思ってくれるだけで、仕事のパフォーマンス爆上がりしたりするんだよね。少なからず俺はそういう人なのよ。って考えると社長は俺と出会った時、俺が昔クラブに行ってたとか、カラオケが好きだとか言った時にめっちゃ合わせてくれていた。

だからやっぱそういうことなんだよ、人の趣味とか人の好きなことを一緒にやったりするだけで、この人の為に頑張ろうとかってなるんだよね。ならない人もいるんだろうけど、俺の人生上これが正しいかどうかはどうでも良くて、俺はこういう考え方が好きすぎる。誰かの脳みその中に自分がちょっとでもいるだけで俺は十分。

お金はいまだに好き、お金は大切な人を守ることができる。俺はこの会社に一つだけ約束してることがある。それは「金で溺れない」ということ。めっちゃ貧乏で育ったからこそある程度は大丈夫だと思うけど、常に自分に言い聞かせてる。

どんなにお金を稼いでも贅沢しすぎない、困ってる人がいたら助ける、必要以上に使わないって。

もちろん1か月に1回は回らないお寿司食べたいとか、1年に1回は旅行に行くとかはやるけど、常に当たり前のようには絶対しないと決めている。質素を再確認するというか、質素の大切さを感じる的な。

この会社は本当に人を大事にする大切にする奴の集まり。これはマジで社長の人望だと思う。会社の話はこれくらいにしとこっかな……とか言いながら社長の話ばっかかしてたじゃんね。なんかごめん。そして会社の話もしてるようで話してないねこれ。

とにかく信じ抜くこと。信じて人の嫌いなところは見ない。好きなところを見て一緒に働いていく。騙されてもいいから信じるということ。これがうちの会社のくそ強みにしていきたいところ。

第二（運営部）魂

社長が最初に作り上げた第一運営部という部署が、今でも代表の想いを背負って継承してるんだけど、俺はある時、会社が立ち上がって何年目の時だろう……年月があんま覚えてないんだけど、第二運営部っていう獲得に特化した集団の部署を作るって会社の方針で決まった時、その部署を社長から任せてもらえることになってさ。俺そっから独裁者に覚醒しちゃったのよ。

それまでは自分さえ金貰えていればいい、会社も拡大なんかしなくてもいいって思ってて、でも任せてもらうようになってから、なんでも俺の好きなようにやりたい、やってみたいって思うようになって。

そっから媒体で会社に登録で来る人材の面接も俺、面接の後の新人研修講師も俺、研修後の現場も俺、どこにどの人間を当て込むかのキャスティングも俺、クライアント様に対する営業も俺、そのほかにも出発を取る業務や出納表と呼ばれる事務作業、とにかく全部の業務を俺俺俺俺で一人でやりまくってて、会社の仲間や登録できたスタッフさんとかにめっちゃ迷惑かけてしまったんだよね。

何が迷惑って、とにかく俺が正解、俺がやること、俺が言うこと、俺がこっちって言ったらこっち、やっぱり違うって言ったら違うっていう……もうマジでトップダウン、トップダウンどころじゃない独裁者だった。それによってクライアント様にも社員にもスタッフさんにも「はぁ？　こいつまじヤベェ」って思われていた時めっちゃあったと思う。実際に言われたこともあるし。

そんなやりたいようにやってた独裁者時代の環境から今もついてきてくれている仲間ってのが、さっき名前が出た悠一、たいちゃん、清志、和弘、そのほかにEK、裕也、あつし、ひろき。

1回うちの会社辞めたけど智成、辞めちゃったけどたけちゃん、とし、やすも。ここは全員第二運営部のスタッフを経験してから社員になってくれたメンバー。

もちろんほかにもめっちゃいたのに、俺の教育指導がクズすぎてほとんど辞めていった。申し訳なさすぎる。辞めていった社員やスタッフさん、すいませんでした。

まっ今いるこのメンバーには頭上がらない。俺のやり方にそれでもついてきてくれて、俺のできないところ、俺のダメなところを支えてくれたから、大感謝でしかない。ありがとう！

第二魂っていう誇りやプライドができたのは、なんつーのかな、とにかく数字にコミットするっていう部署だったから、とにかく結果を出し続けなければいけなくて。全員毎日数字に追われていたんだよね。

どのビジネスももちろんそうだとは思うんだけど、本当に毎日毎日毎日毎日数字数字数字数字で気が狂いそうで。その毎日必ず設定された数字を、コミットし続けることでクライアント様から喜ばれ、追加でオーダーが取れ拡大していった。だから毎日どうやったら数字を出し続けることができるのかとか、メンタルを維持し続ける方法とか、本当に毎日夜中まで座学の勉強会やったり、接客のロールプレイングやりまくったり、夜仲間で集まって飲みながら知識の共有したり、数字をコミットするということに拘（こだわ）りまくってて、そのコミットすることが誇りやプライドになっていってそれぞれの自信へと繋がっていったんだよね。

第二運営部の当時の所属スタッフ数は約１００人。盛りすぎ？　でも結構人数がいたよね。俺ＭＡＸキャスティングやってた時、１日33名の現場、出発業務を取ってたから、×30日で計算しても約１０００枠は稼働してることになるから、それくらいの人数はいたと思う。

毎月そのメンバー同士で争うランキングっていう制度もあって、みんな毎月その頂点になる為に必死で数字追っかけまくって働いてくれていた。

スタッフさんが毎日数字を追う、追いたくなる一番の理由は、1位になるという名誉と、獲れば獲るほど自分の給料が上がるという給料制度。だから毎日みんな数字追ってくれるからクライアント様もレジェンドプロモーションといううちの会社も、現場で働いているスタッフさんもみーんなWIN—WINの制度だった。いやマジで燃えてた。みんな燃焼しまくってた。

月に1回必ずランキング発表という名の決起会があって、そこで俺がランキングの発表をするんだけど、全てのランキング発表が終わった瞬間、1位が獲れず悔しくて途中で帰っちゃうスタッフさんや、その場で喧嘩してしまうスタッフさんもいたりでカオスだった。

「なんで俺がこいつに負けたんだ」

「その数字絶対違いますよ、俺もっと件数獲ってます」

とか言われたり。毎回決起会が、なんか檻がない動物園状態だった。

酒もたくさん飲むし、笑うし、泣くし、喜んで叫ぶし、みんなで歌うしでもう、海賊みたいで俺にとっては最高の部署だった。

その第二運営部っていう部署も、強い奴がどんどん社員になり、やがて支社長になったりとバラバラになっていくんだけどね。それが今残ってるさっきのメンバー。俺が一番輝いていた現役時代。20代前半から30代前半くらいまでかなぁ……だから約10年くらいか?

まっ第二魂ってのが俺らの共通のパワーワードだった。第二の勢いは同じ業界のライバル会社の中でも知ってもらえていたらしい。これは良い意味でも悪い意味でも（笑）。はい、すいません。

俺この第二運営部時代の仕事で、実演販売士っていう仕事をたくさんした。バナナの叩き売りみたいに人前に立って、面白おかしく話さないといけない仕事。全国案件だったから当時地方に飛びまくった。その案件のおかげでうちの支社開拓が始まることになるんだよね。

第4章
俺独自のマインド研修

うちの会社に初めて面接に来たスタッフが、次の日から携帯やタブレットの販売員として現場に入る上で、一番最初に受ける新人研修というものがあった。その研修がどういうものだったのか、折角だから一部だけ書くことにする。その一部の研修内容は、俺が今までの経験から勝手に独自で作り上げたマインド研修であること。座学系の研修はここでは書けないから予(あらかじ)めご理解を。

当時俺が教えていた研修ノウハウ、俺の財産を提供する。

では早速情景を浮かばせられるように頑張って書いてみる。

(ちなみに業務内容は、キャリアショップに一人で店内に立ち、携帯やタブレットと呼ばれる商品を一人でも多くのお客様に紹介する上で、俺が大切、大事だと判断し、実施していたマインド研修)

※ただこのパートめっちゃ長い。めっちゃ長いから1回休憩してから読んでほしいな。まだ集中力が残ってる方は引き続き是非お読みください。

表紙記載の7行に込められた想い

はい、時間になりましたので早速始めていきます。私はレジェンドプロモーションの山田と申します。皆さん宜しくお願い致します。今日の研修は13時～19時までを予定しており、レジェンドプロモーションの歴史や仕事をする上での心構え、そしてタブレットの知識、どういう言い回しで訴求するのかの内容でございます。人によっては長く感じるお時間になりますが、できるだけわかりやすくご説明できるよう、一生懸命努力しますので、宜しくお願い致します。

早速ですが、簡単に私の紹介をさせて頂きます。レジェンドプロモーションという会社は2005年12月に、2畳のアパートからスタートした会社になります。設立当初は携帯取扱店のショップや家電量販店の店内や店頭で、賑やかしや接客、ティッシュ配りをメインに始めました。そこからどんどんお仕事を貰い拡大していき、世の中のニーズで、タブレットと呼ばれる商品が販売されて、私達にもタブレットをご紹介してくれませんか？　とクライアント様からご依頼を頂き、現在に至ります。

今レジェンドプロモーションは携帯キャリアのキャンペーン業務をメインでやっている第一

運営部、タブレットやＷｉ－Ｆｉルータ、ノートパソコンなどに特化した獲得集団の第二運営部、ガールズコレクションやアニメイベントなどの運営や設営スタッフをご紹介しているイベント事業部、訪問販売やウォーターサーバーのキャンペーンをメインでやっているマーケティング事業部という部署がありまして、私は獲得に特化した部署、第二運営部の責任者をやらせてもらっています。

現場よりも今は中のお仕事がメインで、例えばキャスティングという業務、みんなが出したシフトを貰ってそれを全部集計し、『(ここでの登場人物仮の受講生の名前）ゆうや、ひろきの二人の設定』とし、ゆうやは今週はここの現場とここの現場、ひろきはここの現場とここの現場とかっていう感じでキャスティングをさせてもらってます。私の部下で悠一っていう社員、清志っていう社員、和弘っていう社員がポンポンポンっていて、研修受講後、基本この三人がゆうやとひろきの窓口になっています。

その三人から私が声をもらってどこどこの現場に誰をキャスティングするかや、どういう勉強会を実施してあげるべきかなど、指導させてもらっています。

簡単ですが一旦自己紹介はここまでにして、今日は私のことを山田さんとかやまさんって言われているので、どちらかで呼んで頂けると嬉しいです。

私も二人（今日の受講生ゆうや、ひろき）と仲良くしていきたいので、早速下の名前で呼ばせて頂きます。「ゆうやどう？　ゆうやわかる？　ひろき理解できた？　なんか質問あるか？」みたいなそんな感じで楽しくやっていきたいので、ご理解ご協力をお願いします。

なんかね、ちょっと固い先生が嫌なんですよ私、よく昔学校の先生とかでひたすら「はい次のページ……はいなんとかでなんとかで……はい以上」みたいな。笑顔もないし抑揚もないし、受講生に全く興味無い的な感じが嫌だったんだよね。

だからゆうやとひろきはちゃんと理解しているのかどうかを確認しながらやっていきたい。なのでできるだけ楽しく心掛けてやらせてもらいますので、逆に二人も寝たりとかメモ取らないとか、「もう何しに来てんだよっ！」ってなっちゃうから、そこはね、ちゃんと集中して受講してほしいと思います。

はい、では、今ゆうやとひろきの机に置かれている資料が今日使うレジェンドプロモーションの独自の研修資料になります。めちゃくちゃ愛を込めて作りました。でも本番当日は現場で働く時はもう一つのそのお店のカタログが基本二人の恋人になるから、愛を込めて作った独自資料では無く、そのカタログを見てお客様をご案内してね。

えっ？　だったらじゃあそのカタログで研修すればいいじゃんって思ったと思うんだけど、そのカタログって実際に二人見ればすぐわかるんだけど、めちゃくちゃボリューミーなのよ、もうボリューミーすぎて、ぶっちゃけどこチェックしていいの？　どこ覚えればいいの？　ってなるし、見ててもつまんないしもう眠くなっちゃう。だからこれだけは大事だよ！　っていう情報を俺が抜粋して作ったのが、この目の前にある愛を込めて作った独自資料。逆にこの資料さえ覚えてくれればお店の人に怒られることはないし、販売することもできるようになる。なので今日はこの資料に沿っていきます。知識の勉強の時はカタログを使うからね。

ではまず最初の表紙に、1、2、3、4、5、6、7行書かれている文章をまず読むので聞いてください。


1行目、「弊社にお越し頂き、ありがとうございます」。

2行目、「本日の研修は13時から19時までを予定しております」。

3行目、「皆さんに非常に理解力がありセンスがある場合」。

4行目、「研修時間を早める場合があります」。

はいまずこの4行、これどういうことかというと、二人が完璧にできているのに、全て終わっているのに19時まで時間だからとか言ってさ、ダラダラやっても無駄でしょ、ゆうやもひろきもすげぇできてて時間短縮できたんだったら17時でも18時でも帰っちゃおうよみたいな、そんな感じ。ちなみに俺もありがたいし。あくまでも目安として時間を立ててるよってこと。

ただその逆で、
5行目、「あまりにも弊社で働くことが困難だと判断した場合」。

6行目、「途中で中断し終了するもしくは、別日を設けて個別で研修をさせて頂きます」。

はいこれちょっと偉そうな書き方しちゃって申し訳ないんだけど、二人もそう、ゆうやもひろきも逆に私が研修を進めていく中で、わーちょっと俺ついていけねぇな、なんかレベルたけぇなぁ。または、わー俺にはちょっと合わないのかなぁとか思ったら、逆に「もうすいません、僕はちょっと辞退させてもらっていいですか?」とか「帰らせてもらっていいですか?」とか全然言っていい。

業務内容はやっぱり合う合わないもあるし、俺もやる気がある子を採用していきたいし、センスもあると思うから、そこは素直に言ってもらっていい。俺は別に全然傷つかないし問題ない。俺も俺で、

「どう考えてもひろき無理でしょ?」

「笑顔も出さない、何回言っても覚えてくれない」

「やる気ない、メモ取らない、目も合わせない、はっ? なんなんお前」

みたいな? だったら接客業じゃなくて違うお仕事紹介させてくれよみたいなさ、そういう感じになった場合は俺からも「ごめーん」っていう場合もあるよってこと。

もしもやる気はあるけど、例えばそうだな、ゆうやがめちゃくちゃ優秀でひろきよりもゆうやがずば抜けてトントントーンって合格していったり、あっ、ちょいちょいテストあるんだけど、それを全部一発で合格していったりしてさ、ゆうややべぇってなったらゆうやのペー

スに合わせちゃうのね俺、できる人のペースでいくの。

だからひろきが理解がついていけねぇ、でも辞めたくはない、やる気はある、この仕事やりたいってなってたら19時を過ぎてから個別で、特別授業みたいな感じでやるか、もしくは19時過ぎちゃうと夜遅くなっちゃう場合があるから、別日で1対1で個人で研修やろっか？　って提案させてもらう。できる奴を優先する。

でもほっときはしないよ。俺から諦めることはしない。やる気があるなら俺はどんな奴でも見捨てることは絶対しない。やる気さえあればバカでも全然いい。俺もバカだったし覚えめちゃくちゃ悪かったから。ただできる奴のペース、できる奴を優先するってことだけ理解してほしい。

なのでまぁ何が言いたいかというと最後の文章見て。

7行目、「本日の研修は、私ではなくあなたたちが主役だということです」。と、俺が19時までベラベラしゃべることがゴールではなくて、二人が明日からもう実戦で現場でトークとして訴求できるようになることがゴールだからお前ら大丈夫？　みたいな。

はいまずこの1ページ目は心構えの7行でした。この時点でマインド、二人の受け取り方を聞いていきたいんだけどゆうや！　どう大丈夫かな？「はい、大丈夫です」ひろきは？「はい大丈夫です」。はい、んで私は今日のこの研修のスタンスですが、「させて頂く」という気持ちで進めさせて頂きます。

やっぱりうちの会社に入ってくれて、俺の代わりに働いてくれるってことがめちゃくちゃ嬉しいし、シンプルに感謝すべきところだから、そこは研修させて頂きますという気持ちでやらせて頂く。なのでゆうやもひろきも私と同じように、知識を得て、これからお金を稼ぐわけだから、受講させて頂くっていう気持ちで受けてくれたら嬉しい。そうすればお互い良い研修になるよね。

教えてやってんだ、受けてやってんだって、お互いそんな姿勢だったら絶対うまくいかないでしょ？　そこはお互いさせて頂くっていう気持ちでいこう。ここまでＯＫ？「はい、大丈夫です」

働く屋号、働く場所

よっしゃ、では引き続き始めて参ります。ゆうや！　ひろき！　では表紙をめくってください。私は質問形式で進めていくのでその都度わからなかったらわかりません、わからなくてもわからないなりに自分の意見は言うように。

１ページ目に現場当日の１日の流れが記載されています。ゆうやとひろきが働く場所はキャリアショップになります。ただ※印の「量販店の場合もある」と書いてあります。

ゆうや！　量販店ってどんなお店だろう？　ちなみにこれ『たたみはんてん』じゃないよ。『りょうはんてん』って読むからね。畳を販売するお店じゃないからね、りょうはんてんね、りょうはんてん。

量販店って例えばどこ？　ＣＭで聞いたことない？

「ありますす。まぁるい緑のなんちゃら線♪ですよね？」

そう正解。

「冷蔵庫とかテレビとか売ってるとこですよね？」

大正解！　そうその電機屋さんを指します。

基本ゆうやもひろきも基本キャリアショップや併売店と呼ばれるお店で働くんだけど、量販店の場合もあるからねっていうこと、9割はキャリアショップで働くんだけど、こういうところで働く場合もあるよってことだけ、頭に入れといてくれればＯＫ。そこなんで量販店で働く場合もあるかっていうと、一部に携帯コーナーが入っているのよ。その携帯コーナーの前で「いらっしゃいませー」ってやる場合もあるよっていうだけ、ただキャリアショップ9割だから、基本シカトでいい、とりあえず専門のお店。もし量販店で働くってなったら事前に伝えるから。

はいではキャリアショップは見たことありますか？

「ハイ、あります」

あーいいね～、キャリアショップってさ、銀行とおんなじで、口座作る時ウィーンって店内入ると、男性か女性が発券機の隣に立っていて、近づくと『いらっしゃいませ。本日のご用件をお伺いいたします』って聞かれて、

『あっ今日は口座を作りたくて……』

『はいかしこまりました、ではこちら5番の番号札をお持ち頂き、番号でお呼びいたしますので、お掛けになってお待ちください』

『はいわかりました』って言って座って待つじゃん。

待ってたら、『5番の番号札をお持ちのお客様、4番カウンターまでお越しください』

あっ俺だ俺だってなって窓口に行くと、別の男性か女性かがまた立っていて、お座りくださいって言われて、んで1対1で対応してもらって手続きが終わると帰るっていう流れ。わかる？

これキャリアショップもほぼ一緒で、正面入りロウィーンって店内入ると発券機の隣に男性か女性が必ず立ってんのね、そこでその店員さんが、

『いらっしゃいませこんにちは、宜しければご用件お伺いいたします』って言ってくんの。

おっ、ご丁寧だなって思いながら、んでキャリアショップだからその専門の携帯を持ったお客さんが9割来るわけよ。

『料金プランを見直したいんですけど』

『携帯が壊れちゃったから見てもらいたいの』

『名義を変えたいんですけど』

『機種変更したいんですけど』って、この携帯電話に紐づいた手続きでお客さんて来店するのね。んでそれに対して店員さんは、

『かしこまりました、では番号札10番でお呼びいたしますので、お掛けになってお待ちください』って銀行と同じように待たされるわけよ。

ちなみに○コモショップってテレビもあるし漫画本もあるし、お茶もあるし、暇潰しのものが結構あるんだよね、後は自分の携帯でゲームしてたりとかして、最終的に、

『10番でお待ちのお客様2番カウンターまでお越しください』って言われて、おっ俺だ俺だってなって2番の窓口に座って、その目的の手続きをして帰る。どう？　これ銀行と一緒だよね？

えっ？　そのタイミングでお声がけするんだ

俺達はなんと、その待っているお客様、窓口に呼ばれる前の待っているお客様にお声がけするのよ、10番でお呼びいたしますのでお掛けになってお待ちくださいって、このお掛けになっ

て待っているところにパッと入る。

『いらっしゃいませお客様、お待ち頂いている間、2分、いや1分でいいので、買うとか買わないとかではないので、キャンペーンのご紹介だけさせて頂いても宜しいでしょうか？』って。

これがまぁヤァバイ。

　そもそもね、このお仕事ってタブレットっていう商品を一人でも多くのお客様に知ってもらって買ってもらうお仕事なんだけど、紹介して、気に入ってもらって買って頂くんだけど、温度感やばいのお客さん、もうそもそも知らないしタブレットのこと。しかもだいたいが欲しくないの。だって目的来店だから。

　要は機種変更したい、名義変更したい、料金プラン見直したいから来てるのに、タブレット買いたいなんて思ってるお客さんなんてほぼいないの。そこで俺達の仕事っていうのは、欲しくない、タブレットなんて知らないよそんなんって言ってるお客さんに、表情抑揚清潔感そして、魔法の素敵な言葉をたっくさん使って欲しくさせるお仕事なの。これがやばい見どころ！

　だから普通に話しかけても絶対買ってもらえない。１００パー無理だね。自分らも買わないでしょ？　例えばそこに表情が明るくて、抑揚があったり、余裕のある姿勢だったりがないと、どんなに今日この研修で魔法の言葉の技術知識を入れても売れないのよ。そこの知識ももちろんやるんだけど、知識以外を重点的に教えていくんだけど、まぁそういったシチュエーションでお声がけするっていうところまでイメージさえ湧けば今のところはいいです。

「あーそういう感じで俺らはお声がけするんだな」っていうのさえ、ここでわかってくれれば一旦大丈夫です。

服装で仕事しろ

次は服装、あっ、さっきからちょいちょい「んで」「んで」っていう接続詞が出てきてごめんなさい。好きなんだよねこの接続詞。こっからできるだけ使わないように意識してみるね。

んで服装は黒スーツで白ワイシャツ、シンプルなネクタイ、黒の靴下、黒の革靴、ビジネスバッグ、バッグはたまにリュックの子とかいるんだけど、リュックって「えっ？」ってなるから（令和の今はならないか……）、ビジネスバッグね。ビジネスバッグで入店。だからリクルートスーツだよね見本は。

青いスーツとか、茶色いスーツとかうちの会社の社員は黒じゃない人達もいっぱいいるの。実はそれね、会社の規定ではＯＫなの。でもキャリアショップで働く時は黒なの。なーんでか？　ゆうやどう？

「黒の方が誠実そうに見えるからですか？」

おー、黒の方が誠実そうに見える。うんうんいいね！　ひろきは？

「黒で統一性を出す」

黒で統一性を出す。うんうん、ほかは？

「老若男女様々なお客様が来店されるから、青のスーツとかだと失礼って思っちゃうお客様もいるから黒で統一する」

おっ答え出たね、ありがとう！

じゃあ解説していくね。まず「基本は黒でお願いします」ってキャリアさんに言われたからです。ずるい？　まずは言われたからっていうのが理由。だから黒スーツなのね。

んでほかにはさっき言ってくれたんだけど、キャリアさんて固くて大企業って感じしない？キャリアの携帯って、早ければ小学生からそしておじいちゃんおばあちゃんまで利用しているよね？　ビジネスマンとか学生とかいろんな客層に対して失礼のない服装ってことで黒スーツ。だから俺達若者からしたらちょっと青いスーツだったりカラーワイシャツでも全然問題ないでしょ？　だけど俺達の親父世代とかそれ以上の世代の人達は、ちょっと青いスーツとか、茶色い靴履いてたりとかすると、

『何しに来てんだお前は？』

『仕事しに来ているんだろ？』

『お金貰ってんだろ？　だったらちゃんとした服装で仕事しろよ！』ってね。

そういうイメージがどうしてもある。ちなみに俺はその理由で怒られたことが実際にあるのよ。

何回もあった。だからどの客層でも怒られない黒スーツでやりましょうねっていう。だからまぁそこまで意味がわかれば黒でやろっていう気持ちになるから、ここは統一でお願いします。

実施時間は空気を読んだ3パターン？

はい、では次に実施時間を説明します。じゃあ、えっと、ひろき！　実施時間なんて書いてありますか？

「11時～19時です」

はい11時～19時がお仕事の時間です。ただその下（※印で）ゆうや！　なんて書いてある？

「10時～18時、12時～20時の場合もある」

はい、ありがとうございます。基本は11時～19時なんだけど、10時～18時実施または12時～20時実施の場合もあるよ。これってね、8時間拘束でそのうち1時間が休憩があるのね、だから7時間仕事するっていう感じ。

ほとんどの○コモショップは11時～19時で実施するんだけど、この実施時間って俺達が決めているんじゃなくて、お店さんに決めてもらっているのね。だいたいこの3パターン。この3

パターンで俺達はお店さんに選んでもらっている。

基本11時〜19時なんだけど、この11時〜19時を選ぶお店さんの気持ちってわかったりする？　一応意味があって実施時間も変えているんだけど、あるAというキャリアショップさんは、私達はほにゃららなんで10時〜18時でお願いしたいです、あるBというキャリアショップさんは、いやうちはほにゃららなんで、12時〜20時でお願いしたいです、って言ってくるの。

俺達は別に何時でも大丈夫ですよって。共通しているものってなんだと思う？　じゃひろき！　お店の気持ちを考慮しているんだけどわかる？

「お店の会議があるからですか？」

あー、お店が10時から会議だから12時からの実施してほしいみたいな？　あー、はいはいはいはい、ゆうやは？

「お客様の来られる時間帯……」

おっ、いいねぇ素晴らしい。実はこれね、客層が関わってるんですよ。客層ってことはエリアが関わってくるんだけど、つまりキャリアショップってね、今全国に2000店舗以上あるのよ。2000店舗ってあんまりイメージ湧かないと思うんだけど、ひろき！　例えば1日1店舗ショップを巡ろう！　っていう旅に出かけたとするじゃん、そしたら1年間で何店舗巡れる？

「365店舗です」

そう、1日1店舗行けても365店舗だから制覇するのに約6年かかる。それくらいキャリアショップって多いの。

うちはその中でも全国一応やらせてもらってはいるんだけど、特に関東エリアはめちゃくちゃやっているのね。関東だけで約２００店舗キャリアショップってあるんだけど、このエリアはうちの会社知らないお店はほとんどないかもっていうくらい、うん本当に。

ただ関東って言ったけど関東の中でもさらに東京だけね、東京だけで２００店舗。だから長野とか千葉とか埼玉とか神奈川とかは入ってない。東京だけで約２００店舗。例えば二人がイメージ湧くかどうかわかんないんだけど、大手町とか有楽町とか新橋とかこの辺ってどういうイメージがある？

「お金持ってそうなイメージ」

あー、お金持ったイメージはいはい、客層はどう？　ファミリー層？　若年層？

あっ、いいねそうそうビジネスマンのエリアのイメージのはず。ここら辺て大きな会社、例えばメーカーとか証券会社とかあるエリアなんだけど、ここら辺にあるキャリアショップは12時〜20時で実施したいって言われることが多いんだけどなんでだと思う？　ゆうや！

「ビジネスマン？」

「出勤時間に合わせている」

そうそういいね。これ二つあって、1個目が朝8時とか9時に出社するんだよここら辺のビジネスマンがね、12時〜13時で一発休憩が入るんだよ。その休憩のタイミングでショップに寄って料金の支払いしたいんだけどとか、プラン変更したいとか言ってピークが来る。

もう1個が18時で仕事が終わった後に駆けつけラッシュでもう一発ピークがある。俺達はタブレットを一人でも多くのお客様にご紹介していく仕事ってことは、お声がけできないとそもそも意味がないわけだ。ってことはできるだけピークを逃したくない。そのピークに合わせて俺達にとってもメリットがあるから12時～20時でいいよって言って決まる。じゃあ逆に10時～18時はどうだ？　ひろき！

「ファミリー層」

おーいいね、いいねいいねいいね、10時～18時の実施時間を選ぶお店っていうのは、大型モールの中に入ってるキャリアショップとか、駅からちょっと離れていて車で来るお客さんがほとんどっていう○コモショップとかがあるんだけど。

そういうところにあるショップってファミリー層やご年配のお客さんがめちゃめちゃ早い時間から活動するのね。お子さんを幼稚園とか小学校に送ってから家に戻ったり、スーパー行ったりとか、そのスーパーのついでにショップ寄ろうとか。

あとはご年配のお客さんだったら、朝散歩行ったあとに「ちょっとさ私の携帯が今簡単携帯使ってるんだけど5番のボタンが潰れちゃって押せなくなってさ、ちょっと見てもらってもいい？」とか来る。

そういうショップの人達は開店からレジェンドさんに入ってもらいたいですって言ってきて、あーいいですよって言って10時～18時になったりする。

そういうエリアは主婦とかご飯作ったりするから19時までいてもあんまお客さん来なかったりするの。っていうような感じで、こういうふうに実施時間を設定するの。

じゃあ最後の11時〜19時で設定するお店っていうのはどっちも当てはまるお店なわけよ。さらに平日によっては、土日によっては客層が変わるみたいなね。その都度その都度要望を言ってもらえたりするからただただ俺たちは応えてあげる。

ちなみになぜこんなことを細かく言うかっていうと、みんながどれくらいシフトを出すかはわからないんだけど、毎日現場が変わる。だから例えばゆうやが月、火、水、木って4日間シフト出しました。そしたら月曜日は新宿店ね、火曜日は渋谷店ね、水曜日は丸の内店ね、木曜日は池袋店ねっていう詳細メールがバーって送られてくんの。そのたんびに実施時間も変わったりすんの。あれ？　なんでここは実施時間が11時〜19時なんだろう、なんでここは10時〜18時なんだろうって単純にはてなが出ちゃうでしょ？

だから事前にこういう理由なんだよって、これは俺たちが決めているんじゃないよ、お店なんだよーってことを知ってもらう為に細かく説明したの。

なぜ30分前入店に設定したのか

次は入店時間の説明です、はいゆうや！　入店時間なんて書いてある？

「開始時間の30分前まで」

はい、ということは11時〜19時の場合は何時？

「10時30分」

はいブー、はいわかる人？　赤文字の「まで」ってどういう意味だ？

「10時30分よりも早く入店」

そうそういうこと。細かいけどここ重要ね。10時30分ジャストはアウトってこと。10時29分には入っていてほしいってこと。早く入店する分にはいいよ。10時20分でもいいし極端な話遅れるくらいなら10時過ぎに入店でもいいよ。


これね、昔俺が現役で実施していた時の話をするんだけど、この会社がまだすっごく小さくて無名でお仕事が少なかった時、ひたすら自分で営業かけてひたすら自分で現場入ってたのね。働いてもらう人がいないし俺が入るもんだと思っていたから。

営業しても門前払いとかいっぱいくらったんだけど、でもまぁあるキャリアショップのお店の店長が俺を拾ってくれて、いろんな資料を持って「宜しくお願いします！」って言っても「無理無理無理無理無理レジェンドって会社？　えっ、知らない知らない。伝説っていう意味ですか？　帰ってください」。そんな感じで断られて。当時幅を利かせてブイブイ言わせていた大きな会社が2社あって、その会社がずっとこの仕事を独占状態だったの。

そんな中で「宜しくお願いします！　なんとか1日でもトライアルで私を使ってくださ

い!」みたいな営業をしてて、無名のしかもこんな力のない俺がずっと言ってるから本当にきつかったの。

そんな中そのさっきのショップのお店にいつものように営業しにいった時に、「すいませんお話だけでもお願いできませんか?」みたいな感じで頭下げたら、なんとその店長が「話だけならいいよ」って言ってくれて。おっマジかありがてぇってなって、一生懸命熱弁してさ、「すいません、うちの会社っていうのはこうこうこうで、まだまだちっちゃい会社なんですけど是非ともチャンスを頂けないでしょうか? もしお仕事頂けるなら最初は単価0円でもいいです。0円でいいので私自身現場に入らせてもらって、もし私という人間を気に入って頂けた場合は、引き続きお仕事を頂けないでしょうか?」みたいな。

そしたらその店長が俺の気持ちを買ってくれて「わかりました、じゃあ1回だけトライアルでチャンスをあげますよ」って言ってくれて、某会社さんがそのショップで毎週土日実施してたの。

その中で「来月の3週目の土日だけ今枠が空いているのでレジェンドさん用に枠を開けますから、今うちが契約してるその某会社と勝負してください。3週目の土日レジェンドさんでその次4週目は引き続きまた某会社さんをお願いするので、3週目と4週目の実績見合いで翌月の契約する会社を決めます」って言ってくれたの。

俺、「うぅっわぁっ、おぉーなんてチャンスだ!」ってなって、今まで話も聞いてもらえなかったから。「あっ、ありがとうございます!」ってなって、「じゃあその某会社さんに勝ったら絶対契約してくださいね」「いいですよ！」ってなってその店長も漢気あって、その土日に実施したの。

当日実施するまでも、そして当日の朝になってもプルプル震える感じだよね。最寄りの駅に着いたらもうタバコがプルプル指先震えてコーヒーと煙草で俺どこ見つめてるんだみたいな明後日の顔したりして、よーしいくぞ、うわっ、武者震いみたいな。その土日で当時1日一人3件～4件出せば凄げぇっていう時代だった。今はもう7件～8件なんだけど、その3件～4件の時代に2日間で20件出したのよ。

バッチーン気合い入ってたんだろうね、ブゥワァーってお声がけしてそこのショップだけじゃなくて近くのスーパーまで。俺が実施中に休憩を取るなんてありえない、休憩なんかしてらんないじゃん。

もう居ても立っても居られないから待ってるのが嫌だから怖いから、店頭にお客さんがいない時間帯は近くのスーパーの前まで行って、「あっお客様こんにちは。このタブレットのご説明まだ受けられてないですか？　あーどうぞどうぞどうぞ！」とか言って。

一人でお花畑が咲いてる場所ではしゃいでいるかのような笑顔で、一人だけテンション高く満面の笑みでやってて、んでまぁ20件出たのよ。

やれるだけのことはしたってなって、4週目某会社さんが2日間で12件。俺、「キターーーー」ってなって、本当に翌月からうちの会社を帯（毎週）で紹介してくれて、それが実はこの第二運営部の始まり。

そこから毎週毎週俺は現場入り続けて入り続けて、んで毎回数字出すから噂も広まっていろんなお店からも声がかかるようになった。それでこうやって毎回研修したり現場入ったりして割愛するけど今みたいになった。

その当時は1時間以上前に入店するのがうちの会社のルールだったの。ほかのライバル会社さんは10時45分とか、10時55分とかに入店をしてギリギリで入ってスタートしてた。

でも俺はそのほかの会社との差別化も図りたいし、「やっぱりレジェンドがいいね」って言われたかったから俺にできることってなんだろうって当時考えた時に、開店と同時に入って、出勤される方全員に挨拶しようって思ったの。

「おはようございます私レジェンドプロモーションの山田と申します。本日1日宜しくお願い致します」

「あっ、レジェンドプロモーションの山田と申します。あっ、レジェンドプロモーションの山田と申します。宜しくお願いします」って、一人一人に。

「もう本当に1件でも多く貢献させて頂きます。頑張ります！！！」みたいなね。

ちょっと当時俺借金もしてたし、お金にはもう本当に困ってたし、生きていけないからもう超そこの貪欲さがやばくて、会社も契約切れたら潰れちゃうじゃん。ショップって開店する前に朝礼っていうのがあってさ、そこで「昨日の実績はなんとかです」とかっていうミーティングがある。

そんなみんながいる中で俺が、

「すいません、私から一言だけ意気込みをお伝えさせて頂いても宜しいでしょうか？」って声を上げて、責任者が「どうぞ」ってなって。

「私レジェンドプロモーションから参りました山田と申します。本日と明日の2日間お世話になることになりまして、事前の打ち合わせでは店長から1日3件〜4件は出してほしいと言われているのですが、5件以上出せるように努めて参りますので宜しくお願いいたします。ただ私だけの力では達成できないので、店舗様のご協力もお借りできればと思います」って笑顔で大きな声で言ったら、お店さんも伝わったのかな、実施中助けてくれてさ、めっちゃ協力してくれて、それで20件出たんだ。そういうほかの会社との差別化を図る為に意識していた。

ただ今はもうそっから何年も経ってるのね、会社立ち上げてから。今はさっき言った通り200店舗のショップほとんど知ってくれているの。当時の某会社さんみたいになってきてるのうちがね。

だから入ったらもう「あっレジェンドさーん！」とか言ってくれたりするの。「昨日の方は7件出してくれたから今日も宜しくね！」とかもうそういう仲になれてるの。

「あっ、だったら今までは評価を取る為に1時間前入店とか徹底してたけど、こういう環境だったら逆にスタッフにも拘束時間可哀そうだから、会社の優しさで10時30分に、30分前に短くしてあげよう」ってなって10時30分になったのね。だからまぁここまで温度感高く言う理由としては、そういう想いが込められているということと、そんな思いも知らず、この10時30分すら今遅刻しちゃう子がいるんだよ。

俺にとっては考えられない。10時20分には最寄り駅に集合して、10時29分にはお店入っててほしいんだけど、それだけは本当に守ってほしい。

それ遅れたことによって、めっちゃ売れる人でもめっちゃ良い人でもそれだけで時間にルーズだから帰ってくださいとか、つまんない怒られ方をしちゃう子もいたりするのよ。だからこれだけは本当に守ってほしい。新幹線も飛行機もさ、自分の時間に合わせて飛んだり発車してくれないでしょ？　だから時間はちゃんと守ってほしい。ＯＫですか？

「はい！」

一言一句挨拶の意図

では次に入店経路の説明をします。はい入店経路は基本正面入口です。※印従業員入口の場合もある。

これは毎回詳細メールを見てください。詳細メールに店舗正面入口より入店または、従業員入口からの入店って必ず書いてあるから、それを見て判断する。ただ基本7割くらいは店舗正面、お客様とおんなじウイーンっていう扉から入って頂く。

はい、では次挨拶。フロマネ宛に元気良く。はいフロマネってなんだろうね。風呂のマネをする人なわけじゃないからね、そうそう両手を浴槽みたいに丸くしてハイ風呂ですみたいな……。

はいフロマネ、これはフロアマネージャーの略です。フロアを回す人です。さっき発券機の隣に店員さんがいるって言ったでしょ？　その人のこと。その人をフロマネと言いますので一番最初はこのフロマネ宛に元気良く挨拶をします。

その挨拶の仕方なんだけど、俺達普通にスーツで入店するからフロマネはわかんないのね、普通にお客さんとおんなじように「いらっしゃいませ、こんにちは。宜しければご用件お伺い致します」って言ってくるの。

そしたらゆうやとひろきはこの2ページ目に載っている挨拶3行を言ってもらいます。この挨拶をただ言っただけではインパクトがない。顔と名前を覚えてもらえないから、ここで一回私が見本を見せます。

そしてテストします。テストやりますのでこの3行覚えてもらいます。3行くらい覚えられるでしょー？　今までいろんなお勉強してきてるんだからぁ。3行くらいはね、しかもこれただの挨拶だし。

おはようって言って、俺レジェンドから来たよって言って、今日宜しくねって言うのを敬語にするだけだから。はいじゃあ今から次記文章を5分で覚えてください。

「おはようございます。私、レジェンドプロモーションから参りました○○と申します。本日、データ通信のアドバイザーとしてお伺いしたのですが、店長または副店長お手すきでいらっしゃいますでしょうか?」

これを一言一句、独自でオリジナル出すことなく、そのまんま覚えてもらいます。勝手にオリジナルの挨拶作って怒られたり、挨拶がどれだけで大事でどれだけ絶大な効果があるかわかってる人が少なすぎるから。

どう?　いけるね!

サクラ完全防止対策

あっ、出ました、このデータ通信のアドバイザーっていう横文字。これはなんなのかというと、ゆうやとひろきの役職です。

よく実施中にお客さんから「あなたってなんなの?」って言われることがあるんだけど、

「データ通信のアドバイザーです」って答えてほしいの。

俺達はショップの社員ではないよね。でもレジェンドプロモーションって言ってもきっとわかんないから、データ通信のアドバイザーって言ってください。

ただお客さんはさらに「データ通信のアドバイザーって何よ？」って聞いてくるお客さんもいる。そん時は、「私はこちらのタブレットを、一人でも多くのお客様にご紹介させて頂くスタッフです」って伝えてほしい。ここまで言えばさすがに納得するから。

なんでこれこんなに細かく言うかというとね、たまにサクラがいんのよ、俺みたいなライバル会社の営業マンがお客様のふりをしてショップに来て、どんな会社のどんなスタッフがどんな訴求をしているのかを調べてくる人。

これが怖いのよ。訴求トーク、ノウハウバレたくないし、いちゃもんつけられたくないしで。だから最初っからレジェンドプロモーションって言うんじゃなくて、まずはデータ通信のアドバイザーって言ってもらうようにしたんだよね。

普通のお客さんだったら絶対納得するじゃん。でもそういうサクラの場合は、

「どこの会社ですか？」

「給料はいくら貰ってるんですか？」

「うちで働きませんか？」

「ほかにどこの店舗に入って実施してますか？」って。

さらにグイグイ怪しい質問をしてきたりするんだ。この場合は余計な情報を言わないことと

すぐ俺山田に連絡すること。これ約束ね。

挨拶の練習方法

はい、では挨拶を覚えてもらうんだけど、覚える前にアドバイス。最初の1分間は文章見ていいからひたすら大きな声で練習すること。要は大きな声の自分を慣れさせる為ね、次の1分間はアナウンサーのように、ちょっとカンペを見て前を向く、ちょっとカンペを見て前を向くっていう感じ。3回目の1分はそこに笑顔を足してみる。そして最後の1分間は全くカンペを見ずに練習。

では5分後一人ずつテストをしますので二人は立ってください。隣の部屋とか一切気にせず大きな声で立ちながら、今から練習してください。ゆうやとひろきは仲間であるけどライバルでもある、だから負けないようにこっから追い込んでやってみて。

ではよーいスタート！

「おはよーうございます！！　私、レジェンドプロモーションから参りました短南と申します！！！　本日、データ通信のアドバイザーとしてお伺いしたのですが、店長または副店長お手すきでいらっしゃいますでしょうか？」

「おはよーうございます！！　私、レジェンドプロモーションから参りました南浦と申します！！！　本日、データ通信のアドバイザーとしてお伺いしたのですが、店長または副店長お手すきでいらっしゃいますでしょうか？」


はい5分経ちました練習終了。ではテストします。一番最初にやりたい人？

「はい！」

おっゆうや！　いいね！　ではゆうやからやります。ゆうやの次ひろきね。

「はい」

じゃあゆうや！　正面入口から入店してきて。俺がフロマネやるから。

はいわかりました。

「ウイーン♪」「いらっしゃいませこんにちは。宜しければご用件お伺い致します」

「おはようございます。私レジェンドプロモーションから参りました『短南（仮）』と申します。本日、データ通信のアドバイザーとしてお伺いしたのですが、店長または副店長お手すきでいらっしゃいますでしょうか？」

いいねー一発合格素晴らしい！　じゃあ次ひろき！

「はい」

「ウイーン♪」「いらっしゃいませこんにちは。宜しければご用件お伺い致します」

「おはようございます。私レジェンドプロモーションから参りました『南浦（仮）』と申します。本日、データ通信のアドバイザーとしてお伺いしたのですが、店長または副店長お手すきでいらっしゃいますでしょうか？」

いいねー！　ひろきも合格。今日の二人は優秀だねー！　一発で覚えれる子少ないから素晴らしい。はい当日の現場ではこの挨拶をしてもらいます。

空気読むと逆に帰らされるからね

ここで二人に問題です。キャリアショップって1日100人とか150人とか来店の大きいショップもあれば、1日40人も来店されない小さなキャリアショップもあるのね。ゆうやもひろきもよっしゃ今日から元気な声で気合い入れて入店するぞー！　ってなって朝正面入口からウイーンって入店したらさ、

「えっ？　お客さんが全くいない……。えっ？　店内がちょうシーーンとしてるんだけど……あってもUSENは流れてる良かったありがてぇ」って思いきや、よりによってたまたまオルゴールバージョンの曲でさらに店内がシーーンとなってたり、なのにそんな中で今合格したテンション高い挨拶をやるべきかどうか……迷ったりしない？

このテンションの挨拶をやらないべきか？　やるべきか。どっちが正解だと思う？　やるべきだと思う人挙手！　はいゆうやありがと。やるべきではないと思う人挙手？　はいひろきありがと。

じゃあひろき！　なんでやるべきじゃないと思った？

「はい！　静かなところで急に大きな声を出してしまうと、仕事されている方もいると思うのでビックリして、逆に悪い印象を与えてしまうのではないかと思いました」

じゃあゆうやも意見教えて。

「はい。自分は今この挨拶の練習をして、このボリュームの挨拶で山田さんから合格をもらった以上、どんな環境でも合格頂いた挨拶をするべきだと思いました」

おっ素晴らしい！　正解。解説するね。これね、すっごく難しいんだけど、逆に空気を読んでほしいのね。普通に空気を読んだらひろきが言った通りだよね、ひろきが正解。ビックリさせないように声のボリュームを下げてやった方がいいよね。でもショップの店長はそれを本当に望んでいるのだろうか？　そうしてほしいと言ったのだろうか？

まず一つ目はキャリアショップの店長、副店長、責任者の方はね、大きな声で挨拶してくれる人を望んでいるということ。

ひろきが言ってくれたように、空気を読んで声小さくして挨拶したら、逆に帰らされたスタッフが実際にいてね、空気読んだのに帰らされるっていう。「今日元気のないスタッフさんが来られたので帰ってもらいました」みたいな。働けないからその子その日休みになっちゃった。

ありえないよね。俺達はそれを防ぎたいんだけど、だからといってバカうるさい挨拶もダメなんだよね。とにかく今日合格もらったこの挨拶を常にやってほしい。ショップの店長からよく俺が言われたのは、

「レジェンドさんは本当に元気で明るいスタッフさんが多いね。レジェンドさんが来ると店内が明るくなるから、うちのスタッフにも良い刺激になるよ。店内にもっと活気づけたいっていう想いもあるからレジェンドさんには本当に助かってます」って言ってくれたり。

うちの会社も大切にしたいのは人間味のある接客なんだよね。だからちょっとくらいうるさいって言われるくらいがちょうどいいし、俺の中ではうるさいって言われたら誉め言葉だと思ってる、そん時は「すいません！」って言うけど心の中では「あざっす！」って言っちゃうレベル。

最近うるさいって言われるくらい声出せる子が本当に少ないのよ。恥ずかしくなってもじもじしたり。もう当日空気に飲まれちゃって、「ぉはぁょうございます〜」みたいな。だからうるさいって言われることができるかくらいやってきてほしい。

もしうるさいって現場で言われたら俺必ず守るよ。もしうるさいって言われるくらい元気にハキハキやっていて、それがうるさいとか怒られたのならマジで守ってあげる。ちなみにうるさいって言われて帰らされたことは今までないから。

とにかく当日現場に入ったら、俺が空気を良い意味でぶっ壊すんだっていう想いで仕事してほしい。

会話のプロは接続詞と言い換えに重きを置く

では次のページに移ります。はい実際に店長または副店長が来ちゃいます。「お手すきでいらっしゃいますでしょうか？」と聞いているからね。キャリアショップってインカムっていうトランシーバみたいな機械をみんな耳につけているんだけど、「店長または副店長いますか？」って聞くとフロマネが「かしこまりました少々お待ちください」って言って、そのインカムで「店長今取れますか？　今レジェンドの南浦さんが来られました」。そしたら店長が「はい今行きます」って言って実際に店長が来ます。

「私が店長の○○です」って言われるから「あっ、改めましておはようございます。私レジェンドプロモーションから参りました南浦と申します。本日データ通信のアドバイザーとして実施させて頂きますので宜しくお願いいたします」の言葉に変更して挨拶をする。

そうすると、店長または副店長は「あーレジェンドさんね、宜しくお願いします。昨日もレジェンドさん数字出してたから今日も頼みますよ」みたいな。

逆にドライな店長もたまにいたりするのよ、「はいお願いします」でおわり。

「お願いします」って言われて俺らも「お願いします」って言ったら会話が終わっちゃうから、

俺達は会話の運び屋だから、会話のプロだから会話を運んでいかなければいけない。

「お願いします」って言ったら次の接続詞「早速なんですが」と頭につけて、「早速なんですが、バックヤードを教えて頂けますでしょうか？」と聞く。冒頭になんでも「ちなみに」って使う人いるじゃん？「ちなみに」という接続詞はできるだけ使わない。ちなみにってつけて話す人が多すぎるのと、そればっか連呼してたら品も無ければプロとしての技術も全く無いから。接続詞のレパートリーそれしかねぇのかお前って思われたくないし、連呼されると相手の耳に残るでしょ。とにかく品が無いから。接続詞10回使って1回出るかでないかくらいの温度感。

んでバックヤードと言っても俺達がその中でも知りたいのは休憩室、従業員用トイレ、更衣室の三つだけ。だけど「休憩室やトイレや更衣室はどこですか？」って聞いてもエレガントではないよね？　だからバックヤードという用語を使う。

もう一つの意味があって、それは「新人じゃないねこの子は」って思われる為に使う。なぜか、俺達は新人って思われたくない。新人て思われたら帰らされる可能性がある。

俺達はこの研修を受講し、俺が「いいよ合格だよ」って言ったらアマからプロに変わるから、「初めてなんですけど」だと「帰れよ」って言われる。

「まだ自信が無いですが頑張ります」「帰れ。プロ用意しろ」

俺はプロ。俺は今日からプロなんだっていう認識を持つことから始めなければいけない。プロかアマかは認識だからね。回数じゃない。1回目の勤務から1年くらいやってる先輩に勝つ子も見てきている。俺がもう今日からお前はプロだと言ったら、俺はプロなんだと自覚すること。自分が逃げれる場所を作らないこと。自分を守る言葉を使わないこと。

「そしてこちらが休憩室になります。休憩の際は外に行って食べてもいいですし、コンビニで買ってきてここで食べて頂いても大丈夫です。こちらが従業員用のトイレになります。表のお客様用トイレではなく従業員用のトイレを使ってください」って言ってもらえる。

ちなみにゆうやもひろきも休憩室でやってはいけないこと、それは寝ることやプライベートの電話、大声での会話等。例えば「もっしー、今ショップで働いてんだけどマジだりー」みたいな電話、当たり前だけどダメだよね。あと休憩中ではないけど、業務終了後に電車で今日の業務内容の電話しちゃったり、どこで誰が聞いているかわからないから、もし話するなら家に着いてからとかね。

「はい、ではこちらが更衣室になります」

また会話が終わってしまうから、俺らから次の接続詞「もう1点お伺いしたいのですが？」と会話を運び、「落とし込みをお願いしても宜しいでしょうか？」と尋ねる。

はい、落とし込みってなんだろうね？　落とし込みっていうのは「落とし込み＝店舗情報」です。その店舗情報の中でも『在庫、価格、条件、施策』という四つの項目を教えてもらう。

落とし込みっていう言葉を使わずに、最初から『在庫、価格、条件、施策』を教えて頂いても宜しいでしょうか？　って聞いてもダメではないよ。ただできるだけ落とし込みっていう言葉を使ってほしい。なぜならどこの店長でも全員理解している、把握している用語だから。

たまに新米の店長とかがまれに「おっおっ落とし込みってなんですか？」って聞いてくるパティーンがあるからその場合は、「はっ？　知らねぇの？　バカじゃん！」とか言っちゃいけないよ。もし落とし込みっていう言葉で相手が伝わらなかった場合は、「失礼しました在庫、価格、条件、施策を教えて頂いても宜しいでしょうか？」って言い換えるだけ。

なんでこの順番で言うかっていうと、全部会話がその人に合わせた会話になっているのね、店長からしたら「こいつできるな！」って思わせることができる。「おっ会話回されてる、こいつちゃんと配慮して聞いてるな」ってなるから、開始する前の段階で、今日のスタッフできるぞって思わせることができる。俺はそういうところから意識して現場に臨んでいたのね。だから評価も貰いやすかったの。

店長や副店長の心の隙間に入る為に、最初の会話から自分から進めるっていうこと、相手に合わせて意識するっていうことをやっていた。普通の子はここまで意識して会話しないから。ライバル会社でこれやってる人見たこと無かったんだよね。それを俺は知っていたから、うちの会社の人間は全員配慮できるぞ！　って見せつけたかったたし、人の気持ちわかる人間でありたいと思ってやっていたんだよね。

オドオドしてたり、相手のこと考えずに言っちゃったりっていうのをたくさん見てきた。だからみんなには「エレガントだな！」とか「相手の気持ちわかるな」って思ってもらいたいから、落とし込み→在庫、価格、条件、施策の順番で聞いてほしい。

このイメージを持たせることができれば、店長や副店長は開始に心配になって見に来たりとか足元をすくってやろうとかっていう気持ちを潰すことができる。

だけど最初の挨拶や開始前の落とし込みの段階で隙があると、店長たちは見に来て揚げ足を取ってくる。それがうざいから一発目で決めにいくっていう意図。だからあえてこういう会話で聞いていく。でもだいたい落とし込みの段階で通じるから。通じなかった時用に今これ教えたからね。

いよいよ現場実施5分前

はいでは次、次はイメトレ、「今日は何件獲るぞ」とか、「俺が売る商品はどこに展開されているんだ」って店内のディスプレイを見たり、そういうイメトレをする時間を設けることで、1日のやりがいやスイッチが爆上がりするから。

会社やお店から「4件やってね！」って言われても俺は満足しなかった。だってそれは会社やお店が決めた数字であって、俺はもっとやれるかもしれないし、しかもその4件っていう目標で1日動いちゃうと4件獲れればそれでいいやって満足してしまうから。

だから俺は1日7件っていう目標で毎日働いていた。俺の目標の立て方は「1時間につき1件、実施時間が7時間だから絶対7件は切らさずやってやる！」。そうすれば会社も店舗さんも喜ぶし、一緒に働く仲間からも「すげぇ！」って言ってもらえると思ったから。

あと自分で7件って決めると「おっしゃマジでやってやるよ！」ってなって1日を夢中で生きることができるんだよね。これが俺と俺の周りの奴との違いだった。強制はしないけど、俺はそれが楽しかった。

別に目標は数字だけとは限らないからね。

「今日1日絶対笑顔をきらさず実施するぞ！」とか、

「100％のお声がけは絶対徹底しよう！」とか。

なんでもいい、でも目標は大事だと思ってる。世の中いろんな奴がいる。目標なんて持たない方がいいって言う人もいる。別にそういう人も間違いじゃないし否定はしない。ただ俺は目標を持って生きることが好き。そこんとこはお前らはお前らで決めればいい。

小さな技術だけど人生めちゃくちゃ得する

はい、では最後、俺達から質問することが多いから常に何か質問して教えてもらう度に、必ず「ありがとうございます！」と語尾につけること。「ありがとうございます！」っていう言葉って、何回、何十回言われても絶対嫌な気持ちにはならないでしょ？　だから俺は人と話す時は常に「ありがとうございます！」ってつけてたよ！　毎回ね毎回。

俺実施終了して挨拶する時も、その日出勤してる人全員に立ち止まって、

「今日1日ありがとうございました！」

「あっ○○さんありがとうございました！」

「あっ□□さんありがとうございました！」って必ず言ってた。

相手は不快にならないから絶対。しかもこれ俺が店長側だったらそういう子嬉しいもん。可愛いなこいつって。これどこいっても好かれる技術の一つだからね。

一刻も早く一人立ちさせたかった

はい、まとめると、10時30分までに入店し、10時35分までには挨拶が終了し、10時35分からバックヤードを教えてもらい、休憩室、トイレ、更衣室、10時45分から落とし込み（店舗情報）を受ける。10時55分からイメトレをして11時に現場スタート。なので10時30分までに入店っていうことは絶対に遅刻は許されないよってこと。

次は11時〜19時はひたすら実施だから一回説明は飛ばして、次は退店の時はどうすればいいのかっていうところを説明していきます。

これなんでこんなに時間をかけて俺がいろんな人の役を演じてさ、みんなにイメージを湧かせる為に細かくやっているかわかる？　これね、当日スタッフ構成一人なのよ。一人で働かないといけない。一人しかいないの。だからレジェンドプロモーションっていう会社の看板を背負って一人で行って働かないといけないから、だからそんだけしっかりしていないとこの仕事できないわけよ。だからここまで細かくやっているのね。

ここで3人とか4人とかいればさ、

「当日先輩に聞けばいいや！」

「今自分が全部できなくても大丈夫だ」って責任転嫁できるでしょ？　でもできない。自分自身がそれをやらないといけないから、だからここまで力をいれてやっているんだよ。自分で自分を守る為に。

一応2勤務目までは2名体制で実施してもらう予定。だけど俺みんなの気持ちを大切にしているから、「1勤務2名体制で実施して2勤務目からは一人で現場立ちたいです！」っていう子も中にはいて、逆も然りで、「1勤務した時点で、僕自信が無いのでもう1回2名体制で実施したいです」とかこれどちらでも全然ＯＫ。

ただ2名体制の場合は豆扱いになるから、給料は上がらない。どんなに数字を出しても豆である以上はその先輩の数字に反映される。一人立ちできたタイミングから給料が上がる。

そこの働き方は二人に任せるんだけど、一応最初の1勤務目だけは2名体制で実施してもらう。そこでどう働いていきたいかを自分で考えて俺に報告をしてほしい。

退店時、得するのは気づかないふり

じゃあ次は退店の話いくね。19時の時点で気づかないふりをするって書いてあるでしょ？　これどういうことでしょう？　なぜ19時で実施終了なのに、気づかないふりをして実施し続けないといけないのでしょう？

これね、プロのバスケットボールの試合とかと一緒で、絶対延長はできないし、してほしくないのね、19時で絶対帰らないといけないのよ。

プロって決まった制限時間内で数字出さないといけないし、その時間の中で数字出すことが美しいしカッコ良いわけじゃん。それが19時で終わりなのに19時30分とか20時まで延長して2件、3件追加で獲ってもカッコ良いにはならないのよ。

決められたルールの中で最高のパフォーマンスしろよ！　って俺は思ってるのね。だけど気づかないふりをする。矛盾してるよね？　どういう意図が隠されているのだろう……。

契約上も11時〜19時だからすぐ帰っていいんだよ。19時ピッタシに帰ったって全く問題ないしお店さんから怒られることもない。ただ『あいつピッタシで帰ったなー』って思われるくらい。

一応これちっちゃいけど俺のノウハウなんだよね。ヒントね、お店さんは俺達が11時〜19時までの実施時間っていうことはもちろん知ってます。そして俺達は19時になっても気づかないふりします。これがヒント。

もう1個ヒントね。お店さんは俺達が19時になったら帰ってもらわないといけないのね、残業代を払うこともできないし、契約違反になってしまうから。

「ハイ、わかりました！」

おっ、ゆうやなんだ？

「声を掛けてもらう」

いいねビンゴ！　素晴らしい大正解！

お店さんから「もう19時ですよ、もう終わりなので帰って大丈夫ですよ」っていう言葉を、俺達から言うんじゃなくて、お店さんに**言ってもらうこと**が意図。言ってもらう為に気づかないふりをして待ってほしい。これだけ。

これだけでめちゃくちゃ印象が変わるから。たったこれだけで全然違う。

例えば19時ジャストになった瞬間、「お疲れさまでした。時間になりましたのでお先に失礼致します、本日も1日ありがとうございました！」って俺らから挨拶をした時に、「はいお疲れさまでした」って言ってくれるけど、お店さんの心の中では、「おっピッタシで上がったな。19時ピッタシうんピッタシだったなあの子……」

でも逆に「○○さんもう19時ですよ」ってお店さんから言われた場合、「うわっもう19時ですか？　申し訳ございません気づかなくて……」って言うのでは、たとえ同じピッタシでも全然違うのマジで。要は気づかないふりをしたことによって、

「おっ時間を気にせずうちのお店の為に頑張ってくれたな」

「ほかの会社のスタッフさんはピッタシで帰るのにレジェンドさんのスタッフはみんな時間気にせず頑張ってくれてて嬉しい」ってなる。

言ってもらう為に気づかないふりをするということ。

さらにまだ意図があるんだけど、ちょっとヒント出すね、例えばひろき！　ひろきが月、水、金でシフト出したとしましょう。

月曜日は新宿店で1件で終わってしまいました
水曜日も新宿店で1件で終わってしまいました。

金曜日も新宿店で働いてくださいってなったらどういう気持ちになる？

1日4件やらないといけないのに、2日間で2件ってなったらお店さんってどういう気持ちになると思う？　スタッフ替えてほしいって思うと思わない？　でもそんな中で3日目も1件で終わりそうってなったら、19時の時点でどう？　19時ピッタシで「はいお疲れさまでした帰ります」って言って帰れるかな？　帰れるけど気まずいよね？

つまりもう一つの意図っていうのは「自分を守る為」でもあるんだよね。もし万が一自分が思ったよりも数字が出なかった時に、言いづらいところをお店さんから「実施終わりですよね？」って言ってもらった方がまだ帰りやすいし誠意が伝わる。

この業界は本当に天国か地獄なのマジで。

世の中結果。あからさまな仕打ち

1回俺がすげぇきついこと言われたエピソードを話したいんだけど、俺も数字が出なかった時があったんだよね。普段は6件、7件と平均的に出せてててちょっと俺も浮かれてた時があってさ。

「あー、俺やっぱ出せるわー」ってなってた時に、急に数字獲れなくなって、1件とかやっちゃう日が来て、でもトータルでいうとめちゃくちゃ出てるんだよ。

アベレージでいうと6件とか7件とかね。でも1件やっちゃった時に、実施終了後に「申し訳ございません、1件しか獲得できませんでした」って謝りにいった時にお店さんから、「えっ？　1件しか獲ってなかったのに煙草休憩とか平気で行かれてたんですか？」って。

「はい、もういいです。お疲れさまでした」って言われてその後全部シカト。んで俺退店。ほかの日にどんなに数字出してても1回、たった1日こけるだけでこんなに人って掌変えるんだって思った瞬間。

なんか悔しくて悔しくて。一生懸命頑張ってんだよ、休憩だって1時間きっちりなんて取ったことないよ、手も抜いてない。だけど結果が出ないとそこの頑張りなんて一切評価されない。これがこの仕事の魅力なところ。結果だから。

もうそういう場合は絶対いいわけしない。「いやでも……」って言えば言うほどみじめになる。聞いてくれないから。だからすいませんって謝るだけ。

ただ逆に、14時とか15時の時点で俺が8件とか9件出した時に、「やまちゃんもう帰っていいよ。もう今日の分の在庫無くなっちゃったんだよ。ほかの系列店も在庫が無いから、やまちゃんが今日これ以上いても何もできないし申し訳ないから帰っていいよ！」って良い意味で帰ったこともある。

あとは「もう今日の4件っていう目標達成したから、残りの時間は全部休憩でもいいよ！」って言われたり。凄いよね？

本当にこの仕事は天国か地獄。数字獲れていれば常に天国。拝まれる。ありがたやーありがたやーって。でも獲れないと目も合わせてくれないし、シカトされるし意味無い奴って扱われる。

ちょっと大げさに言ったけど、俺の初期の時代はそういうことがいっぱいあったんだよね。今はそういう店長もいなくなってきたんじゃないかな。関係性もできてきたしね。俺もたくさん顔出して実績残したから信用してもらえるようになったしで、でもたまにそういうお店さんはある。

だからそのままくらっちゃうとメンタルやられちゃうから、もしそういうことが起きたら俺に必ず相談してきな。必ず守るから。でもこういうのは誰しもが通る道かもしれないし、そういう人のおかげで強くなったりするから。俺にとっては素敵なありがたい財産かな。

はい、では気づかないふりをする意図は以上なんだけど、ただ、19時から30分も40分も気づかないふりしててもさすがに意味わからないから、どうしてもお店さんが気づいてくれなかったら5分〜10分は気づかないふりをしてください。

それでもお店さんが気づかなかった場合は、そん時はこっちから挨拶をしにいきます。ただここも技術があって、10分も延長してるのに、10分も気づかないふりをして実施しているのに「なんで声かけねぇんだよ」っていうスタンスで挨拶いくと危ないし逆効果になってしまうから、ここは必ず10分延長したけど、まだ声かけてもらえてないけど、「申し訳なさそうに挨拶」をするっていう意識をしてください。

これも俺が意識している技術。延長しているのに、

「○○さん恐れ入ります、只今お時間宜しいでしょうか？」

「はい、大丈夫ですよ」

「只今時間になりましたので終了させて頂きます」

「あっ、そうですよね、気づけなくてすいません」

「いえいえこちらこそご挨拶が遅くなってしまい申し訳ございません」

「今日１日ありがとうございました」

「こちらこそありがとうございました。失礼いたします」

お声かけられずすいませんって謝ってくれやすいのよ。だから実施時間過ぎてるのに申し訳なさそうに言うっていうことを意識してほしい。

こういう技術はね、本当にうちの会社だけじゃなくても通用するから覚えといた方がいいよ。うまく生きれるよ。

そしてフロマネの挨拶が終わったら、次は店長または副店長のところに行ってまた同じ挨拶をします。

この世で最も恐ろしい店長からの一言「○○○○○?」

最後店長または副店長に挨拶するんだけどここめっちゃ見せ場だから、今から言うノウハウをしっかり覚えてほしい。いくよ、店長の席の横まで歩いていって、さらに店長の椅子の横まで行ったら、そこでダウンサービスして、

「○○店長失礼します、只今お時間宜しいでしょうか?」

「はい大丈夫ですよ」

「時間になりましたので終了させて頂きます」

「お疲れ様でした」

「はい、本日も1日お疲れ様でした。ありがとうございました」

そうすると店長から次の瞬間、世にも恐ろしい一言が来るのよ、

それが「今日**どうでした？**」

新人にとってはこの世で最も恐ろしい「どうでした？」。

ちなみに店長はバカじゃないからね。店長も下積みがある。でもだいたいの店長は抽象的に聞いてくる。俺らも俺らで、

「はい？」

「どうでしたと言いますと？」

「どうでした？　って何ですか？」

なんて聞き返してはいけない。全てこの一言に隠されている意図をくみ取らなければいけない。なぜなら俺らは会話のプロ集団だから。


ちなみにこのどうでした？　の一言に隠された意図は、最低でも四つある。なんだと思う？

勤務前のあなた達でも四つは言えるしわかると思うよ。

ヒント行くね、その日の目標件数は5件でした。ゆうやはその日6件でした。ゆうやわかるか？

「はい、数字の報告ですか？」

そう正解。まず一つ目は結果報告。でもただたんに5件の目標に対して6件でしたじゃないよ。「売れた理由。売れなかった理由」まで報告すること。なぜ売れたのか、なぜ売れなかったのか。これがまず店長が知りたい情報の一つ。

残り三つ、わかる人いるか？

「お客様の声ですか？」

おっ、正解。素晴らしい。お客様の声を店長に届けてほしい。なぜならば、店長はほとんど店頭には立っていないから。お客様の声を第一線で聞いているのは俺達だから。俺達が接客したお客様の気持ちを伝える。

あと二つ、わかる人いるか？　ひろき！

「お店の雰囲気ですか？」

あーおしい、ヒントは漢字2文字でお店さんの○○、お店のなんだろうね、もう一つヒントね、俺がさっき朝礼の見本を見せたじゃん、私一人ではなく、お店さんの○○みたいなこと言ってたよね。

「協力ですか？」

そう協力、正解！　三つ目はお店さんの協力体制。店長は自分の部下がどれくらい俺達に協力していたのかなんてわかんないんだよね。それを俺達が説明する。

よしあと1個、最後なんだ？　わかる人？　ゆうや！

「1日の感想ですか？」

あーおしい、いいよ近い近い。ヒントは、多分貪欲な人、負けず嫌いな人ならすぐ出るかもしれない。ひろき！

「反省点ですか？」

いいね！　ＯＫ！　つまり次回への意気込みが四つ目。今日1日の所感だね。ここがダメだったから次回はこうしますとか。これが「どうでした？」に隠された店長の想い。

なんでこんなにこれも細かくやるかわかる？　店長と接触できるのって朝の挨拶、落とし込みのところとこの退店時の2回しか自分をアピールすることができない。だから自分という存在を覚えてもらうこと、会社の組織力を伝えることをスイッチ入れてやってほしい。

ただ裏の目的は、あーヒントね、例えばひろきやゆうやが現場に入った初日からめちゃくちゃ数字出してさ、とんでもない成績を残したとするじゃない？　そしたら店長が、

「なんですかあなた？　笑顔も素敵だし挨拶はしっかりできるし、お客様からもたくさんありがとうって言われて、お店の雰囲気まで変わりました。そして数字も9件ですか？　素晴らし

すぎます！　また入ってほしいです」

っていう電話が、俺宛にかかってきたら俺ってどう思う？　そうなの嬉しいよね？　ってことは俺も店長にそれやってあげたいのよ。

俺らも店長がめちゃくちゃ可愛がっている部下の店員さんの良いところとか、協力してくれたことを実施中に覚えて、最後退店時に声として届けてあげる。

「お店さんのこういったご協力のおかげで数字を出すことができました」って。

これ万が一自分が数字出ていない時とか超役立つからね。怒られにくくなる。部下が褒められてたら怒りづらいでしょ。自分を守る為にもやった方がいい。いろんな深い意味があるわけですよ。

研修資料4ページで2時間もかかった理由

この研修やばくない。てかまだ4ページしか進んでないよ(笑)。4ページしか進んでないのにもう2時間経ってるからね。細かいよねごめんね。覚えることたくさんだしいろいろやばいよね。ただそれくらい俺は知識より人間性というか人として、みたいなのを大事にしたくて、知識なんて今俺がいなくても勉強しようと思えばできるじゃん。俺がいないとできない研修をしたくて拘（こだわ）ってやってるんだよね。

はいでは次に、店長との挨拶も終わったら19時20分くらいには帰れる。退店した後なんだけど、終了報告メールっていうのを会社に送るんだけど、ぶっちゃけこれはめっちゃ簡単。俺は5分で作ってた。

終了報告って何かかっていうと、今日1日働いてどうだったかの感想を送るメールのことなんだけど、普通に退店してから作っても5分以上は絶対かかってしまうのね、ただ俺は効率良くするのが好きで、空いている時間で作っちゃうのよ。

例えば休憩中に開始から昼過ぎまでの感じたこととかを先に文章に起こして、集客状況とかお客さんの声とか、んであとは最後数字だけいれれば完成っていう状態にしておく。そうすれば5分以内に確実に送ることができる。

じゃあなんでそんなことをするかっていうと、退店したら自分の時間欲しいじゃん。好きなことしたいしリセットしたいし、帰りの電車の移動時間までカチャカチャ携帯いじっていたくないでしょ。

まあその終了報告メールは退店後30分以内に送ればいいから時間に余裕はあるから大丈夫。それを送って1日の現場は終了。

そっからは遊びにいってもいいし、すぐ帰って寝てもいい。

では最後まとめのページいくよ、「個人の評価はもちろん会社の評価も貰えるよう言葉使い立ち振る舞いを意識すること」って書いてあるね。

これはまだ二人には難しいかもしれないけど、みんなの先輩にあたる人達が作ってくれた環境で働かせてもらってるから、自分達の代でその環境、畑を変に変えたりすることだけはないようにね。

「はいわかりました！」

ごめん、最後、会社としてじゃなく、俺の個人の想いも言っていい？

「あっ、はい、大丈夫です」

俺が創業時から今日までどんな想いでやってきたか、この2時間でわかったよな？

「えっ？」

お前らの代で壊すことだけはないようにしろよ。

「……あっはい」

これは命かけてやってきた俺の生き様だから。

はい、では1回休憩はさんだら、次は座学やりまーす！

……ってこんな感じで書いててもうつまらないし飽きた。座学はもう書かない。ここのパートちょっと長かったかな？　でも俺の研修受けてきた社員だったらこれ懐かしいでしょ？　ぶっちゃけ書けるところと書けないところはあったけど、できるだけ再現してみた。てかよーく考えたら恐ろしいよね、研修資料4ページしか進んでいないのに2時間以上もマインドに時間をかけてやってたからね。みんなよくこの研修しっかりやってたよね。

よっしゃ、最後は俺のロープレのノウハウだけ次の段落で載せてこの章は終わりにしようかな。

それ心の扉と時間の扉が開いてないからでしょ

「お客様。突然ですが車貰ったら嬉しいですか？」

「えっ、車？」

「はい。たまたまお客さんは今車が無くて、たまたま欲しかったとするじゃないですか」

「あっ、うん」

「知人から、俺この車もう乗らないからあげるよ！　って言われたら嬉しいですか？」

「そりゃあ嬉しいよ」

「ですよね」

「車貰ったら早速お台場とか海とかドライブとかしません？」

「そうだね、遠出しようとか考えるね」

「ですよね。私もそうです。あとは自分好みに車内をカスタマイズしてみたりとかはどうですか？」

「うん自分好みの匂いにしたり携帯置く土台買ったりとかいろいろすると思う！」

「そうですよね。私もやります。んで実際に車走らせる為には**ガ**から始まって**ン**で終わる燃料を入れますよね？」

「えっ、ガソリン？」

「そうですすガソリンです。そのガソリン代が毎月５０００円くらいかかったとするじゃないですか？」

「はいはい」

「そのガソリン代を、車貰った知人に毎月請求しますか？」

「えっ？　車貰っといて知人に？」

「そうです。車貰っといて、今月のガソリン代５０００円かかったからちょうだい！　って」

「えっ、言うわけないでしょガソリン代でしょ？」

「はいそうです、ガソリン代です」

「いや絶対言わないよ。自分で払うもんだろ?」

「そうです。基本は自分で払いますよね。良かったです。実はこのタブレットも一緒なんです」

「えっ? どういうこと?」

「こちらのタブレットは2年間使って頂くことを条件に、タブレットの端末代（車）はキャリアさんが毎月お値引きしてくれるので0円になるんです」

「えっ? マジで?」

「はいマジです。ただし月々2500円（ガソリン代）の基本使用料はかかってくるんです」

「はぁいはぁいはぁいはぁい。なるほどね、キャリアさんが端末代（車）を0円にしてくれているから、月々の料金（ガソリン代）はそりゃ払うべきだよねってことね」

「はい、すいません。そういうことです」

「いやいいよ買うよ。だってそもそも何万もするタブレットを0円にしてくれてるんだったらそれ自体お得だもんね。了解」

「あっ、ありがとうございます」


一部だけどこんなトークを使ってタブレットの紹介をしていた。そんな時代があった。もちろんお客さんによってははまるはまらないはあったにせよ、普通の人よりかは俺は売れた。ただ売れただけじゃない。納得してもらって、さらに喜んで買ってもらうことが多かった。何が言いたいか。

その場その場で与えられた限られたルール（事実、条件、環境）の中で、自分が持っている能力（知識、経験）を最大限使って、どうお得に伝えるか、どうわかりやすく伝えるか、どう満足してもらえるか、それがプロの販売員として、考えてトークとして作り上げることができるか、ここだよねここ。ここが俺らの見せどころ。

俺は誰からも教わってない。自分で考える。どうやってそういうトークを考えていくか、たとえ訴求なんて誰かに文言全部パクられたとしても、そこに**表情、トーン、言い回し**ができなきゃそれはそれでトークとして死んでしまう。

トーク自体パクられてもそこは全然問題ない。世の中切り返しトークとか、鉄板トークみたいな文言を、有益な情報として金に換えて売っている人でしょ。あれ実はトーク自体はパクられても問題無いのよ。ここで一番大事なのは使いこなせるか、自分自身が本当にお得だと思えるかどうか、お得だと思うと勝手に表情、トーン、言い回しに反映される。

例えば自分の大好きな友達に、新しい友達を紹介する時のテンションってどう？　大好きな友達の良いところをメインで話してさ、思い出話ものっけてさ、目キラキラで話さない？　多分それってその新しい友達にも知ってもらいたい、好きになってもらいたいからだよね、きっと。自分の好きな趣味一つ取ってもそうだよ。例えばサッカーだったとして、「サッカーの良さを伝えたい、俺がなぜサッカーが好きになったのかの背景を言いたい！」ってなった時のスイッチどう？　バッチバッチに感情が優先して話してしまわない？　こういう状態で訴求ができるかどうかで決まる。

例え話を作る方法

言い回しを何かに例えるのが苦手な場合、どうしたらいいかは、実は私生活にめちゃくちゃヒントが転がっている。ちなみにさっきの車の例えは『○ロ宏の○レンドパーク』っていう番組が昔あってさ、知ってる？　古い番組だから知ってる人少ないかも。

その番組って最後ダーツを投げる企画があるんだけど、そのダーツの当たりの中に○ジェロっていう車が番組の持ち出しであるんだよね。

その○ジェロって書かれた面積はかなり狭いけど、でももし○ジェロって書いてあるところに見事ダーツの矢を投げることができたら、本当に○ジェロが手に入るんだよ。俺当時その番組みて「やべぇーすげー！」って思って、それでもし車当たったら最高だなっって。

○ジェロ当たっといてさ、ガソリン代とか税金とか、「今月はガソリン代こんだけかかったよ！」って言って領収書を番組司会者の○ロ宏に「はい！」って請求なんて絶対しないでしょ？

それで思いついた例えがさっきの車の例えだったんだよね。

だから常にテレビや旅行や居酒屋、カラオケやいろんな場所に例えるネタはどっかに落ちてると思っていて、そこに宝があるかどうかは自分次第。あると思って探せば必ず何か見つけることができる。

こんなキャッチする人は嫌だ

例えば居酒屋のキャッチやキャバクラのキャッチってどう思う？

居酒屋のキャッチとかキャバクラのキャッチって本当にセンス無いと思っていてさ。当時ね当時。今はわからないよ。例えば聞いたことない？「お兄さんキャバクラは？」。この一言だけ。この一言でお客さんの足を止めにかかるみたいな。

居酒屋のキャッチも「お兄さん居酒屋は？」。これだけ。あとは「1回話だけ聞いてください安くしますお願いします、お願いします！」みたいな感じでずっと横について追っかけてくる。なんで謝るの的なパターンもいる。俺は絶対こういうふうなキャッチはしたくないなーって思ってる。

あとアパレル店員にこういう人はオーバーだけど、俺が服を見てて、ちょっと良いなって思って服を手に取った瞬間、手に取った瞬間ね、急に、

「あー、いらっしゃいませ、お客様お目が高いですね、このコートはなんと39800円する

ところがなんと今なら１９８００円の半額で販売しておりまして、さらにサイズもＳ、Ｍ、Ｌ、ＬＬ、３Ｌとサイズも今なら全て取り揃えております。お色も白、赤、黒、グレー、黄色、緑、青、レインボーとお色も全てございまして、あーお客様、今試着室が空きましたのでお客様絶対お似合いです、試着してみますか？」

息継ぎも無いままこんなマシンガンのように言われたらどう？　コートを手に取っただけだよ。手に取っただけでこんなに言われたら『うざっ』って思ったり、手に取っただけで『お似合い』とか、『お目が高い』とか俺のこと全く考えていないよね。

だから売りつけられている、セールスだって思ってどんなに素敵で爽やかな店員さんだったとしても空気読めなさ過ぎて、たとえコートがめちゃくちゃお気に入りでも買いたくなくなってしまうし、または今日は買わないっていう気持ちになるから、別日に違う店舗で買おうってなっちゃったりするんだよね。

ただただ売りたいっていう人間にだけはなりたくない。俺は質の良い接客を心掛けていた。

ここで貰ったヒントで作り上げた技術っていうのが、接客する際にお客さんって心の扉が二つあるなって思ってさ、それを俺は気づいたから気をつけていたんだけど、その心の扉っていうのが**売りつけられる**っていう心の扉と**拘束される**っていう時間の扉。

売りつけられるって思ったらその瞬間どんなに良い商品でも買わないんだよね。話も聞いてもらえない。

時間の拘束っていうのは、この人の説明を一度話を聞いちゃったらあとどれくらい話されるのかな、待たされるのかな、どれくらい聞かなければいけないのかなっていう闇の時間が発生する。

だから俺がやっていたトークは、

2分いや1分でいいので、買うとか買わないとかではないので、ご説明だけさせてもらっても良いですか？　買うとか買わないとかはお客様が決めることですし。私はあくまで今日、お得なキャンペーンをご紹介させて頂く人間なのでっていう言葉を必ず添えてキャッチをしていたんだよね。これだけで全然違う。

いらないんじゃなくて知らないだけ

お客さんのことを考えた接客やキャッチをしなければいけないと思ってる。わかりやすさ、面白さ、できるだけ端的に、相手に立って話すことができれば、俺はいくらでも、そしていつの時代になってとしても、俺は売れると思ってる。

携帯やパソコン、タブレットという商品じゃなくても、それがエアコンや掃除機、白もの家電といわれる冷蔵庫、洗濯機だって売れる。だってそれを忠実に学んでくれた悠一は、いまだに10年以上現場に立っていても、腹筋マシーンや化粧品、布団だって売って証明してくれているし、俺も実際に光回線やハンドクリームとか、全然ジャンルが違くても売ることできたから。

あと俺ら人間も欲しいものは変わっても感覚は10年経ったって変わらないでしょ。空気が読めてわかりやすくて、相手の立場に立って説明してくれたら、いつの時代だって通用すっから。あと本当に良い商品だったら販売員いなくてもまぁ売れるわ。お客さんは**その良い商品をいらないんじゃなくて知らないだけ**だと思ってる。

俺らがその商品を**正しくわかりやすく伝えるこれだけ。だって俺らは怪しい壺を売ってるわけでもなければそこらへんの道端に落ちている石ころを売ってるわけでもない。**世界で愛されている、認められている人気商品である携帯やタブレットを売ってる部隊なわけだ。間違った知識は伝えてはいけない。

でも正しい情報をわかりやすくお伝えできたのであれば、あとははまるかはまらないかはお客さんが決める。俺らの仕事はそこに楽しさやりがいがある。

俺はいつまでもそんな販売員を求めるしそんな販売員が増えれば、世界はもっと優しくなると思ってる。

だから相手は他人ではなく、大好きな恋人、家族、親友に販売すると思って仕事に臨めばいいんだよ。そしたら邪悪な精神は一旦無くせるから。

変なキャッチ、変な詐欺的な、相手が悲しくなるような訴求だけはマジで無くなってほしい。そんなことしなくたってものは売れるよ。

「いやいや綺麗事だから、そうじゃねぇから」って言う人がいるならうちの会社来てほしい。一緒に仕事しようよ？　俺はこの考えを貫いてみせる。

結局この世界は人で繋がってるんだから。愛ある接客でこれからも上目指してさ、愛ある企業でテッペン目指していこうぜ同志。

第5章
俺がこの本を書こうと決めた一番の理由

今思えば俺が貧乏の環境で生まれてこなかったらこんな考え方になっていたのだろうか。マジでふざけんな、なんでもっと家族の為に頑張ってくれなかったんだよって思う、あの親父のおかげになるのだろうか。

すごい憎くて本当に戻りたくない過去、でも今普通の暮らしができているならそれは貧乏という環境、あのろくでもない親父のおかげと言わざるを得ないのかがいまだにわからない。でも今がこういう結果である以上、俺が生まれた環境や家族、俺をいじめた奴らに対して感謝するべきだな一旦。

あと今こうして俺が本を書いている瞬間もどこかで俺と同じ環境で過ごしている子供もいるんだろうな。

俺は当時知らない人に助けを求める考えはなかった。

今の俺はそういう貧乏な家庭に対して何かできることをしたいと思ってる。

ただ金を渡すとかではなくて、俺みたいに、

貧乏家庭で生まれ、小学生の時から親父の虐待を受け、学校ではいじめられて、バカで勉強できなくても、ここまで這い上がってきて、今38歳になって人生楽しめているから。

なんとか、なんとか首をくくらず腹をくくれたから。

乗り越えることができたから。

乗り越えることができた奴がここにいるんだってことを。

今ここにいるよ！　ってことを、希望を伝えたいし知ってほしい。

だから少しでもそういう人にこの本が届けられると嬉しい。逃げていいよ。弱くていいよ。

裏切っていいよ。泣いていいよ、一人になってもいいよって。

俺は嫌なことがあれば逃げてきたし、いっぱい人のせいにしてきたし、たくさん環境のせいにしてきた。

裏切ったこともあるし、おまわりさんの世話になってもおかしくないようなことをしておかんを泣かせたりもした。詐欺みたいなこともしたし、喧嘩もあった。真面目にさ、親の目や世間の目を気にして生きてることは決してなかった。

親、先生、世間の言うことをしっかり聞いてきた人が今、世の中にどれくらいいるのかはわからない。どれくらい満足して後悔していないかもわからない。どれくらい成功しているのかもわからないけど、その人達がどれくらい納得して今生きているのかも知らないけど、それが全てではないでしょ。俺はほとんど誰の言うことも聞かず生きてきた。だからこそ、今の俺という立場から、きっと何か伝えることができると思ってる。

当時将来に明るさを感じたことは1ミリも無かったし、夢持ってる奴とかはむしろ嫌いだったし。

俺も夢はあったよ。でも俺の夢は絶対叶わない夢だと思ってたからさ。夢実現できる奴はそれなりの金とコネがある奴って思ってたからなのよ。俺はどちらも無かったから。

とにかく金が全て、金さえあればって未来が真っ暗だった。


それでも俺は今一生懸命毎日を生きている。先生の言うことを聞かなくてもこうなれている。今までの失敗や今まで迷惑かけてきた分誰かの為に力になると決めて、毎日に感謝しながら自分と闘っている。

少しでも「よっしゃ、もっかい頑張ってみっか」って思ってくれたらこの本の意味が生まれるね。

俺スケジュールが合えばどこでも行くから。今この瞬間俺に会いたいって思ってくれたら、一旦この時点で最後のページに書いてあるインスタにDMしていいからね。

または**レジェンドプロモーション　山田哲也**検索でもどちらでもいい。連絡して。


俺はこの本を書こうと決めた1番の理由はね、自分の脳みそをリセットしたかった。

今38歳なんだけど、いろんな出来事をたくさん経験できたと思ってる。それは良いことも悪いことも。

これから先も、もっといろんな人に出会うだろう、いろんな言葉を貰うだろう、いろんな経験をするだろう。学びの人生になると思ってる。

だとしたら俺は、今覚えているこのたくさんの素敵な思い出を、これから先、一生覚え続けることができるのだろうか。いや無理だ。しかも明日死ぬかもしれないってことまで考えた時に、忘れないうちに今覚えている知識や思い出を文字に残しておきたい。俺の財産は思い出だから。

どんな人でも、どんな凄い人でも俺が経験したこの最高な思い出は6兆円出して○witterを買収した○ーロンマスクですら買うことはできない、奪うことはできない。お金では変えられない最高の財産を残したいって思って。それでまずは俺が特に印象に残ってるエピソードから書き起こそうって思って始めた。でもそれが一番の理由だったんだけど、もし俺を求めてくれる人、この一冊で誰かを救うことができたとするならば、それはまた意味が生まれるから、その人の力になりたいと思ってる。

かしらとの出会いで、14年越しの歌を出すという夢が叶う

『マストに登れ』っていう歌と『日日是歩み（ひびこれあゆみ）』っていう歌を出した。

山田哲也で検索すればiTunesでダウンロードもできるし、JOYSOUNDであればカラオケも入ってる（良かったら聞いてみて♪）。

会社を始めた2005年から14年越しでの夢。叶った時めちゃくちゃ嬉しかった。

俺は歌を作るノウハウは全く無かった。カラオケで好きな人の歌を歌うだけ。音楽事務所に入ってたわけでもなく、小さい頃からピアノを弾くような子供でも無かったじゃん、ここまでの情報でね。なんで歌が出せたのか。

俺には昔夢があった。それは芸能界で働いてみたいっていう夢が20歳くらいの時にあって社長にも話したのよ。芸能界でマルチタレントになりたい、お芝居をしたり、バラエティに出てトークしたり歌歌ってみたりって。単純にいっぱいお金貰えそうって思ったから。

そしたら社長が否定せずまず「良いじゃん！」って言ってくれた。

「ただ今のやまてつ（俺のことね）って芸能界行く為に何か努力してたりするの？」

「いや何もしてないです」

「じゃあ何かコネがあったりするの？」

「いやなんもないです」

「事務所に入ってたりするの？」

「いや入ってないです」

「そっかぁ、そしたらただ言ってるだけじゃ叶わないよね？」

「はい、そっすね」

「じゃあこのレジェンドプロモーションていう会社を一緒にでっかくしてさ、資金が増えたらその時はお金もあって、コネもできるかもしれないから、まずこの会社をでっかくしない？俺も劇団好きでそういうプロダクションみたいなの作るの夢なんだよね。だから一緒にその夢の為に頑張ろうよ」って。

それで金が一番、その次にこのお互いの夢を達成する為に俺は20歳の時に社長と会社やるって決めた。

んで実際に２０１９年、34歳の時に歌出せたから14年越しに夢が一つ叶ったんだけど、それが遅かったか早かったかはわからない。ただ人生１００年時代なら早く叶った方に入るかもね。

うちの会社にね、今もなんだけどサンセットスウィッシュのボーカルの佐伯さんが働いてくださっているんだけど、佐伯さんが一番のきっかけ。今は10年以上のお付き合いになるんだけど、一緒にこの会社で働いてくれてて、タモさんの歌番組や結婚雑誌のＣＭソングにもなってたりで、当時は知らない人いなかったんじゃないかなぁ。

たまたま、本当にたまたまうちの募集媒体から面接に来てくれて採用させてもらったんだけど、最初は歌手って知らなかったから普通に接していた。途中から仲良くさせてもらって、「実は僕歌手なんです」って。

俺、「えーーーーー！」ってなってさ、サンセットスウィッシュといえば『マイペース』っていう曲何回も聞いてたから「『マイペース』歌ってる人ですか?」ってなって、感動と衝撃が入り混じってた。

今はその人のこと「かしら」って呼んでるんだけど、かしらめっちゃ仕事一生懸命やってくれてさ、俺なんてかしらから見たら年下のクソガキなのにいつも敬語使ってくれて、人間力も凄くてめっちゃ素敵な人。それで仲良くさせてもらってからはしょっちょうカラオケ行ったりお食事させてもらったり。

とにかく生の声聞きたくて、ファンからしたら許されないよね、なかなかの近い距離でかしらの声聞いてるんだもん。毎回感動してた。『マイペース』っていう歌是非聞いてもらいたいんだけど、メッチャ歌詞も曲も良いのよ。自分のペースでいいからねっていうめっちゃ勇気もらえる歌ね。

ある時かしらに「俺もこういう素敵な歌作りたいです」って相談したら、かしらが快く「じゃあ一緒に作りましょっか?」って言ってくれて、「山田さんが歌詞書いてくれれば楽曲はこっちで作りますよ」って。

「まーーーーじっすか? いいんですか?」ってなってそれがきっかけで俺が超絶心を込めまくって歌詞を書いて、かしらが楽曲を提供してくれて、それで『マストに登れ』っていう歌と『日日是歩み』っていう歌が完成したんだよね。

しかもそれだけじゃなくて2022年には野球の独立リーグ、「奈井江・空知ストレーツ」っていう球団のテーマソングにも採用された。その年の2022年の7月には、球場でミニライブもさせてもらったし、ピッチャーマウンドから始球式もさせてもらった。最高の経験だった。

金一番、夢二番

毎日謙虚に一生懸命働くこと、出会う人を大切にすること、自分が掲げた夢をいつか絶対達成させてみせるという信念こそが、夢が近づいてくる方法だと感じた（未成年時代はそんなこと考えもしなかったし思いつきすらしなかった）。

つまり夢の叶い方は当時とちょっと違かったかもしれないんだけど、こんな夢の叶え方誰が想像できる？　マネだってできないよね。意味がわからないよ。

とにかく社長の想いを信じたこと、それに向かってまっすぐ頑張ったことでかしらに出会えたんかなぁって。一生懸命頑張ったから神様いるかわかんないけど、かしらとめぐり会わせてくれたのかなって感じている。

たとえかしらと出会ったとしても、俺や俺の会社に魅力が無ければかしらは辞めているし、俺に力を貸そうとなんて絶対思わない。少なからず俺の考えや人間として認めてもらえたのかなと思って、俺は今もそういう考えを変えずに大切に生きている。

だからどこでどのタイミングで夢ややりたいことが叶うかはわからない。けど思い続けていれば夢は叶うと思ってる。

思い続けることができなければ、それはやりたいことでも夢でもなんでもないと思うから。逆に口に出すと叶っちゃうからあんまり口に出すのやめようかなくらい、今はポジティブマインドで生きることができている。


まっ半分ジョーダンはさておき、本当に夢ややりたいことがあるなら、粘り強くいつ叶うかはわからないけど忘れないこと、イメージすることは大事。俺はまた今こうやって文字にしてるけど本の作り方も全くわからないままこれ書いてるからね。

こっから全部書き起こしきったらいろんな人たちに、どうやって本って作るの？　どれくらいお金かかるのー？　って聞こうと思ってるから。そんなもんだよ。できることから始めていけばできるようになると思うんだよね。

俺は高卒だしどっちかっていうとバカだからあんま考えられない。今の俺はとりあえずやっちゃえーって考え。怒られたり否定されたりするけど関係ない。本気でやると決めたもんは周りの意見なんかシカトでやってる。でも中途半端な考えや想いの場合は、否定されるとすぐやめてしまうけどね。

本のタイトル（くず専務）

この本完成するといいな。誰かの為になったらいいな。でもまずは自分の為に。今はこの本のタイトルを何にしようか考え中。

今お陰様でこの会社では専務っていうポジションで働かせてもらってるんだけど、仕事ができるわけでもないし、頭が良いからでも無いのよ。最初に社長とこの会社始めたからなのと、いっぱい人が増えたからみんなが俺を上に上げてくれただけ。今俺より部下の方がくそ優秀だし。俺がやってる仕事は今までの経験とか大事にしてる考えを伝えまくってるだけ。

だから今のタイトル候補は『くず専務』ってどうかなって思ってる。候補ね候補。これよりも良いタイトルがあれば乗り換えるけど。

専務っていう役職は20歳から始めた山田哲也っていう人間が真人間になれた。常識ある人間になっていったっていう意味でつけて、くずに関しては本当に、特に中学、高校、高校卒業後の20歳までのトータル8年間、ここがマジでくずだったと思う。

だから生まれてから小学校までの俺は貧乏なのにピュアで明るい子12年間と、中学から20歳までが犯罪チック裏切りネガティブ暗黒野郎８年と、20歳から代表と出会い今の年までの年月をかけて真人間に返り咲く18年。

この12年、８年、18年の俺。

この38年間のうち、貧乏だった時期はなんと33年。ずっと金で苦労してた。今は会社の為や家族の為に使えるお金が少しずつ増えてきたけど。たかだか38年しか生きてないけど、簡単に総括すると、世の中は本当に**弱肉強食、結果、伝え方、捉え方**だと思う。

だから今、当時の俺の過去みたいな経験をしてる人がいたら、まずは淡々と毎日を過ごすことから、俺は昔真逆で夢とか一生懸命とか嫌いだったから、俺が最初やってたのは希望も何も持たずただ生きるということから。


意味もいらない。生きる意味も持たなくていい、ただ生きる。ただ生きるという毎日から始めると、底辺の底辺というか下の下だから、何が起きてもいくらでも受け入れられるんだよね。はい俺は貧乏だからこんな生活しかせざるを得ません。はい俺は弱いからいじめられます。はい俺はネガティブだから楽しいこと考えることができませんって。

ただ生きてる中で、本当にどっかでなんかのタイミングで良いことというか希望や夢を持ちたくなる出来事が来ると思っている、俺の場合はね。

ちなみに俺は来た、夢や希望を持つ日が。

社長との出会いもかしらとの出会いも今の仲間との出会いも。かしらと出会ってなければ歌は出せていない。社長と出会っていなければ真人間になれていない。仲間と出会ってなければ夢や希望を持ち続けることは無い。


どんな未来が待っているかは誰にもわからない。もちろん今は未来が絶望かもしれない。でも同じように未来がくそ天国かもしれないのよ。俺は絶望しか無いと思っていた。ただ今は、現時点では想像もつかないくらい希望に満ち溢れている。

でも、でもだよ、俺はこっからまた絶望になるかもしれないのよ。良いことも悪いこともずっとは続かないと思っていて、それが人生だと思っている。

だから絶望を経験している俺からすると、次同じような絶望が来たとしても、最小限に抑えたい。同じ過ち、経験はしたくないって思うから。普段から贅沢はしないとか、人や世の中の為になる、相手が喜ぶことをしたいって思って今はそういう行動をして生きている。


なんでもうまくいくっていう気持ちも大事だけど、なんでもうまくいくとは限らないって考えも絶対必要。とにかくハーフ&ハーフ、最高のイメージと最悪のイメージは常に両方考えて生きていくのがちょうどいいと思ってる俺は。

座右の銘でもあるんだけど、俺のメンタルの維持は「○○つっけないカフェオーレ♪」って感じでどっちにも偏らない様にすること。

いまだに裏切られることもあるし、裏切られることなんて慣れてしまえばいい。だってよーく考えてみて。人って絶対裏切らない保証なんて何一つないからね。この人はこういうことをしてきてくれたから、こんな素敵なことをしてくれたから裏切らないだろうなんていうのは、絶対に理由、保証にならないから。

俺みたいに当時裏切って裏切って自分の心を騙してきた奴からすると、そんなんで信じてくれるのチョロすぎですね、ありがとうございますだよ。

今はさすがにできないけど。失いたくない人がいすぎるから。そんなことしている俺が想像するだけでみじめで恥ずかしい。俺は俺の価値を自分で下げたくない。今は俺の周りにいる素敵な人を失う方が嫌だから、俺はだったら騙される。意図的にでもわかっていても騙される人になる今はね。人を騙して、自分を騙して生きてる場合じゃない。

明日生きている保証はどこにもないよ。

テレビゲームのロープレ

テレビゲームのロールプレイングゲームって、だいたい最初武器も金も仲間もいなくて、更地みたいなところから雑魚の敵を倒しまくってお金を稼いでさ、ひたすらレベル上げして強くなるところから始まる。そしてどっかのタイミングで仲間と出会って……みたいな感じでスタートするじゃない？　だからそのゲームでいうなら、俺の人生のスタート地点は貧乏、頭も悪いところか始まるわけだ。

どうやって生き抜いていくか、どうやって金を稼いでいくか、どうやって勉強していくか、何もないところからスタートするんだ本来は。

ただ金持ちのガキは違う、俺とは全然違う。最初っから親の金と、親のコネを持ってスタートする。これが最強すぎる。最初からただで武器が買える。敵を倒さなくても、戦わなくても盾も剣も買える。攻略本だって買ってもらえるから最短でゲームの攻略ができてしまう。

この親の金と親のコネっていうのは、そのガキが何も考えなくても、何も頑張らなくてもその親のおかげで、その家系のおかげで勝手にうまいもん食えて、良い大学病院とかに並ばず診察も受けることができて、好きな服も自分の部屋も塾に通うことも、何もかも好きな時に勝手に手に入って、なんの努力をしなくても生きていくことができる。風呂だって毎日入れる、臭い、汚いなんて言われることはない。何より時間の短縮ができている。

ただ俺みたいな貧乏人は風邪を引いたら病院代がかかる。できるだけ風邪ひかない様に日頃から努力する。努力というかお金がかかってしまうから、親に迷惑かけない様にしなきゃという考えが、ガキの頃から自分で思いつく。それが行動にも現れてくる。まっ、行き過ぎたバカ親の場合の例えに近いかもしれないけど。

まっ、なんでも与える親っているよな。変な例えになってしまうけど、ガキもガキで七光の息子みたいに、バカ息子みたいになっちゃってさ、自分はなーんにも凄くも偉くもないのに親の地位でマウント取ってくるんだよ。

「俺の親父って政治家でさ」

「お医者さんでさ」

「海外行ったことある？」

「飛行機乗ったことある？」

「雲の上って何色か知ってる？」

「てっちゃんも行ってきなよ」

「１貫８００円のお寿司食べたことある？　とってもおいしいよ」

「てっちゃんも食べてきなよ」

「最新のゲーム今日俺んちでやる？」

「てっちゃんも買ってもらいなよ」

こんな例えはやりすぎか。まっこんな感じに近いクソガキは世の中腐るほどいるよな。人の気持ちが全くわからない。人が置かれている環境がわからない。でも多分このガキも犠牲者だよな、親だよ親。結局は親や環境で育ってしまうから。

ロープレゲームの話に戻そう。ロープレのゲームはとにかく最初は何回も雑魚と戦ってレベルを上げる、何回も雑魚と戦って金を稼ぐ、死んでも何度もコンテニューして、とにかく目の前の敵を倒しまくらないとダメなとこからスタートするよね。

どんなロープレゲームでも昔のソフトは、最初っから金があるわけでも武器があるわけでも仲間がいるわけでもない。レベルを上げる為にひたすら戦って、そして小銭を稼ぐ。

金を心に、心を金に

じゃあ俺の人生で当てはめるとどうなるか。俺が今まで生き抜いて、乗り越えてきたやりかたっていうのは、まず人が持ってるものをどうやってただで頂くことができるか、ゲームと違って人の場合は、自然に気持ち良く頂くことができるか、奪われることが逆に相手から嬉しいと思わせることができるか、例えば金でいうと、俺が普通にお金ちょうだいっていっても誰もくれないわけだ。まっ、当たり前だよね。

ロープレみたいにレベルを上げまくって力で奪うことはできる。ぶっ飛ばしてバカ息子の金になりそうな物を力ずくで奪うこともできる。

周りの友達で何人かいたんだよ、デパートで流行りの商品を盗んで、それを周りのバカ息子みたいな友達に売って金に換えていた友達が。その息子はバカだから飛びついて買うんだわな。親から貰った金を自分の金のように好きなように使う。何も考えることができないから、どこから仕入れたかなんてそんな発想もそいつは思いつかない。ただ手に入れたいっていう感情のみで動く。ただその生きていくお金が無かった場合、親から最低限のお金すらも貰えなかったらどうする？　バカ息子に勝ちたい場合はどうする？　中学または高校までは働くこともできない。

俺は勝手に一人で考えて考えて考えて、友達がやっていた行為は犯罪だしダメだし、俺はやらなかったけど、そうなってもおかしくはないなとは感じた。

俺はバカ息子ととにかく仲良くなることに徹した。

仲良くなれば、

「ゲーム一緒にやろう」

「おやつ一緒に食べよう」

「今度僕ん家泊まって夜ご飯一緒に食べよう」

「このゲームもういらないからあげるよ」

「一緒に駄菓子屋いこう」

どれか一つくらいは言ってくれるだろうって思って。

案の定、駄菓子屋一緒に行った時に、

「今日駄菓子屋一緒に行かない?」

「うんいいよ。でも僕お金ないからついて行くだけでいい?」

「僕がお金あるから欲しいもの言ってよ。一緒に買うよ」

「えっいいの?　でもなんで買ってくれるの?」

「いつも遊んでくれるし、てっちゃんと遊んでいると楽しいんだ」

「本当に?　ありがとう!」

「これからも仲良くしてね」

「もちろんだよ。たくさんゲームとかしようね」って。

気に入ってもらう、そしたらおこぼれが手に入ると思ったんだ。

つまり金持ちは心を求め、貧乏人は金を求めるとその時思った。


実際にたくさんのおこぼれを貰った。一人からじゃないよ。いろんな友達と仲良くなって気に入ってもらう。俺が覚えている範囲でお金はもちろん、昼飯のパン、ジュース、お菓子、筆記用具、CD、服、傘、自転車、ハ○パーヨーヨー、た○ごっち、ゲームカセット、デパートで遊ぶメダル等、お金があったら何に使いたいかの先をイメージする。

実際その友達と遊ぶことは楽しかったし、気に入られたいって思って近寄ったから、騙す為だけではないからね。騙すというかご厚意で頂く為には的な。気に入ってもらって友達を増やして仲良く学生生活を送りたかった。その先にもし貰えるものがあるなら貰いたいっていう感情だからね。

何が言いたいかというと、テレビゲームのロープレみたいに、最初の最初に出てくる○ブリンみたいな敵をひたすら倒してお金を奪う。ある程度お金が貯まったら剣や盾に換えて、そしてまた敵を倒す。その行為を何度も繰り返しレベルを上げ、その面のボスを倒して大金を手に入れるみたいなルールに対し、俺は現代版で友達と仲良くなり、ゲームみたいに力で友達からお金をカツアゲして奪うのではなく、仲良くなって頂く。どちらにしても手に入れているんだけど、プロセスや善かどうかの違いってことを伝えたくて。

ロールプレイングゲームも、お金がどれくらいあるかで買えるものが変わってくるでしょ？お金めっちゃ必要でしょ？　そしていろんな町に出ることによって、その土地土地で何が手に入るか、その町その町で友を増やせば、最終的に情報も集まってくる。

仲間も増え、最終のラスボスを出会った仲間全員で力を合わせて倒して終了。今の現代の世の中もかなり近いよね。絶対弱肉強食なんだ。コネの力、金の力、情報の力、これは持っていれば持っているほど好きなようにできると思っている。汚い使い方をするかどうかは置いといて、絶対に財力、コネの多さ、情報の多さは間違いなく左右される。

本当に人生は平等じゃない、貧乏かつバカな人間は倍苦労して、考えて、考えるだけじゃなく先を見て、普通の人とは違う答えを出していかないと、この弱肉強食の時代を生き抜いていけない、そう思ってた。

お父さん。なんでそんなことするの？

まぁ、ここまで貧乏貧乏といってきたけど、貧乏になると様々なことになんで？っていう疑問が持てると思う。例えば
「なんでうちはお金が無いの？」

「そもそも無い理由ってなぜ？」

「金はあるけど使い方がダメだったの？」

「親父の稼ぎは少なかったの？」

「親父がその金全部使っちゃったからなの？」

「だから俺にはお小遣いとしてお金が回ってこなかったの？」

「なんで毎晩夕飯のおかずは1品だけなの？」

「なんで俺の家はこんなに汚いの？」

「なんで自分の部屋も無ければ家族で旅行に行くこともなかったの？」

「仲が悪かったの？」

「これは親父とおかんの価値観の問題か？」

親父は毎晩家で酒を飲み煙草を吸っていた。

パチンコにもよく行ってたし、友達と飲み屋にも行ってた。

「この金がもし俺に回っていたら俺は貧乏と感じただろうか？」

「そんなきたねー家に、生まれてから15年も住んでいたのだろうか？」

「親父は俺という子供よりも自分の欲に使いたかったんだな？」

「そんなに俺が可愛くなかったのか？」

「俺のことを、なんで泣くまで、あんなに痣ができるまで叩きまくってたのか？」


毎日親父が家に帰ってくる度に、俺は怒られない様に振る舞ってた。毎日親父とご飯を食べるのが怖くてしょうがなかった。すぐ叩いてくるから。親父の顔色を常に見ていた。

親父が笑えば俺も笑い、親父が不機嫌な時はできるだけしゃべらず、できるだけ早く寝るという、とにかく存在感を無くす動き、もし俺が大人になったら絶対こんな人にはならないと思ってた。マジで誰も嬉しくなる行為じゃないってガキの俺でも感じていたから。


まだ俺が生まれる前、おかんも親父からよく暴力受けてたらしくて、俺がまだおかんのお腹の中にいる時、結構お腹おっきくなってるおかんに親父が突き落したり、叩いたり殴ったりしてたらしい。

意味がわからない、本当になぜ？　おかんは暴力受けるたびに毎回お腹さすりながら、

「お前（俺のこと）がおかんを守ってね、あんたがおかんを守るんだよ」って泣きながら言ってたらしい。俺が男として生まれてくるのがわかってたから。

お腹に赤ちゃんがいる妻に暴力振るうってくそありえない。おかんがお腹さすって祈ってくれたからなのか、俺はいろんなことあったけど、最悪な道だけはそれずにこられた。もしかしたらこのおかんの祈りのおかげだったのかもしれない。

まじで家族の愛というのが俺はわからないまま育った。おかんの愛だけは感じてる。おかんはマジで最強。おかんには本当に感謝してるし本当に凄いと思ってる。

俺はなぜ乗り越えることができた？

俺は今、こんな親父や家庭環境のおかげかはわからないけど、自分の欲よりも子供にお金を回したいと思ってる。自分がうまいもん食うより子供に不自由なく生活できるようにしたいと思ってる。

俺は親父がやってきた真逆の考えと行動をしている。とんでもない反面教師。

こんな親父は今の社会にどれくらいいるのだろうか？　そもそもいるのか？　いやいるかもしれない。

俺のような家庭環境で育っている子供は今この日本にどれくらいいるのだろうか？　力になりたいし救えるなら救いたい。

こんな俺の親父みたいな奴はマジで一人でも多く無くしたい。俺はなんとか今真面目に生きることができたけど、耐えられなくてどうしようもない子もいると思う。とんでもない犯罪を犯してしまった子供もいると思う。

「俺はそういう人に何ができる？」

「この本を届けるだけでいいのか？」

「こんな俺でも笑顔で生きているんだよと伝えるだけでいいのか？」

「逆に俺はなぜこうなれた？」

「親父やいじめてきた奴が嫌い、憎いから見返したい。金持ちになりたい。それだけか？」

「俺は死にたいと思ったことがあるのになぜ乗り越えることができた？」


ちょっと今書きながら考える。

そういう時の俺はまず消去法で考える。

まず俺は死にたいって思ったことが何回もあったけど死ななかった。いや死ねなかった。

死ぬ勇気がなかった。

あとおかんと二人で暮らしていたからおかんを守るのは俺だと勝手に感じていた。やりたいことができないならやりたくないことをできるだけ最小限にして生きようと思っていた。

金持ってる奴は全員嫌い。裕福な奴、普通に何も考えず毎日を過ごしてる奴は全員敵だと思っていた。ん？　つまり明るい未来なんか何も考えていなかったってことか……。確かに！確かにあの時の俺は無（む）だった。俺はできるだけ無の感情で毎日を生きていた。

世の中や自分に何も期待していなかった。これだ！

ただ生きる。ただ毎日を過ごすということ。これが俺の乗り越えることができたやり方。

誰にも国にも何も求めない。生きてる意味すら持たない。そもそも大義なんてない。ただ耐える。耐える毎日一択のみ。できるだけ無の感情を持ちながら、俺が羨ましいと思う人間と出会った時、俺に持っていなくてこいつに何か俺が欲しいもの、例えばお金とかものを持っていたら、いかに相手が嫌な気持ちにならず、自然に頂けるかを考え試し生きてきた。その繰り返し。

そして金や物を嫌な気持ちを持たせず頂けるようになっていったことが自信や生きがいややりがいと感じ、成り上がって金持ちになってやるというゴールに結びついたんだ。

昔の歴史上の人物も綺麗事だけで終わってる奴は少ないよな。むしろ裏切りまくってたり、騙し合ってたりするよな。歴史上の人物の方がとんでもねぇことしてる奴多いわマジで。

念の為おさらい、この本は自分の為、そして俺みたいな家庭環境で育ってる子供に少しでも勇気と可能性を感じてもらう為。それ以外の目的は無い！！！！

でもこういう家庭環境の子供を救う団体とかがあるならそういう人には読んでもらいたいし、そういう団体に俺も入って力になりたいと思ってる。そういう情報持ってる人がいたら教えてください！　誰に言ってるかわからないけど。

まっ、こんな人生だ。

何が言いたいかというと、**乗り越えたのではなく何も求めなかった**。

俺の将来が明るくなると思って生きていなかった。今みたいに夢や希望なんて何も持っていなかった。ただ生きる。あんまり生きていたいなんて思ってもなかったけど、とりあえず生きてさえいればみたいな感じだよ。生きてさえいればいつか必ず良いことが起きるって、どこか頭の隅っこで願ってたくらい。

自分で自らこの環境を打破して、俺は最高の人生を歩むんだーーーー！　みたいな感情は無かったってこと。人生冷めきってたよってこと。はー寒っ。では話を変えて。

金持ちの息子っていうレッテルは、ごめん

今はね、いろいろ振り返った時に、例えば、小学校の時ってどういう奴がモテた？

俺の小学校の時は金持ちではなく足が速い奴がモテてた。

中学校になると金持ちではなく喧嘩が強い奴がモテてた。

高校になると金持ちではなく頭が良い奴や歌がうまい奴がモテてた。

こいつらって努力してたと思う？　俺当時努力してないって思ってて、こいつらずりーなって感情だったんだけど、実は努力してたよね絶対。

足が速い奴だったらひたすら朝も夜も校庭を走ったり、喧嘩が強い奴だったら腕立てとか重いものたくさん持って筋肉つけたり、たくさん喧嘩して喧嘩のやり方を覚えたり、頭が良い奴だったらひたすら机に向かっていたり。俺は机にも向かなかったし筋トレもしなかった。

ただ小学校5年の時に学年のマラソン大会で2位を獲った時は、ひたすら走ってた。ただひたすら校庭や家の周りを走ってた。それによって結果となって報われた。つまりこれくらいのことだったら努力すればなんとでもなるんだって。

今だったら俺サッカーやボウリング、ダーツ、カラオケの採点とか得意だし好きなんだけど、普通の人よりうまいのよ。でもこれも高校の時からボウリングひたすらやってたし、ダーツも大人になってからひたすら投げたし、うまくなりたいっていう気持ちでね。それで人よりもうまくなった。

でも周りからは「てっちゃんうまいから一緒にボウリング行きたくない」とか、大人になって「山田さんとダーツやっても勝てないからやりたくない」とか。えっ？　お前はうまくなりたくないの？　負けて悔しくないの？　そう言ってる自分のままでいいの？　って。

世の中の成功者と呼ばれる人達って、絶対人より努力してるんだよね。

だって人の努力なんて調べることできないからね。まずみんな努力を隠すから。「毎日3時間睡眠で勉強してたんだよ」とか、「仕事や学校が終わった後に机に向かって勉強してた」とか、こういう人の努力を調べることはできないし、そういう積み重ねで大きな差になっているということを。

だから金持ちの家庭で生まれたガキは1回置いといて、その金持ちのお父さんっていうのは、金持ちになる理由があるんだよね。とんでもない努力をしてきたお父さんなんだって。子供の為にとか、学生の時から負けず嫌いだったとか、そういう日々の積み重ねでそうなったのかなって。


今の俺は、俺の親父よりまともに生きてる。奥さんや子供に暴力ふるうなんて論外だし、子供の為に家族の為に仕事頑張りたいって思ってるし、できることを増やしたいからいまだに勉強もするし。

綺麗事かどうかはわかんないけど、俺の人生の経験上努力で報われたこともたくさんある。努力してダメだったことももちろんたくさんあるけどね。だから努力して報われなくても努力するということは本当に大切だと思う。努力の数を増やせってこと。

努力して報われないジャンル（?）、項目は合う合わないはあると思う。でも努力の母数を増やせば報われる数も増えると思ってる。これは俺の人生上間違いない。

だから俺は今もいろんなことに挑戦するし努力する。報われなくても意味やプラスに絶対なると思っているから。

金持ちで生まれたクソガキはきっと何も努力しなければ、金があれば家買えるけど家庭は買えないっていうことに気づいたり、金があるから本もたくさん買えるよね。

でも知識は買えないことに気づいていったり、さっき言った金があればお高い病院の、さらに名医まで買えるけど健康は買えなかったり。

金があれば血は買えるけど命は買えないことや、金があれば地位は買えるけど尊敬は買えなかったり、金があればセックスは買えるけど愛は買えないだとか、金持ちのガキは最初っからこういう金で手に入るものを得た状態でスタートしてしまうから、あとは金では手に入れることができないものに対して、どう向き合っていくか、どれだけの努力をすればいいか、金持ちで生まれたクソガキが頑張らなくちゃいけない試練なんだろうね。

貧乏人は金が無いところからスタートするから金のリテラシーが自然と高くなる。金で買えるものと買えないものがある。金があることで幸せと感じられること。金が無くても幸せと感じれること。たくさん考えていきたい。

人は失ってから気づくことが本当に多い。もし重い病気になれば健康であることの大事さに気づくし、もし親が亡くなったら親の偉大さに気づく。

もし戦争が始まったら今のこの日本という環境がどれだけ平和であるかという尊さに気づく。当たり前だから気づかないんだよ。

世界では医療が受けられない子供、文字が書けない子供、字が読めない子供、ペンではなく銃を持ち戦争に参加させられている子供がいる。

人は自分が持っていないものばかり探し目が眩み、自分が持っている大切なものに気づかないし気づけない。気づきにくいこうとしない。

本質を見れば自分が幸せであること。そんな幸せな環境の中で生きているはずなのに、不平不満や汚い言葉を吐き続ける。自らの幸せを汚してることにどうやったら気づけんのか。

俺は貧乏の家庭で生まれて良かったのだろうか、残りの人生を使ってたくさん検証したい。現時点では良かったという答えを一旦出して置くとして。生きる価値があるとかないとか。死んでるみたいに生きてる奴がいるとかいないとか。俺も時期によっては死んでるような目で生きてた。

今はね、恵まれた奇跡に対してもっと向き合うべきだと感じている。

自分の中に素晴らしい光を持っているのに何も持ってないと思って生きていた。まるで懐中電灯を持ちながら目を瞑って歩くように。有難さに気づけていなかった。贅沢だな俺。もったいない。

だから結論、金持ちの環境で生まれたバカ息子は嫌いだったけどバカ息子は何も悪くない。

バカ息子も被害者。

そして金持ち＝くずでもない。

どんなにお金持ちでも政治家でも医者でもなんでも、その家系で生まれた素晴らしい子供もたくさんいる。つまり親の教育。親がどれだけどういう経験をしてきたか、どれだけ辛い、悲しい、大変な経験をしてきたか、そういう経験の数のぶんだけ自分に厳しく人に優しくすることができる。それが子供の教育にも生かされる。


俺は自分の子供にちゃんとお金の価値を伝えていきたい。どうやってお金を稼ぐのか、お金を稼ぐ大変さと逆に素晴らしさ、自分を守る為にも、愛する人を守る為にもお金の勉強は必須。恩は絶対忘れてはいけない。

頂いたもんは大切に使う。親を大事にする。毎日に感謝する。お世話になった人を忘れない。求めすぎてはいけない。自分の吐いた唾は自分に返ってくる。忘れてはいけない苦しみ悲しみも受け入れた上で前に進む。


てかこの本書きながらどんどん気づいてるわ。俺ガキの頃はいろいろ勘違いして生きていたんだな。バカだな俺はやっぱり。七光のバカ息子も最終的には良い奴になってほしいよな！もうなってるか。

正しさではなく嬉しさだからねビジネスは

ビジネスで成功してる人って、正しさではなく嬉しさを優先してると思うんだけどどう思う？　別にここどう思われてもいいんだけど、俺はここまで生きてきて、正しさでビジネスをやってきて思ったんだよね。正しさよりも嬉しさを優先してこれからもビジネスをしていきたいなって。

急に誰に言ってんの？　っていうテンションでごめんだけど。

例えば居酒屋行ってさ、お酒のジンジャーハイボールが飲みたかったとするじゃん？　でもその居酒屋はウイスキー扱ってるし、ジンジャエールも扱ってるけど、ジンジャーハイボールっていう商品はメニューには載ってなかったとするじゃん。そしたらどうする？

俺がもしそこのオーナーとか店長だったら、俺の頭の中は一瞬でお客さんに、

「すいませんお客様。ハイボールはあるんですけど、ジンジャーハイボールはメニューには無くて。ただお客様が宜しければ、ジンジャエールとウイスキー割るだけなんで今からお作りしましょうか？」

「あっ本当に？　やってくれるの？」

「はい割るだけなんで全然大丈夫です」

「助かるありがとう！」

「いえいえ、ではハイボールと同じお値段で設定して大丈夫ですか？」

「全然ＯＫ、むしろちょっと高くしてもいいよ」

「いえいえ大丈夫です」

「ありがとうね」

「こちらこそありがとうございます。次いらっしゃる時までにメニュー追加しときますね」

「本当に！　ありがとう！」

って言って提供してさ、お客さんが納得いく値段にしてその場で決めるよ。そして後日ジンジャーハイボールをメニューに入れる。これ当たり前の発想じゃない？

違うかな……。


今の会話は嬉しさを取った場合ね。

次正しさを取った場合どういう会話になるか。

「お客様、ジンジャーハイボールは当店メニューにはございません」

「えっ？　そうなの？」

「はい申し訳ございません、メニューには無いので……」

「ジンジャエールとウイスキーはメニューに載ってるけど？」

「はい、ジンジャエールとウイスキーはメニューにあるのでご注文可能です」

「何それ？　割ればいいだけじゃん。作ってくれないの？」

「そうですね、メニューに無いので申し訳ございません」

「じゃあいいわ、もうお会計で」

「かしこまりました」


この後者の接客も決して間違いではないよね。

今の世の中というかほとんどの人って、正しいというマニュアルの中で動くから、メニューにジンジャーハイボールが無ければ、それだけの理由で「メニューには無いのでお作りできません」って断ってくるのよ。

店長にすら相談しない店員も世の中にはたくさんいるからね。マニュアルに無い、メニューに無いっていう理由だけで。俺は違和感でしかない。これは売れないし繁盛しない。お客さん確実に減る。潰れる可能性も高いと思う。ちなみに前者の会話でジンジャーハイボールを作ってくれたお店だった場合、ほぼ確実にあのお客さんはリピーターになると思う。リピーターにならないにしても、再来店は確実に見込めるよ。**たった1杯で。**

ほかにはどうかね、パスタがあってサラダがあるのにサラダパスタは作れません！　とか、カレーライスはあってきつねうどんはあるのにカレーうどんは作れませんとか、臨機応変というかお客さんが喜ぶことをしたくないの？　って思ってしまうんだよね。何の為にあなたはその店作ったんですかっていう。お客さんに喜んでもらいたい、お客さんの笑顔が見たいからじゃないのかって。

まっいいや、つまりここで何が言いたいかっていうと、どう考えても正しさを優先する人って成功しないパターンが多いと思ってる。理由は感情より理屈。俺は理屈より感情。頭が固いというかなんというか。だってなんでも軸が正しいかどうかなんだもん、ビジネスは正しいかどうかじゃなくて嬉しいかどうかが本質だからマジで！　って思ってる。人間は理屈ではなく感情で生きてる人間なんでＹＯＲＯＳＨＩＫＵ！　って感じ。

簡単だけどなぜかみんなはやらないこと

実際に俺もこれ当てはまるエピソードが多々あってさ、例えばクライアントから仕事もらって最後請求書を発送する時、普通の考えは郵便局にお願いして発送するよね、切手貼って発送、宅配業者にお願いして発送。だいたいの企業はこれ当たり前だよ。

でも俺は最初の頃は自分の手で、自分の足で請求書をクライアントの本社にお届けに上がっていた。

郵便屋さんにお願いすれば１００円くらいの切手で翌日の午前には一瞬で届く。なのに俺は片道500円往復1000円の交通費と行き帰りの2時間という時間を使いながらお届けに上がっていた。

どう考えても俺の方が損するし非効率、やる必要ないよね。ただ俺はそれをやったことによって、クライアントの心を手に入れることができた。

「えっ、やまちゃんわざわざ請求書届ける為だけに来たの？」

「はい、ただ今月うちの会社に30万円というお金を使って頂いたので、感謝の気持ちを直接お伝えしたくて来ちゃいました。今月も本当にありがとうございました！」って。

そしたらそのクライアントから翌月以降倍のオーダーが入ったんだよ。さらに翌月には長期契約まで結んでくれた。たったそれだけ。**自分の足で、自分の手で手渡しした**これだけ。

これってみんなならどう捉える？

簡単だけどなぜかみんなやらないよね。俺の周りでやってる奴はいなかったよ。俺は自然にやりたくてやった。そしたら気に入ってもらえた。

たまたま？　それとも必然？　俺はさらにありがたいという思いに包まれて今まで以上にそのクライアントのことを考えて仕事した。どんどん仕事が増えた。

どんどんほかの会社も紹介してもらった。

「やまちゃんは直接請求書を届けてくる、とっても温かい人だよ」ってプレゼンしてくれて。いろんな人に言いふらしてくれて。

この一連の俺の動きは決して営業のマニュアルの中の正しさではない。

でもまともに営業してる人より営業金額の成績が高かった。

これって平等？　俺って卑怯な手を使ったことになる？

正しいかじゃなくてそのクライアントさんは嬉しさを大事にする人だったんだよね？

そのクライアントさんの心に俺の愛情、想いが入ったんだよね。ほかの会社は手渡しなんかしない。俺は手渡しした。その行動がそのクライアントさんには嬉しいって思ってくれた。

だからさらに追加で仕事の発注が来た。

俺はビジネスはそん時くらいだとは思うけど、どういうトークを使ってクロージングすればいいかとか、どんな営業資料作ればいいかよりも、どうしたらクライアントが喜んでくれるかだけをくそ考えてた。俺がされて嬉しいこと、俺の周りがされて嬉しいことだけを考えていた。


あとは何も用がないのに電話ね。俺なんも用がなくてもよくクライアントさんに電話してたのよ、「あー○○さんレジェンドプロモーションの山田です！　何も用は無いんですが、○○さんの声が聞きたくてお電話しちゃいました」って。

「今お電話しててもご迷惑ではないですか？」

「あー、やまちゃんどうしたの？　えっ用ないの？」

「ハイ用はないんですがお電話しちゃいましたすいません。○○さん元気ですか？　あっ今用見つけたんですが、○○さん最近の近況とか聞いてもいいですかー？」って。もうね雑談だよ雑談。

「今お悩みや課題や逆に嬉しいことや楽しいことって最近ありましたか？」って。

そっから世間話。世間話したかった。あとはちょっとでも時間が空けばその人に会いにいきたくなってしまうから、「今から行ってもいいですか？」とかよく言ってた。そういう電話ばっかしょっちゅうしてた。

だって営業の為だけに電話とかする奴センス無さ過ぎでしょ？　気に入ってもらえるわけがない。俺は少なからずそういう営業担当を好きになることはない。これは俺の持論だから断言してるけど許して。だって愛なさすぎるでしょ？　そんなの仕事って呼べんのかなーって思ってさ。


でもそんなことばっかしてたから逆に俺この年になってもちゃんとした営業の仕方、戦略だのなんだのみたいなのを部下に教えることができないんだよね。世の中で転がってる正しい資料を見てもあんまりわかんないし、理解ができないことが多い。恥ずかしいって思う時もある。

クライアントさんが紹介紹介でどんどん新規のクライアントさん紹介してくれたから増えて今の会社こうなったからさ、ちゃんとした営業がわからないままきてしまった。

だから自分が営業担当卒業した時、後輩にどうやって教えればいいかわからなかったぶっちゃけ。戦略とか別にないし、だから教えた時も「俺は世間話の電話や直接請求書とかお届けに上がってたからやってみたらー？」って言うと、みんな最初「ハァ？」みたいな反応。

そりゃそうだよね、みんなからしたら意味わかんないよね。営業トークとか資料作成とか技術を学んで自分のスキルを上げたいって思ってるから、俺みたいな角度やアドバイスは意味がわからないし統一もできない。水平展開できないものしか俺は持っていなかったから。きちんとした組織だけは絶対向いてないと思う俺。

あーダメだなこれ、ちゃんと営業戦略とか勉強しないとだなこれ。今書いてて反省。

でも正しいではなく嬉しいの意味ちょっとは伝わったかな？　やっぱり人は嬉しいって思ったり楽しいって思うことで心が動くものだと持ってる。俺はそういうあったかい会社作っていきたいんだよね。金だけの関係ってすぐ崩れる気がするんだよ。


クライアントとゴルフ行ったり、カラオケしたり、時には朝まで語ったり、お互い家族ぐるみでお付き合いしたりとか、なんかそういう関係で稼いだお金って価値や使い方変わってくると思うんだ。

お金って人の想いによって絶対変身すると思ってる。俺は嬉しいお金が欲しい。みんなが幸せになるお金の稼ぎ方がしたい。今はね、そういうこと考える人になってる。


昔は違う。人の金をとにかく頂いてやる。相手よりも自分が幸せになってやるって。くずだよねくず。つくづく思う、俺ってくずだなって。

だからくずだった分、倍倍で今は関わっている人や社会に貢献するって決めて生きてる。懺悔みたいな感じ。

いろんな人、いろんな言葉、いろんな経験で俺は変わった。変われた。

自分の価値観で人を責めちゃいけない。一つの失敗で全てを否定しない。長所を見て短所を見ない。心を見て結果を見ない。こんな言葉がすぐ出る人になった。

スタッフとの決起会やクライアントとの会食は宝探し

「昨日の飲み会（会食）マジで意味の無い飲み会だったわー！」って言う奴、まっ、俺の周りにはいるんだけど、そういう奴って何を求めて、何を期待して飲んでいるのだろうか。

そもそも意味の無い飲み会なんてあるのかと結構疑問なんだよね俺は。

自分と話が合わないとかノリが違う、単純にこいつと話してもつまらないとか、今回の会食で金引っ張れなかったとか、お偉いさん紹介してもらえなかったくそ！　とかそういうこと？　そんなんだったら俺ももちろんたくさん経験ある。

でも意味無いと思ったことは一度もない。

逆に自分にとってものすっごくプラスにしかならない飲み会、すぐ利害が生まれるような飲み会の方が怖すぎるし契約だとなんだの仮に獲れてヤッター！ってなってもまたそんな関係なんてすぐ切れてしまうような気がして。

俺は飲み会をまず宝探しだと思っているのよ。絶対何か一つは俺にとって宝があるかもしれないって。俺の中の宝っていうのは考えのこと。

宝＝その人の考えや価値観「今回の宝はどこに眠っているのかなー。誰からお宝を貰えるかな？」って楽しみながら臨んでいる。俺の中の宝探しっていうのが、飲む相手の価値観や感覚、考えのことを指しているんだけど、人ってそれぞれ考えや価値観、何を大事にしているのか、何を優先しているのかとかってまー違うじゃん、その俺には持っていないものを相手は必ず何か一つはあると思っていて、それを**話しながら引き出して発見する**のが俺は好きなわけよ。一気に俺の価値観も変わったりする時もあって楽しくてしょうがない。

みんなみんな平等に与えられた時間をどう使ってきたのか、それを聞くだけで俺はワクワクする。ワクワクした後に良いものはすぐ吸収する。

会話だけじゃないよ、飲み物一つ取ってもさ、これ飲んだことないっていう飲み物や飲み方って教えてくれたりってあるじゃない？

「これがマッカランですか？」

「そうマッカラン。ストレートグラスで飲むんだよ」

「へぇ、そうなんですね」

「どう？　おいしい？」

「うわっきつ！　あっすいません。これかなり度数が高いですね」

「そうだね、だからチビチビ飲もうね」

「わかりました」

「次はこれ」

「えっなんですかこれ？」

「これは紹興酒」

「これが紹興酒ですか？」

「そう、これはなかなか手に入らない代物だよ。これはワイングラスで飲むんだよ」

「えっ、マジっすか」

「うん、こうやっていろんなお酒や飲み方ってたくさんあるよね」

「はい。自分はビールと緑茶ハイさえあればいいと思ってました」


会食や飲み会っていうのは一つ一つがマジで新鮮なものなんだよね。誰とどこで何を話し、何を食べ、何を飲みながらバカしたのか、熱く語ったのか。

行きつけのお店もいいよね。行きつけを自分で見つけて作るのもいいと思う。

たとえ行きつけの同じ店で毎回飲んだとしても、何もかもが全て同じになることはないわけじゃん。会話も変わるし食べ物も変わるし飲み物も飲み方も飲むペースも変わる。

とにかく俺は飲み会や会食はマジで大事だしマジで楽しもうと思って臨んでる。もちろんつまんないって思う時もあるよ。こいつと話しててマジでつまんない、本当にしょうもないって思う時全然ある。こいつつまんなすぎてすごっ！　みたいな。

でも実はこれも宝の一つなんだよね。だってどんなに話し続けてもそいつはつまんないしょうもないんだよ。

何を話してもつまらない、こんなにもつまらなくできるものなのかって。だんだん途中から笑けてくるし、マジでおもんなこいつ。

「何この話し方、えっどこで覚えたの？　一回でもこの話し方どうかな？　って誰かに聞くことすらなかったの？　目も合わせない、小さい声で、暗い顔で、全然飯も食わねぇし」みたいな。

逆にそいつが凄いよね。特技特技。くっそつまんないことを永遠にやってる。俺がつまんないと思ってることさえ気づかない。

つまりこういう話し方をすればつまらないんだ。つまらない人、しょうもない人を演じる時はこいつの話し方やテンションを真似しようってなるし、いつかそれを使う場面も必ず訪れるんだよね。


あと俺はつまんないって思っててもそいつは楽しいと思ってたりする時もあるじゃん。何が楽しいのか何が面白いのか、こんなタイミングでこいつ笑ってるよヤバ！　みたいな。でもそれもさ、自分自身で考えてそいつに近づきながら、できるだけ寄り添いながら自分のものにするっていう、ここも俺は重要ポイント。

飲み会や会食の後にやるべきことなんだけど、あっ、もしその人の本性、中身だよね中身、中身を知りたかった時に是非試してほしいことなんだけど、あっ、まずその前に人付き合いで一番やっちゃいけないのは肩書きとか今の現在の立ち位置で俺より下だの上だのって決めつけてなめたりすること。

「こいつ名刺が取締役だから丁寧に扱おう」

「こいつは名刺が平社員だからどうでもいいや」


これはね本当にマジでやめた方がいい。

まず平社員だったとしても何年後かにとんでもなく偉くなってるかもしれないからね。逆に取締役だった奴が急になんかやらかしてクビ切られて金せがんでくるかもしれないし。まっ、俺が過去にそういう対応してて痛い目に遭ったことがあるからなんだけど。

立場が変われば景色は必ず変わる。人の外見や肩書きで触れ合っていくのではなくマジで中身を知りに行くこと。

飲み会の後にこれ試してみて

その試してほしいことなんだけど、中身を知る為にはその人が大事にしているものや、大事にしている言葉、信念、いっぱい話すこと。それをやった後にこれ！

一緒に仕事をすることマジでこれ。

仕事を一緒にするのよ。とりあえず仕事をする。仕事すれば一発でその人の本性見抜けると思う。

会食や飲み会が終わった後に、

「シナジー生みましょうよ」

「今度お仕事一緒にしましょう」

「お互い世の中を変えましょう」

「俺らが動きましょう」

「人は本当に大切ですからね」

みたいになるじゃん。これ後日猛アプローチして本当に仕事しちゃうのよ。

一旦その人と仕事してしまえば一瞬で本性わかるよ。

だって仕事ってさ、レスがマージで大事でしょ？　仕事はレスだよだいたいは。

メールやラインを送ってからどれくらいで返信してくれるんだろうこの人はとか、電話すぐ出てくれるのかそれとも「えっこいつ3日経っても折り返しがない」とか。

朝からちゃんと起きているのか、それとも毎晩飲んでるだけじゃんこいつ、一つ一つに丁寧にやらないし本気じゃねぇなって。

マジでその人知りたい時は仕事するのが一番手っ取り早い。

会食や飲み会で話して話して話しまくって、こいつは口だけなのかどうかちゃんと飲み会中に引き出してメモして覚えて、そんで一緒に仕事する。仕事した時に、「会食ではこんなでかいこと、こんな素敵なこと言ってたのに、一切できてねーじゃんこいつ」って。

一瞬だよ一瞬。だから中身を知る為には仕事をすること。

逆も然りだからね、めっちゃ飲むしめっちゃ会食行きまくってるのに、毎朝ちゃんと起きてレスもしっかりして、身だしなみも完璧で仕事に対して情熱を持ってる人も、世の中にはたっくさんいる。

そういう人を見つける為にも、そういう人と仕事する為にも、やっぱり出会いの場、飲み会や会食っていうのは俺はマジで大事だし大切にしている。特に数ね数。数を打つ。回数を増やす。必ず現れるんだ素敵な人が。

そして自分自身もめちゃくちゃ大事で、飲み会や会食でマジでみられるから外見！　外見めっちゃ見られているからね。

靴汚ねー、ネクタイ曲がってる、ワイシャツしなしな、スーツよれよれ、ひげ生えてる、髪の毛のセットダサ、食い方汚い、醤油つけすぎ、から揚げばっか食いすぎ、箸の持ち方えぐ、くちゃくちゃ口開けて音立てて食ってるこいつ、てか体臭クサこいつ、いろいろ見られてるからね。

少なからず俺は人の外見めちゃくちゃ見る。それだけで仕事したいかしたくないかの材料にしている。

もちろん中身だよ。中身は大事。でも汚い、不潔、だらしない、臭い奴はマジで良くない。朝からしっかり大きな声でおはようと挨拶して、朝飯食って歯磨きして、クリーニングやアイロンをしっかりかけたワイシャツとスーツを着て、ピカピカの靴で「いってきます！」。これだけでだいぶ変わるから。

ということで俺の会食や飲み会っていうのはマジで宝探し、1回の会食は、1冊の本を新しく読む以上の価値があると思ってる。俺は引き続き飲める体である限り、そういう場所には積極的に行く、間違いなく。

社長の人格

20歳~21歳の時に、社長の人柄のやばさに惹かれ俺は働くことを決意した。2畳一間の会社からスタートし、右も左も何もわからないまま時が過ぎた。ぶっちゃけ毎日辛すぎて泣きそうだった。

当時めちゃくちゃ若かった俺に、講師業務やキャスティング業務など、とても重い業務を任せてもらい、信頼してもらえてるんだと、仕事の業務を通じて感じることができた。

どんどん働くにつれて、頼もしい後輩もいっぱいできて、いつのまにか教えてもらうことより、教えることの方が増えていった。レジェンドプロモーションという会社に教えてもらうことは本当に多くて感謝でしかない。

社長！　人生を変えてくれて、夢を見させてくれて、俺を信じ抜いてくれて、本当にありがとうございます！

社長がいつの日か俺に、

「花屋に行って花を買う時はさ、俺はお金が好きな花屋さんじゃなくて、花が好きな花屋さんから俺は花を買いたいんだよね、花を心から愛している花屋さんから俺は花を買いたい」って。

こんな話をしてくれる社長。心が綺麗だよね。俺はこんな発想すらない。

「いつか車が買えるようになったら、俺は路頭に迷ってる人みたいな格好して車屋に行く。そして容姿で判断しなかった店員さんから俺は車を買いたいんだよね。人を外見だけで判断する人からは買いたくない」って。この話も好き。

でも実際に創業して6年後くらいかな、社長がついに車買う日が来るんだけど、会社にディーラーさん呼んで、普段のスーツ姿で、カタログ見て相談して買ってた時は、心の中で**あれっ？ 汚い格好で車屋に行くって言ってた気がする……**。いや別にいいんだよ。俺は別にどっちでも良くて、あーいう話をしてくれる社長の心が好きだってことが言いたかった。

社長はね、本当に優しいし寄り添ってくれる。そこが本当に好きでね、俺設立当初はいっぱい迷惑かけた。社長に嘘もたくさんついたこともあるしめっちゃくちゃ責任感のない人間だった。こんな若造の俺を27歳の社長がずっと寄り添ってくれていたんだよね。

お金無いのにごはん奢ってくれるし、俺の趣味に合わせて遊んでくれるし、カラオケ苦手なのに一生懸命覚えて一緒に歌ってくれたり、音楽番組〇ウントダウンTV見てるって言ったら社長もそのテレビ見始めたり、俺が好きな服のブランドを伝えたら、社長も一緒のブランドの服買って着て出社したり、一緒にネクタイ買いにいこうって言ってくれて買い物もいっぱいした。

映画も見に行った。

後楽園もいった。

いっぱい飲み屋で飲んだ。

誕生日プレゼントもたくさん貰った。

俺が嬉しい、楽しいって思うことをたくさんしてくれた。

だから俺は会社の為に、社長の為に頑張ろうって思って、20代の10年を全てこの会社に捧げて全力で走ると誓った。

頑張る理由なんて当時金と社長だよ。金欲しいということと、社長から貰った愛をいろんな形として恩返ししたい、今度は俺が社長を喜ばせたい。だから鬼辛くても頑張れたよ。


レジェンドプロモーションという会社はね、スタッフとか社員とか一応そんな制度あるけど関係ない。ルールもみんなで作ってきたし、削り合わないし、人のダメなところを見ようとしないで良いところを見つけて伸ばすし、本当に人を大事にする会社だと思う。

俺バカでパソコン全然できなかったけど、誰も俺のこと責めなかった。もちろん最低限はできないとダメだからパソコンも勉強した。

足りないところを補う会社、支え合う会社、綺麗事言う会社、仲間の夢を実現させる会社、楽しさを追求する会社、それがレジェンドプロモーション。

まだまだいくよレジェンドプロモーションは！！


有名カフェの○ターバックスの創業者は51歳で会社始めたってよ。

クリスマスになると食べるお肉のお店○ンタッキーの創業者は65歳で会社を設立。

だったら俺らも遅いなんてことある？　遅いかどうかは後で自分で決めればいい。

自分が遅いと思わなければそれは遅くないから。

だから常に挑戦していこうよ。


この先どんなことが起きるかわかんないけど、もうどんなことが起きたっていいじゃん。

誰もわかんないんだからさ！


レジェンドプロモーションの社員には本当に感謝でしかない。みんなが喜んでもらえるよう、楽しんでもらえるよう、ずーっと頑張るね！　頑張りたいから！

こっからさらに10年後、50年後、１００年後はどうなっているのかなこの会社は。

社員は今70名だけど、こっから何名になってて、どんな事業をやっていて、誰が社長で誰が専務になっているのだろう。海外にも支社いくつできているのだろうか。みんなの子供が社員になってたりするのかな。超でかい大企業になってるかもしれないしね。

俺が死んでもこの会社は残り続けるんだと思うと、最後が見られないのは唯一心残りだね。なんか寂しい。作ったのに最後が見られないっていう……んっ？　いや待てよ。


何未来に浸ってんだ俺は。こんなに盛り上がっといて5年後には潰れてるかもしれないからカッコつけて書くのやめよう。

いつどこでどうなるかはわからない。常に謙虚で誠実で仕事すること。絶対におごらない、そうすれば会社は潰れない。

一生レジェンドプロモーションで行くぜ俺はー！

第6章

母子家庭で子供を育ててる世のお母さんへ

この本を書いてて俺は社会に貢献できることをしたい、困ってる人を一人でもいいから、できることが少しでもいいから、人の為になることを本気でしたいって思った。レジェンドプロモーションの為になんて当たり前。そこからさらに世の為に力になりたい。

そこで俺がこの本を書いてて思ったのが、母子家庭で子供を育てているお母さんにフォーカスをあてるんだけど、母子家庭で子供との時間が作れない、お給料が少なくて好きなもの買ってあげられないとか、時間がない、お金が無い、体力がきついとか、苦しんでるお母さんに対して何かできないかと思ってる。

俺は15歳で両親が離婚し、そっから19歳で独り暮らしするまでの約5年間、おかんと二人の母子家庭生活を経験している。おかんは子育てをしてたから社会復帰した時、どの仕事に就いても立場が低かった。お金も少ない、責任ある仕事は任されない。融通が利かない。

おかんは仕事に対するやりがいより俺を守る為、生きる為に働いてくれていた。そん時の社会は、俺のおかんを大切に、大事に扱ってくれる素敵な会社は無かった。たまたまかもしれないね。でもおかんが働く会社は全部扱いはひどかったと思う。仕方ないのかもね……。そう思っていた。今は違う。仕方なくなんかない。

俺は立場が今も低い世の中の母子家庭のお母さんに、仕事を心から楽しんでもらいたい、やりがいを持ってもらいたい。夢や希望を持って生きてもらいたいって思ってる。

仲間の素晴らしさやみんなで乗り越える愛ある支え合いなど、うちの会社に入ることで全て解決できるようにしたいと思ってる。

その為に急に子供が熱出したら帰らないといけないとか、子供を預けないといけない、お給料が少ないっていう根本問題をポジティブに捉え解決したい。

まずは綺麗事かもしれないけど、うちの会社、レジェンドプロモーションで働いてください！　うちの会社で働くことで、今お母さんが悩んでる悩みを解決させます！　解決できるんです！　って言いきれるくらいの会社にしたい。

家で働いてもいいですよとか、やりたいことがあればお金はこっちで出すので、事業のプレゼンして頂いて、採用されたらお好きにどうぞとか、うちの会社で働くお給料を今働いている職場の給料よりも多く支払いますよとか。

そういうカッコいいことを言えるように今から勉強していきたい。

いつかレジェンドプロモーションと出会えて良かった。救われたって思ってもらえるように。

俺自身改めてレジェンドプロモーション作って良かったたって思う為に。


だって親は子供とずっといたいに決まってるでしょ？

子供が熱出したらすぐ帰るのは当たり前でしょ？

子供の行事は積極的に参加するべきでしょ？

休みの日は子供とどっか遊びにいくべきでしょ？

そこで休み削って仕事なんてするべきなの？

片親かつ母子家庭のお母さんは特に、子供に寂しい思いなんて絶対させたくないから。

片親のお父さんはまだ立場や稼ぎがあるかもしれないけど、母子家庭のお母さんはマジでできついと思う。俺はおかんと二人暮らしになった時マジで思った。

肩身が狭いというかコミュニケーションの場も無いというか。実際子供は親にめっちゃ気を遣うからね。

俺金の話で何度もおかんを泣かせたし。

「おかんが離婚したから悪いの、おかんがあのままお父さんと離婚せずに我慢してれば良かったの、おかんがあんなお父さんと結婚したからいけないの」って。毎日毎日おかん酒飲みながら泣いてた。

俺の親父に対してまたムカついてきた。

最愛のパートナー泣かせる人ってなんなのマジで？

好きで結婚したくせに。なんで悲しませるの？

なんで喜んでもらいたいって思わないの？

覚悟が無いんだよ覚悟が。

嫌いなとこなんて見るなよ。

簡単に嫌いになってしまうんだからさ。

そういうことじゃないんだよ。

好きなとこ見ていくしかないじゃん。

子供を第一に考えられない親ってマジでムカつくわ。

子供は親しかいないんだよ。

せめて高校くらいまでは親として責任持てよ。

それが親なんだよ。


世の中の仕組みもムカつくわ。

おかん年下のアルバイトよりも給料少なかったし。

なんかそういう世の中マジで嫌いだわ。

この世の中で一番カッコ良くて、一番強くて、一番敬意を表するべき人は全世界のお母さんだろ。

世のお母さんのおかげで俺らは生まれてきているのになぜ大事にしない？

なぜ？　お母さんが一番金貰うべきでしょ？　権力持たせるべきでしょ？　それは言い過ぎか。

でもそれくらいの想いは必要じゃない？

だって母だぞ母！

母っていう役職だよ。

母が一番だろマジで。

子供産んでくれてこんなに人が増えたのになんで？

子育てにおいて母親がどんな仕事をしてるか知ってるか？


俺を育ててくれた時なんてほぼ休みはゼロ。

そして毎日立ち仕事だった。

ずっと仕事。

俺の子育てと睡眠以外全部仕事。

親父が親父だったから特にね。

ほぼ24時間労働。

休憩時間なんていう概念はない。

俺がいつ泣いて起こすかもわからないし。

飯だって子供全員食べた後に、冷え冷えのご飯。


こんなに毎日毎日休みもなく、働き続けて体力奪われてなんと給料０円。完全無休、ボランティア。仕事に置き換えたらやる奴いんの？　そんな業務内容を募集してる案件があったらやりますか？　やりませんよ。でも何億、何十億の母親はやってるんでしょ。

俺らはそのおかんに育てられた。敬意を払うなんて当たり前だよね。感謝しきれない。世の中のＣＥＯは母だから。マジで世の中のお母さんの為に何かできることをしていきたい。まずは母子家庭で苦しんでいるお母さんの為に考えていく。

いつまでも**大切**にしたいこと

俺らは十月十日おかんの腹の中で大切に大切に育ててもらって生まれてくる。この十月十日という文字が組み合わさってできた漢字がある。それが**朝**だ。

だから昨日までがどんな日々だったとしても必ず朝は来るわけで。

この朝っていうのは俺達が何度でも立ち上がれるように生まれ変わりを迎えてくれるんだ。

つまり毎日が新しい人生なんだから、いつでもリセットしたっていいんじゃねぇの？　おかんの想いを無駄にしない様にしようよ。

朝が大事とか、朝は三文の徳とかいっぱいあるじゃん。朝には凄い深い想いやパワー、意図があるのかもしれない。上を向いて「おはよー」って生きていきゃいいよ。

一旦俺の思いつき感情はここまで。できるかどうかもわからないけど、今俺が思ってる感情を書きだした。全てのお母さんに当てはまるかはわからないけど、俺は、自分のおかんが生きてきた世界はマジで可哀そう、ふざけんな、マジで無くしたい……心かそう思っただけ。そして俺が母子家庭で育った経験があるということと、今こうして本が書ける環境にいるという事。この事実だけでも、世の中に対して何か意味が生まれたと思っている。

第7章 私の娘達へ

お父さんはむかーしとっても弱かったんだよ。

ダサくてダサくてそしてとっても弱かった。

心が弱くてね、嫌なことがあったらすぐ逃げだして、たっくさん諦めてきた。

頭も悪かった。勉強しなかったからね。遊んでた、とにかく遊んでた。だからあなた達が勉強しなくて遊んでてもお父さんは何も言えない。いやそれでも言うかも。そんな父さんだったからこそ言ってしまうかもしれない。

お父さんは勉強しなさいってあんまり親から言われてこなかったのと、勉強が好きじゃなかったんだよね。だから勉強したくなかったらしなくていいよ。ただね、どっかでしっぺ返しは来るよ。どっかで勉強しないといけない日は来るよ。

それを高校や大学でやるのか、社会に出てからやるのか正解はわからない。ただ必ず来る。

それは乗り越えなといけない壁となって、試練となって、必ず来る。だから最低限の勉強は必要だと思うよ今はね。今だからそう感じてるよ。

お父さんは高校まで行ったけど大学は出ていないよ。行ってみたかったけどお金が無いという理由を最大限にいいわけにして行かなかった。行こうともしなかった。勉強好きじゃなかったからね。


あなた達のおかげでお父さんは親になれたよ。あなた達のおかげでいっぱい泣かせてもらった。感動の涙をいっぱいさせてもらった、ありがとうね。

もちろん子供優先、一番はあなた達優先、小さい出来事だけど、「うわーその最後の一口はお父さんが食べたかった」っていうシーンとか、アツアツでこのうどん食べたかったのに、ぬるくなってうどんがビヨンビヨンになっちゃったとか。

寝顔が可愛くてね、寝顔をよく見ていたよ。とにかくよく抱っこした。あったかくてぷにぷにしていて抱っこする度に幸せを感じていたよ。

だんだん重くなっていくあなた達が、成長してるんだな、一生懸命生きているなと感じていたよ。たくさんの勇気をもらった。初心を思い出させてもらった。

生まれ変わってもまたあなた達の親になりたいと思ってるよ。マジで最高だもん。お父さんはね、お父さんという親を越えてほしいと思ってる。最初は無知だから教えないといけない。

でも親を越えられるように教えたいって思って教育してるからね。

まっ、お父さんはバカだからすぐに抜かれるし、もうすでに抜かれてるかも。立派な親なんか目指してない。お父さんが子育てで大切にしているのは、あなた達がどうやったら幸せになれるかを自ら考えられる人になってもらう子育て。

あなた達を気にしたり心配することの方よりも、大丈夫だと信じることを大切にしているよ。先回りしてあなた達が失敗する自由は奪わないように意識しているよ。

てかお父さんもあなた達もお世話になった○ンパンマンの歌あるでしょ？

「何があなたの幸せなの？」

「あなたは何をして喜ぶの？」

わからないまま終わる、そんな人生は嫌だよね？　って。

このワードだけ抜粋してもインパクトあるよね？　とっても学ばせてもらえる歌だと思うよ。

自分で自分の人生をいかに楽しんで後悔無いように生きていくかを自分で考える、自分で決断すること。お父さんとお母さんはそのサポートをすることとです。

決めるのは全て自分です。とんでもない数の選択肢が人生には訪れます。いつ来るかはわからない、どんな選択肢かもわからない、ただそういういくつもの選択肢をルールやマナー、人としての在り方という情報の中で全て自分で選びます。だから最低限の勉強が必要なんだよね。

勉強はペーパーのことだけではないからね、人付き合いもめちゃくちゃ大事な大切な勉強です。

人間は本当に様々な答えを持っているからね。自分を見失わないように信念を持ちなさい。

お父さんの信念は、数々の選択肢をどっちを選んだら楽しいか、どっちを選んだらカッコいいか、どっちを選んだら相手は喜んでくれるかという考え方で決断してきたよ！　たとえ自分が不利で辛くて面倒でも、大好きな大切な人が喜ぶならそれをしようって。

当たり前だけど悪いことをして喜ばれるようなことはダメだよ。犯罪とか。例えばすんごい悪い考えを持った彼氏ができたとして、その彼氏がね、「万引きをしろ」って私に言うの、私が万引きをするたびに「よく万引きできたな。俺の為に万引きしてくれてありがとう！　俺はとっても嬉しいよ！　これからも俺の為に万引きし続けてくれよな！」なんて言う彼氏とか。

彼氏に喜んでもらいたくて、「私をたくさん褒めてくれるから、だからその人の為に私は万引きし続けるの！」みたいな。こんなん意味わかんないからね。ダメだよ。てかこの例え自体もはや意味わからないけど。変な判断はしないように。

法律やルール、マナー、礼儀、恩、信頼、そういった最低限を守った上で好きなことをやりなさい。

お父さんからあなた達へ親父の小言です

今から偉そうに言うからね。覚える必要はない。迷った時はここのパートだけ読み返しなさい。それだけでいい。

まずは嫌なことが起きた時、その日に忘れるよう心掛けること。自分ではどうにもならないのにクヨクヨしてても意味がありません。

そして人間は全員失敗します。でも良いことも悪いことも全てに意味があります。失敗というのはあなた達がこれから幸せになる為に起こっているということです。


お金はまだまだ大事な世の中です。自分を守る為にもお金に対するリテラシーを高くすること。お金を貯めることも使うことも必要。

でもお金を稼ぐ力を身に付けること。お金の勉強をすること。

評判のあるところにお金というのは集まってきます。信用がある、人間力のある、愛のある、優しい親切で、正直な人をお金は好みます！　人はもちろん、お金からも愛される人になってほしいです。

ちなみにお父さんは大好きな仲間と稼ぐビジネスで、あなた達を育てました。とっても誇りに思っています。このお金はとっても誇りに思っています。

株で稼ぐ人もいるし、悪いことをしてお金を稼ぐ人もいます。お金の稼ぎ方はたくさんあります。でもお父さんはこの会社でたくさんの、大好きな大切な仲間と切磋琢磨、たくさんの涙や汗をかいてやってきた、このお金の稼ぎ方が大好きです。

仲間と寄り添い相手のことを考えて、相手が喜ぶこと、楽しいことを是非考えられる人であってほしいと思っています。

お父さんの経験上、どんなに努力を重ねて準備万端だったとしても、うまくいかないことの方が圧倒的に多かったです。一度一度の経験で落ち込み、自分を否定し続けるのか、それとも学びに変えてさらに進化していくのか、幸せと不幸せの違いはそこに差が生まれると思います。失敗を失敗で終わらせた時、それが本当の失敗になります。それだけは無いように。そして許せる人であってほしいです。

人は過ちを犯します。
今後あなた達を傷つける人にもきっと出会うでしょう。許せない。許したくない。お父さんは許すことができないことが多かった人です。それによって後悔している出来事が多々あります。

お父さんが大好きなこの会社の社長は、人の過ちをすぐ許せる人でした。とっても優しくて魅力的でお父さんはとっても大好きです。

人間味のある温かい人になってほしいです。
生きていく上であなた達が誰かに助けられる時と、あなた達が誰かを助ける時が必ずあります。

自分が困った時、力を貸してくれる人格者であってほしいと思います。

嫌なことがあったらおいしいものを食べなさい。お父さんはそうしていました。なんか落ち着いたので。そして時間と共にまた頑張ろって思えることが多かったので。人生の道はね、いくらでもあるから決めつけないようにね。

お父さんは高卒だけど一生懸命生きてます。20歳の時、今の素敵な社長に出会い、一生懸命今日まで生きてきました。とっても納得してます。とっても楽しいです。とっても生きがいを感じています。

お父さんの周りには大学を卒業し、大手企業で何年も働いている人もたくさんいます。幸せだって言う人もいればそうではないって言う人もいます。大学が全てではないですからね。大学の試験に落ちようが、就職活動でうまくいかなかろうが、自分を否定してはいけないよ。受かっても、受からなかったとしても、どちらにも素敵な意味や道が待っています。受かったから成功、受かったから正解、受かったら正義ではないので勘違いしないように。お父さんは高卒というコンプレックスを、長所に変えて乗り越えることができましたよ。苦しい時は生まれ変わる準備期間なだけです。

疲れた時は無理せず休みなさい。

他人の目を気にするのはやめなさい。死ぬ時に一番必要ないのは他人の目です。今自分が置かれているその幸せに気づきなさい。今こうしてお父さんの本を読んでいる時点で幸せなのです。

失敗をしないで辿り着くことはできません。仮に辿り着いたとしても深みは出ません。失敗をする為に挑戦するのであって、成功する為に挑戦するのではないので間違えないように。

つまり遠回りこそが幸せの近道です。

人の役に立つ、社会貢献をする、それを人生と呼ぶのかもしれません。

頑張れない日や何もしたくない日はあって大丈夫です。
むしろそんな自分を許せる人になりなさい。
前に進むことだけが大事ではなく、立ち止まり休むこともとっても大事です。

自分の財産を守りなさい。
お金のことだけではないです。
自分の信念を持つということやプライドや精神、思い出、仲間も立派な財産です。

批判している人に幸せな人はいません。

そして幸せは来ません。幸せを感じることができません。


他人のあら探しをする人に感謝できる人はいません。

相手に求めてばかりの人に運がいい人はいません。

他人を評価ばかりする人に客観視できる人はいません。

自分の話ばかりする人に学べる人はいません。

他人をどう見るかよりも自分の振る舞いを見直すこと。

つまり迷ったら自分を振り返りなさい。


大義とは、人として守るべき道義です。

嫉妬心なんかいりません。

謙虚さ敬意はとっても大切です。

なんの為に仕事をするのか、なんの為に始めたのか、理由がなく生きてる人はきっとたくさんいると思います。

お父さんも最初は全然わかってないし、生活の為だけに働いていたり、ただ生きてるだけの時もたくさんありました。

自分の幸せとは何か、人や世の為に自分は何ができるのかを考えながら、幸せになってほしいと思います。

ダサくてもいいです。

周りからダサいダサいって言われても、あなた達がしたいことなら貫きなさい。

ダサいこともね、貫いて貫いて貫いたらカッコ良くなるから大丈夫です。


お父さんは非常識な人でした。もしかしたら今もかもしれません。

お父さんは非常識なことをするのは賛成です。

ただ一つだけ、非常識なことをする為には常識を知る必要があります。

そこだけは省いてはいけません。

常識を知ることで非常識が生まれ、その非常識がやがて常識に変わることがあります。


優しい人はね、悲しみを知ってる人ですよ。

思いやれる人はね、痛みを知ってる人です。

優しく思いやれる人になってください。


お父さんは勉強をしてこなかったのでバカでした。

今もバカです。でもバカも最強です。

勉強が全てではありません。
ただ頭が良い人はそれなりに努力して勉強したからこそ頭が良いのです。
バカは唯一天才に勝てますよ！　バカと言われる日が来ても大丈夫だからね。
お父さんはバカでもこうなれたので。

恋愛はたくさんしてもらって大丈夫です。
人を好きになることはとっても素敵なことです。
お父さんはあなた達のお母さんのハートを射止めたんですよ。凄いでしょ。
お母さん可愛いでしょ？
料理おいしいでしょ？
常にあなた達のこと守ってるでしょ？
お父さんと違ってお母さんは頭が良い人です。

お母さんはお洋服が好きでファッションセンスも長けていますよ。
お父さんみたいな癖の強い人と毎日生活ができる強い人です。
お父さんはお母さんのことが大好きです。
結構喧嘩しますけどね(笑)。
でも絶対お母さんのこと離さないよ。たった一人のお父さんの最愛の人ですから。

お母さんは毎日毎日あなた達のことを考えていますよ。

毎日毎日です。

考えていない日は1日もありませんからね。

お母さんのことは絶対に大切にしてください。


こんなにたくさん伝えていますが、もし一つだけしかお願いができないのであれば、

お母さんを大切にしなさいこれです。これだけでいいです。

お母さんのことはお父さん含めてみんなで守ろうね。

お母さんは偉大です。生意気な態度、反抗などはある程度は目をつぶります。

ただお母さんを侮辱したり泣かせたりしたらお父さんは許しません。

お母さんが毎日毎日、毎日毎日あなた達を優先し、愛を送り続け、あなた達は育ったのです。隣でお父さんは、そのお母さんの姿をずっと見てきました。

「そんなん知らねぇし」とか言う時が訪れたとしても、あなたたちが納得できず、理解がその場でできなかったとしても関係ありません。お母さんのことをよく考えて発言するように。

お母さんはマジでやばい最強だよ。

本当にお母さんは凄いからね。いずれあなた達もお母さんになる日が来るでしょう。その時

はこの本を、このパートをもう一度読みなさい。参考にはなるから。そしてたくさんお母さんに相談しなさい。

ここからあなたたちに人生を楽しむコツを教えます！


プライドは捨てなさい。

頑張りすぎない。

理屈より直感を大切にしなさい。

お礼は絶対欠かさないように。

何かしてもらったらありがとうございますと、必ず大きな声で言える人間になりなさい。

孤独とも向き合いなさい、いつも現実を受け入れなさい。

息抜きをしなさい。息を抜くということは生き抜くということです。

明日から頑張ろう、明日から節約だという考え方も悪くないですが、
今日だけ頑張ろう、今日頑張った者に明日が来るんだという考え方も素敵です。

泣きたい時はたくさん泣きなさい。

楽しい時はたくさん笑いなさい。

辛い時は思いっきり誰かに頼りなさい。

人間は遅かれ早かれ必ず死にます。明日生きている保証はどこにもありません。

常に今を大切に心掛けてください。

人の悪口は言わないように。逆に人の良いところを陰で褒めなさい。

清潔感はとても大事です。身だしなみはしっかりするように。

聞き上手は気に入られます。聞き上手なだけではダメですが。

いつも笑っていると人が自然と寄ってきます。できるだけ笑うように心がけること。


完璧な人は絶対にいません。一人では生きていけないから助け合いなさい。

幸せに必要なものは意外に少ないから求めすぎないように。

過信しないように。

失ったものは取り戻せないから大切にしなさい。

人から嫌われないように生きていると、そのうち自分のことが嫌いになるので自分を好きでいてあげること。

自分を認めてあげることを大事にしなさい。

有言実行は信頼に変わります。

人が傷つく嘘はついてはいけません。誠実であること。


もしいつかお父さんとお母さんに親孝行をしようと考える日が来たら、これだけ覚えておいて。

お父さんやお母さんへの親孝行は、あなた達が元気に暮らしてさえいればそれが親孝行であり、それが最高の幸せです。だから何もしなくていいです。

子供達が笑顔で楽しく生きてさえいれば、それこそが最高の親孝行なんです。


心の状態は部屋に現れます。

寂しさは金使いに現れます。

無知は傲慢さに現れます。

気品は言葉遣いに現れます。

本性は別れ際に現れます。


できるだけ使ってほしくない言葉があります。

それは**でも、だって、無理、できない、めんどくさい、やってらんない、つらい、しんどい**
この辺の言葉は極力口に出さないように。

行動力を削ぎ、思考停止、できない自分を肯定してしまいます。

ただ20代の時のお父さんはよく使っていました。

この言葉を使って良いことは無かったです。

ポジティブに使う分には何も問題ないですからね。

お父さんやお母さんはいつか死にます。必ずいなくなります。

ただし、親が死ぬことは決して悲しみのみではありません。

親が最後の教育を子供に死という形で教えるのです。

だから泣くのではなく笑顔で送り出してください。

なーんてねーーーー！


そんな小言をここまで偉そうに言ったお父さんですが、硬い感じで書きましたが、お父さんはお母さんをたくさん困らせたし、迷惑もたくさんかけました。

お母さんのおかげで仕事を一生懸命働くことができました。お母さんが常にあなた達を大切に守ってくれたおかげで、お父さんは外でお仕事し続けることができました。

お母さんには頭が上がりません。お父さんよりも１００倍最強だからね。あなた達のお母さんは世界一のお母さんだよ。お母さん大切にね。


もう一度言うよ、お母さんを侮辱するような言葉を使ったら、お父さんは絶対に許しません。親としてではなく、一人の女性を愛した男として許さない。

お父さんが好きな人、愛してる人を悲しませたという理由で許しません。

お母さんが一番あなた達の味方なんだからね。

お父さんとお母さんが結ばれたことで、あなた達が生まれました。

私達の宝です。幸せになってね。

この本はね、お父さんの為に、自分自身の為に書いてたんだけど、あなた達にも書きたくなって、このパート無かったんだけど追加したのよ。

いつか大人になって読み返したら参考になるところもあるかもしれないから。

ちゃんと大切に保管しといてね。お父さんもね、人生上いろいろな人達から素敵な言葉や考えを貰ってここまで来れたので！

では最後に子供達へ、お父さんから大切なあなた達に、一言伝えて幕を閉じます。

さんざん言ったけど、**あなた達の好きなように生きなさい**。

姉妹は世界でたった二人しかいません。辛い時、困った時、どうしようもない時、お父さんとお母さんがいなくなった時は、二人で助け合い、協力し支え合い、生き抜き（息抜き）なさい。

生まれてきてくれてありがとう！　お父さんは世界一幸せなお父さんです。

大切な人や家族を失った時、どんなに悲しくて辛くてどうしようもなくても、その日が来たなら受け入れ、出会えたことに感謝する。

生きる時間は限られている。誰が、どこで、いつ死ぬかは誰もわからない。
だったら今、この今というこの瞬間を大切に生きるべきなのです。
頂いたこの命を大切に、引き続き精一杯「今」を楽しんでいこうね。

第8章
極寒に耐えた者ほど太陽の暖かさを感じられる

誰かが言ってたな、『話せばわかる』って。俺は響かなかった。

ちょっとした話し合いならならまだ納得できるけど、人生の選択みたいな大事なことや思いっきり正反対な言い争いは、話しても話してもぜんっぜん解決されなかった。

じゃあどうしたかっていうと、**話せばわかるんじゃなくて離せばわかる**んじゃねぇかって。

マジでリアルに話せば話すほど、その言葉が嘘か本当かも判断つかなくなってきて、終いにはよけーゴチャゴチャしてわけわかんなくなって終わることの方が多かった。

だから俺は時間を空けるようにした。とにかく時間を空けること、時間を作ること。そしたら自ずと冷静になれる。


俺は本人のいないところで人を褒める奴が好き。

本人のいないところで人の悪口を言う奴は嫌い。

本人のいないところで人の悪口を信じる奴はもっと嫌い。

陰口とか悪口とか、そもそも誰から教わってやってるんだろうねそいつは。

やってみてダメとわかったことと始めからダメと言われたことは全っ然違う。

やってみてダメだったことは腐るほどあるしそんなん当たり前。そん時は必ずムカつくし恥ずかしいし心折れる。

でもこればっかしはやってみないと味わえない経験。すんごく有難かった。

わからないくせにわかったふりして納得する必要なんてないから。

恥かくのも慣れると笑けてくる。

わからないものはわからないと言える人であり続ける俺は。

わかんなくてもバカじゃんとかいじられて恥ずかしい思いだけで終わるから大丈夫。

もしあるとしたらあとは晒してくるくらい。でも全然大丈夫。

そういうこと言ってる人、やってる人の方が可哀そうだから。

わかんない奴がいたら親切に教えてあげればいい、俺は親切に教える。

バカにしない。

ただ自慢げに「俺わかんなーい」みたいなクソな態度の奴はまたちょっと違うけど。

どんな格好でスタートしても、
どんな状態でスタートしても、

どんな位置からのスタートだったとしても、
結局大切なのはゴールで、遅いなんてことはない。
人生はわかんないよ誰も。
正解も不正解も誰もわかんない。
決断出せない時だってあるよ。
いいんだよそれで、いいんだよそれが。
幸せを感じられるかどうかでさ。

時には過去の自分なんてもはや他人っていうくらいの考えで気楽にいこうよ。
過去は回収できるし過去は修正できる。俺のこの本がまずそのものだし。
人と同じ行動して違う結果なんか出るわけないから。こんなバカな俺でもわかる。

みんなが頑張ってる時に頑張るのは当たり前。
みんなが手抜いてる時に頑張って初めて違う結果が出る。
特別なことなんて誰もやってなくて、小さな積み重ねなんだよねこればっかりは。
みんなが寝てる時や遊んでる時にいかに差をつけることができるか。
他人の陰の努力は誰も調べることはできない。
努力は素敵だよ。

報われた時の快感。
報われなかった時の絶望感。
両方生きていく上で必要。

お互い良いところ見つけ合ってさ、褒め合ってさ、
助け合い認め合えばなんでもうまくいくのにね。
1・01、0・99の法則、38倍がどうとかは知らねぇがその考えは好き。
いろんな人を想いながら仕事ってするもんだから俺は。
想いたいから俺はやってるだけ。

やりたくないことも、結果それはやりたいことになるんだよ。

お互い毎日それぞれの夢を見ること。
時を刻みながら人の幸せな日々を夢見ること。

俺のこの人生、辿り着く場所が何処になっても構わない、俺が俺であれば。
また一からでも上等で、何歳からでも上等。
俺は俺の道を進み続ける。

俺はこの命を最後の最後まで使い切る。

生き抜いてみせる。

命ってマジで素晴らしいから。

ダセェとかどうでもいい。

もう一度言う、死ぬ時にイッチバンいらねぇのは他人の評価。

周りからなんて言われようが、ひどいこと言われようがいちいち気にしてらんない。


例えばだよ、もし知らない人が俺に「宅配便でーす！」って贈り物を急に送りつけてきても受け取らないでしょ？　ってことは受け取らなかったらそれは誰のもん？　送り付けてきたそいつに返されるんだ。

だったらものだけじゃなく言葉だって同じで、無視して受け取らなきゃいい。受け取らず無視すりゃそいつに返っていく。バカって言うやつがいたらそいつが大バカってこと。素敵だね、凄いね、優しいねって言ってくれる人は逆に心が綺麗な人。だからいいんだよそんな汚い言葉、気にしない、送り返す。

そうやって生きてるし今後も生きていく。

自分で決めた道は自分しか知らないから。

他人の目ばっか気にして生きるなんてもったいねーよ。

そいつらの為に俺は生まれたのではない。
笑われて生きるくらいがちょうどいい。
否定上等、後ろ指上等。
俺は人の夢の失敗は笑わない。
むしろリスペクトでしかない。
なぜならその失敗は夢に近づいているだけだから。
その失敗は夢が叶っているに等しいから。
何も掲げない、何も宣言しない、人の悪口だけ言う奴が一番嫌い。

俺は本当にそういう奴意味無いと思ってる。困らせて、迷わせて、邪魔する奴、自分がされたら嬉しいのかね、まっいいや。てか結構俺の周りにやってあげたのにとか、言ってあげたのにとか言う奴いるけどさ、心の中で『それあげたんだろ？　やってあげた、言ってあげた、だったらもうすでにそいつにあげてんだから執着すんなよ』って思うんだよね。俺だけ？「あげたんだから返して、あげたのにお返しはないの？」的なさ、何それって感じ。

そろそろ終盤だ。
ここまで読んで頂きありがとうございます。

とにかく俺は俺ってことだ。

みんなもみんなでしょ！


俺はポジティブだしネガティブなのよ。

優しいし優しくないし。

器用だし不器用だし。

正しいし正しくないし。

頑張るけど頑張らないし。

常識人だし非常識人だし。

なんか芯があるけど芯がないし。

俺も自分で自分のことあんまわかってないんだよね。

ただそん時そん時でこれはこうしたい、こういう考えみたいなのはちゃんとある。

おかん含め人を悲しませたり、人が傷ついて悲しむようなことは絶対したくないっていう想いはブレない。


山田っていう苗字はさ、親父、じいちゃん、ひいじいちゃんと代々受け継いだ姓。生まれた瞬間から俺の意思では何も変えられない。最初から決まっている山田という人格、運命みたいなもの、どっかにその血がその意思があるんじゃないかって。

そして親父とおかんでつけてくれた哲也という名前の人格、おかんが言うには頭良くなってほしい、そしておかんみたいな弱い人間を救ってほしい、助けてほしいという親の想いが込められた人格、そして最後に俺、これは俺が生きていく上で、意思が芽生え自分で考えることができるようになってから、自分の意思で選択し、出会い、経験をし山田哲也を背負いながらできた自分という人格、それぞれの大きく三つくらい人格があるんじゃないかと思ってる。山田という人格、哲也という人格、そして俺という人格、これ全てがっちゃんこで今の山田哲也なんだと。

この本を読んでもらい何か一つ、何か一つでも感じること、考えさせられたこと、明日からの人生で参考になったもの、逆に俺みたいになりたくないとか、この本くそだ！　でもいい。とにかく読んだ人の心の中に何か一つ残せたらと思って書いた。

俺の為の本、俺が自己満で書いた本なんだけど、書いてる途中で誰かの為になりたい、誰かの力になりたい、俺の生き方を知って、俺みたいに生まれた時から貧乏な人、俺みたいに親を恨んでいたり、おかんを困らせて泣かせたり、もう人生なんてどうでもいいやって思ってる人が、この本をきっかけにちょっとでも前向きになってくれる人がいたら嬉しい。人には人の人生があって、何が正解とか求めがちだけど正解、不正解という言葉が世の中をややこしくしてる。俺の座右の銘なんだけど、**○黒つっけなーいカッフェオーレ♪**くらいがちょうどいいんだよ人生は。

気楽に行こう。

サクッと行こう。

俺と出会ってくれた方々、本当に出会えて最高です。

ありがとうございます。

世の中や私と関わってくれてる人が幸せになることを祈り続けます。

杉原千畝のように困ってる人がいたら助ける精神を持って生きていく。

何が正しいかなんて、自分で勉強して知識と経験と納得で決めるものだ。

まだ全く価値の無いこの本がいつか人の為になる、

心の支えになる本になってくれることを願って終わります。

俺の大好きな接続詞、それは**だからこそ**です。

どんなマイナスの話でも、最後の語尾に**だからこそ**をつければ勝手にプラスになり勝手にポジティブになれるんです。

「貧乏で未来も夢も何も求めなかった……だからこそ」

「俺は勉強して来なかったから無知で判断ができなかった……だからこそ」

「めちゃくちゃバカ……だからこそ」

「くず……だったからこそ」

「ひねくれている……からこそ」

「失敗……したからこそ」

「思うようにいか……なかったからこそ」

すんげぇポジティブになれる最強の接続詞だと思いません？

俺は好きなんです。今はこの言葉にめちゃくちゃ救われている。


はぁ〜また一つ夢が叶った！　本だけに本当に終わり。何が、はっ？

まだ書いていいですか？

まだ飽きてないですか？

やっぱりここで終わりたくないです。

まだ書いてもいいですか？

まだ書きたいので書きます(笑)。

今日を蹴り上げろ

これから皆さんはどう生きますか？
どう生きたかではなくどんだけの夢を見たかだと思いますか？
何をやりますか？
何ならできますか？
その為に今何をしていますか？
世間に呑み込まれていませんか？
世の中変な奴たくさんいるので潰されないでくださいね！
バカだのクズだの知らねぇ奴が言ってきたりしますからね。

初めまして的な奴から何言われてもマジで気にしないように。
本当によくいるよね、
俺もSNS始めていっぱいアンチから愛のない言葉貰ったことあるけど、
マジでシンプルにムカつく、けどそいつは俺の人生なんかなんも知らないし、
そこまで俺のことなんて考えてもないから。そいつの愛のない言葉を考えちゃダメ、シカト。

そいつの常識なんてどうでもいいし、そいつが生きた環境と俺達が生きた環境は違うわけだから、わかろうとしなくていい。最初っから出されている問題用紙が違うんだから、答えだって違うに決まってる。

自分の答案用紙の中で100点取りゃいい、言ったことよりもやってることがそいつの正体。そいつの常識に合わせる必要なんて絶対にない。


例えば**それは難しいよ、大変だしやめた方がいいよ**とか言ってくる奴いるじゃん。

そういう時は、

「はっ？　俺はお前じゃないし。お前は難しくて大変でやめたいかもしれないけど、俺は簡単かもしれないしあーやって良かったってなるかもしれない」

つまり他人はね、本当にお前のこと考えて言ってないから。

人の目気にして卑屈になってネガティブになる必要なんて絶対にない。

そんなんで自分を殺してあとで後悔してたらさ、もったいないでしょ。


SNSは互いが互いに落ち度を探し合って私利私欲の為に争っている。

フォロワー数が多い人の発言は概ね正しいってなって、フォロワー数が少ない人間は、はなっから間違ってると認識されてしまう。

商品を調べる時もそう、この商品はレビューが☆五つだのランキング1位だのネットの情報に躍らされている。

「1年前に悩んでたことってなんですか？」って言われて答えられる人っている？　いないでしょ？　いても圧倒的に少ないよね？　悩みなんてだいたいそんなもんなんだって。

むしろそんな他人をぶっ潰すくらいの勢いで生きればいいよ！

1分1秒死に向かっている。いつかは誰でも明日はやってこない

人生を切り開け。常識は変えられる。

背負った想いや覚悟を見せつけろ。

勝てるところ、得意な分野で勝て、それでいいしそれがいい。

間違いなく世の中はまだまだ結果。

見返りを求めない親切な人になれ！

何に対しても両方から見るのが礼儀。

思いっきり楽しんで興奮させろよ、それが俺の仕事だろ。

「楽しかったけど疲れた」と、「疲れたけど楽しかった」では全然違う。とにかく最後はポジ

ティブな言葉で終わらすこと。ヘンリーフォードのように今こそ大チャンスの時、だがそれを知ってる人は実に少ない。毎日チャンスは転がっているから摑み倒せ。

選択自体にあんまり意味なんかなくて、大事なのは、「その決断した選択を自分が正解にしてしまえばいい」ってことであって、結局自分の気持ちだから。

今この瞬間も選択した自分を正解にし、**がむしゃら一択**で生きるのみ。

同志よ！

俺らはいつ死ぬんだろうな……。

50年後？

10年後？

半年後？

今日？

まぁ考えてもわかんねーし誰も答えなんか出ねーよな。

この本書いてて自分を振り返ることができてくそ楽しかった。

気づきがめちゃくちゃあった。

大事だわマジで。

過去振り返るの昔大っ嫌いだったけど、たまにはいいね。

いつ死ぬかわかんねーから毎日くそ楽しむんだからな。

金が全てではないが、全てに金は必要

最後は幸せについてを語る。

は？

「幸」っていう漢字は逆さまにしても同じになるって知ってた？

だから？　……はい。

幸せってなんなのかを教えてくれる人って周りにいた？

または調べたり聞いたりしたことってある？

親とか、親戚とか、先生とか、友達とか。

俺は幸せとは何なのかを教えてくれる人はまずいなかった。

何が幸せかよくわからないっていうか、ただ最近俺の中で幸せってきっとこういうことなんだろうなって答えを出したんだよね。

昔の俺は幸せがなんなのかわからないまま、
ただ**幸せになりたい**って思って生きていた。

ただそれだけだった。

幸せって何？

誰しもが考えたことあるよねきっと。

先に幸せの位置がどこにあるのかから話していい？

誰に言ってんのかわかんないのと少しキモッって思われたとしたらごめんだけど、一旦自分で自分に投げかけるわ。

まずそもそも幸せの位置って実はものすごい低いところにあるんだってことと、他者を介入させない自分自身ってことに気づいたのよ。


世の中は欲のかたまりで、何かを得ればまた何かを欲しがり、また手に入れてはまた欲しがる。欲は尽きない。

もし急に１００万円貰ったとしたら嬉しい！　満足！　って一瞬は思うけど時間が経つとまたもっと欲しいってなりがちでしょ、きっと。

周りの奴よりも金持ちになりたい、高級時計つけたい、高級ブランドの服着たい、私立の有名学校に通いたい、子供も私立に通わせたい、麻布や六本木でおいしいもの食べたい、素敵な異性ＧＥＴしたい、クラブは金でものを言わせて、ＶＩＰを予約して、フロアに立つことなく座って優雅に過ごす。

とにかく周りよりもたくさんの経験をしたい、海外も行って高級車だの高級ホテルだの、高級レストランだのインスタ載せて、自慢して。誰の為に？　何の為に？　それが幸せだと思ってる。

高級に惑わされる。人って高級って言葉が好きだよね。

好きな時に好きなもの好きなだけ買うこと、食べること、時間に縛られないことが幸せだって。ただそんなん全部できたとしても、いつまでたっても満たされることなんてないから俺は。全部やってきたわけじゃないのに、そっちの世界に立ったわけでもないのに言ってるからそこはごめんだけど。

実は幸せって、今日も朝目覚めることができたとか、けがも病気も無く生きることができているとか、なんでもいい、質素でいい、肉や魚じゃなくて腹が膨れるじゃがいもだけでもいい、とにかくお腹いっぱい食べ物を食べることができたとか、太陽を浴びることができた、今日も家族が生きている、家族が笑ってる、家族の為に、自然の為に、自分の為にって。

毎日に感謝することってめちゃくちゃ当たり前で、でも当たり前過ぎて感謝することなんて忘れてるよね。

この当たり前って思ってるもの全てが実は幸せってもんで毎日に感謝するべきなんだよね、俺はそう思ってる。

小さな、何気ない幸せが実は大きな幸せなんだってこと。家族が元気でいてくれればそれでいいって。

なんだけどそこを通り越してブランドもんの服じゃなきゃ嫌だとか、高級食材じゃなきゃ嫌だとか、タワーマンションじゃなきゃ嫌だとかほざくんだよ。

死ぬ時に一番いらないのは他人の評価だってことに気づけてないんだよ。

死ぬ時は一人だから。どんな奴でも一人で死ぬ。

現時点が死からくそ遠いと思ってる。

死ぬのは30年後とか50年後とか勝手に思ってるから。

急に明日死ぬよ。

今日死ぬ可能性だってあるからね。

気づいてねぇし、気づけないんだよ。

気づけ！

目覚ませ！

金の価値、存在、使い方、人として考え方変えた方がいいよ。

人に喜んでもらえる、感動してもらえる、人の助けになる、人の役に立つ、貢献できる、信用してもらえる使い方、そういう考え方で生きろよバカ！

明日死ぬってわかってたら今そんな動きすんのかクソ！

くそだよなぁ。

バカだよなー。

そうバカだった俺。

あっ俺の話！

ノーマネーの意味

人の為に時間を使う、体を使う、頭を使う。

俺の為ではなく人や世の中の為に、なぜか？

そうしたいと思ったから。それだけ、理由なんてそれだけだよ！

こっからはもっと人の為に俺はこの命を使い倒す！

いつまでも誰かのマネなんかしてちゃもったいねぇよ。

結局他人が持っているものを欲しがってるだけで、それでは幸せと感じることはできない。

幸せを感じる心を手に入れることが大事。

だから今この瞬間から人のマネを辞めていこう。

うん誰かのマネはもうしない。

誰のマネもしない？

うんしないマネ……。

NOお金……？

マネしないを英語で『ノーマネー』。

マネしないからノーマネーあっうまいこと言った。

何が？

はっ？

そうつまり金だけど金ではない、でも金。

人のマネをした金の使い方はすんな！　ってこと。

金が全てではないが、全てに金はかかってることには気づくべき。

何においても生きているとわかるでしょ？　金は本当にかかってくる。

誰かを守る為に金が必要なんだ。誰かを守る為に、誰かを助ける為に、今この瞬間からやるべきことは「金を稼ぐ力」。金持ちなんて、金使ってなければやがていつかは金持ちになるよ。ではなくて金を稼ぐ力を学び身につけること。今夢が無くても、やりたいことがなくても、今のうちから、この瞬間からやるべきことは、いつか大好きな人、大切な人が現れた時に、金で救えるものは救ってあげる為に「金を稼ぐ力」を勉強し学び身につける。

飯も、水道・電気・ガスも、携帯も、移動費も、服も、寝る家もなんでも、全てに金がかかってる。

この最低限の金を稼ぐ力はマジで必要。はぁ稼ご！　さっ稼ご！　稼ぐしかないんだから、大切な人守る為には稼ぐんだ！　それがわかったんならとことん振り切った方がいい。あの時やっておけば良かったとか、あの時動いていれば良かったとか、そう思うなら今から全力でいけよ。そうだろ。俺は稼ぐ！

介入させなければいい

仕事とか結婚とか出産とかお金とか美に拘（こだわ）るとか、
まぁいろんなわかりやすいものが世の中にはあるじゃん。
それをしているかしていないかであったり、それを手にしたかどうかが、
幸せかどうかの判断になってるってことで、
でもそれってどうでもいいよって思う反面、それしかねぇんだよなっていう。
だって他人が共通認識できることってそれしかないじゃん。
インスタで見せつけ合ってさ、共感してわっかりやすい「いいね！」をもらって、
それで俺は幸せだーとか。
でもそれくらい幸せかどうかって他人に委ねているところが大きいと思う。
だからさっきの朝起きたらおはようとか、今日も笑顔で1日を終えたとか、自分ね自分。
他人っていう人物を介入させない自分であることが幸せと感じることができると思っている。
でも人間は生まれてきたら他人と拘わらずには生きていけなくて、

他人を救うことによって救われたりするしで、
他人との関係性を切ることなんて絶対できないよね。
でもそれはそれでもうありがとうで良くて。
でも自分はこれっていう。
他人に絶対介入させない。
他人と絶対比較しないっていうものを持ってることが、俺は大事だと思ってる。

俺は自分を表現することで他人を動かしてきた。

俺は俺を好きって言ってくれている人に対して、ちゃんと応えることができているのだろうかと感じることよりも、レジェンドに入って第二運営部を任せてもらえてた時は、発信のみの一方通行トップダウン型だった。独裁者だった。自分の為にやっていた。

この会社を辞めてしまったら一番苦しむのは、一番辛いのは仲間や家族ではなく自分自身。

この会社で働いていることが一番幸せなのは自分自身だと思っていて、俺は世の中に対して闘うことが、このレジェンドをでかくさせることだった。

俺が当時やっていた闘いっていうのは、自らの解放、自らを成立させる為の手段。

今はこうやって会社の仲間を思い浮かべながら「大丈夫かな？　大丈夫かな？」って仕事するようになった。それは自分の為ではなく人の為になってることは確実だわ。

今の俺っていうのは、仲間の夢や家族の夢に対して闘っている。

昔の俺は個人としてはくそ的を射ていた。
俺の為、俺の幸せの為、俺が世の中に対して闘う為の会社。
だからこそ第二の時代は反応したんだと思う。
だってその俺の表現、俺の考え、俺の行動、俺の言動、俺の生き方、
俺の想いを知りたくて、触れ合おうとしてくれていた。
でも今の俺っていうのはさらに、そこに仲間の夢や家族の夢を達成させることこそが、
引き続き自分を救うこと、自分と闘うこと。
この会社、仲間に対して、そして家族に対しての俺の生き方。
もっと自分と向き合い燃焼することをここに誓い終わる。

最後まで読んで頂き、誠にありがとうございました。

本当にこれで終了です。

遂に本が完成しました。
最初は思いつきで1年前にワードでただ思ったことを打っていました。
思いついたら打つ、思いついたら打つ、これを1年間やっていたらこうなりました。
15万文字書き起こした段階で、もう書くことは無い。もう満足だってなって振り返り、1日あたり俺は何文字打ってたんだろうと計算してみたら、400文字を超えていました。あっと

いう間でした。吐き出したくて吐き出したくて、急にです、急に頂いた言葉、経験した思い出を吐き出したくなって、睡眠時間を削って毎日書いていました。

15万文字完成した段階で、いろんな出版社に「自分の本を出したいのですが？」と電話で問い合わせてみると、ほぼ１００％の確率で門前払いでした。大手の出版社は特に、話すら聞いてくれませんでした。

どうしようかと悩んでる時に、幻冬舎ルネッサンスの担当者の方が私を拾ってくれました。

「原稿を読みました。これ山田さんが自分で全部書いたんですか？」と。

「はいそうです」って言ったら、

「これからの若者や社会に対して何か与えることができるのではないかと思います。良かったら幻冬舎から出版しませんか？」と、社会性や求心性があると講評してくださり実現することができました。めちゃくちゃ嬉しかったです。その方から言ってもらえなかったら、こんなに素敵な本になっていなかったと思います。やっぱり縁です、縁。


「縁、誠実、行動、継続、金」です。これで夢は叶います。

質、量、スピードが必要だったとしたら、私はスピードがめちゃくちゃ得意だということがわかりました。決断も行動も早いと思いました。そしてスピードの次は量です。何回も数を打つ。何度も挑戦し、何度も立ち上がるのです。そうすると最後は質が手に入ります。これが私が出した答えです。

「この戦で大将の首を打ち取ることができなかったら伍長からやり直せ」と煽られたあの大人気漫画の主人公が、逆に歩兵からやり直してやると言ったあの覚悟のように、もし今の身分から武功をあげることができなかったら、喜んで自分から平社員を選び生きていけばいいのです。失敗したらその時考えればいいのです。

大事なのは、必ずやると決めてやることなのです。決めるのが先で、準備は後だということです。もし失敗したらまた一からやればいいじゃないですか。覚悟です覚悟。覚悟を持って場数を踏むことなのです。これをやったら失敗すると思うことは徹底的に省く。成功率を上げることはできないけれど、失敗の確率を下げることは今この瞬間からできることじゃないですか。

散歩の途中で富士山登った人なんていないじゃないですか。富士山に登ると決意した者だけが山頂に辿り着くのです。

ヘンリーフォードは5回も会社を倒産していますよ。ウォルトディズニーだって3回会社を倒産しています。

エジソンは1万回実験したと言われているのです。その人たちは失敗者ですか。いいえ、何年も語り継がれる素晴らしい人じゃないですか。私たちもやりましょうよ。

まっ、私も今だから言えることなんですけどね。なんか偉そうに聞こえたらごめんなさい。

私はこれからもっと自分自身に納得する為、幸せになる為に、引き続き私は私自身を開示していきます。もっとアウトプットし開示していきます。どんなことを言われようとも、とても悲しい言葉や辛い言葉を投げかけられようとも、私は私を開示していきます。なぜなら私はやりたいことをする為に生まれてきたからです。私と流派が合う仲間を見つけていきたいからです。それが私自身、自分で見つけた、私の生き方なのです。あんなにおいしいチョコレートですら嫌いな人がいるのですから、全員から好かれようとするのはとっくにやめています。

頑張ったら頑張った分だけ自分に報酬を与え、好きな音楽を聴きながら、沢山寝て、沢山笑って、時には闘い、時には逃げて、愛する人を守り、毎日小さな努力の積み重ねで歴史を作り、自分の正解を塗り替えていきます。

読者のみなさん！　まだまだこれからです。人を評価している暇なんて絶対無いです。

そんなことしている暇があるなら、まずは自分の居場所、現在地を確認し、自分に合う仲間をみつけて下さい。

勉強すれば良かったという後悔は生まれますが、勉強し過ぎたという後悔をする人はいないと思います。

努力することの素晴らしさをお互い追及できたらいいですね。


社員へ！


周りが安定を選んでいる時に不安定に耐え、数々の試練を乗り越えてくれてありがとう。

いつか必ず、周りより遥か上の成果を手に入れることができるからね。

引き続き皆の為に俺はこの命、クタクタになるまで使い切ることを誓うから。

俺はいつまでもこの会社を信じ続けるから。この会社を選んでくれてありがとうね！


何も捨てることができない人は、何も変えることなんてできやしない。

捨てることができるからこそ、何かを変えることができるのです。

今が嫌なら今を変えて下さい。共に逃げて、そして共に闘いましょう。

明日ある保証なんてどこにも無いので。


そして子供になろう子供に！　世の中の成功者の共通点って、意味不明な勇気だと思ってるんだよね俺は。

決められた法律、コンプラ、世の中のルールの中で、いつまでも子供のような意味不明な勇気と行動で、レジェンドプロモーションを大躍進させよう。

私は引き続き生意気なことはせず、1円玉に頭下げて商売させて頂きます。

今回私の夢を実現させてくれたレジェンドプロモーションの皆。
そして社長。
そして家族。
そして今まで出会って頂き、素敵な経験やお言葉をくださった皆様。
そしてこの本を全力でサポートしてくださった幻冬舎ルネッサンスの皆様。
誠にありがとうございます。
感謝でしかありません。
私は今日まで最高の38年を全うし生きることができました。
これからも私らしく生きていこうと思います。

エピローグ

２０２３年、２月……

いつか、いつの日かやりたかったことが、もう叶わないと確信した。

ただ後悔はしていない。今はどうしてもやりたくなかったから。頭ではやりたくなかったから。

でも体は、心は疼いていた。俺は、この頂いた俺の命を、俺らしく全うする。

俺の親父へ、最後の俺への教育、ありがとう。この本を通して初めて親父に言ったわ、ありがとうなんて言葉。このタイミングで俺が本を書いていたのも何か感じるものがあった。離婚してから24年、一度も会うことなくお疲れ様でした。

おかんへ、本当に俺を産んでくれてありがとう。この言葉に全てを込める。愛してくれてありがとう。おかんが俺を親父から守ってくれなければ、俺はこうは生きていないよな。すげぇ家族だった。めちゃくちゃ貧乏な家だった、汚くて臭くてやべぇ家だった。死にたくなるような環境だった。今は死ななくて良かった。ギリギリだったけど死ななくて良かった。たらればだけどな。今がこうなれたから言えるだけ。あのまんまずっと住んでたら終わってたわ。二度とあんな家住みたくない。けど心と体が鍛えられた環境だった。おかん。俺はおかんから貰ったこの命で、引き続き世の中に対してサクッと挑戦してくるわ!!

俺は、俺が好きだ。

完

高校や大学での講演、企業で人材育成にお悩みの方等、お力になれる事は全力で努めますので、なんなりとインスタでＤＭくださいませ！

是非行かせてください！　ご連絡お待ちしてます。

ありのままの自分を出すことで傷つくことがたくさんありましたが、だからこそ自分の長所がわかったのです。共に闘いましょう。

世の中に挑戦を、そして人生に挑戦を。

株式会社レジェンドプロモーション
専務取締役　山田 哲也
インスタＩＤ【LEGENDYAMA】検索

イラストコメント

鎌谷徹太郎

人は当たり前に行動を起こす前に、まずリスクを考える。そして、リスクが少ない方を選択して行動を起こす。

しかし、山田哲也という人間はまずリスクを選ぶ。

なぜなら誰も選ばないからこそ、そこにはチャンスが無限に広がっていると信じているからだ。それはいま本を読み終えた読者の方なら分かるはずである。

そんな彼を人は未開の地に赴く冒険者と讃えたり、リスクヘッジを考えない愚者と笑う人もいる。それでも彼は笑う人達のことを悪く言うことは決してない。むしろ感謝さえしているのだ。多くの人達に笑われるということは、それだけチャンスが大きいという事の証明だからだ。そして彼は更に一歩と足を前に出し進んでゆくのだ。

そんな、誰よりも前に出て道を指し示してくれる彼は、馬に跨り進むべき道を指し示してくれる英雄のようでもある。しかし、彼自身は誰よりも前にいるから、彼から生まれた繋がりや絆が、新しい繋がりを生み、新しい絆となっている事に、申し訳なさを感じているかのようにも見られる。だから、本書の中で語られる言葉に感謝が溢れているのだ。そんな彼からインスピレーションを得て今回の作品は描かれた。

馬に跨る彼の視線は目の前ではなく遥か先に向けられている。馬の脚に絡まりつき、画面全体につるを伸ばしているのは、「愛」「友情」「誠実」を意味するアイビーの葉。点在するように咲いている紫色の花は、「永遠の愛」「つながり」「絆」を意味する桔梗。そして、色とりどりな羽を持つ鳥は、彼を取り囲みさえずりを響かせている。いびつなキャンバスの形はパズルを意味する。既存のパズルではない。山田哲也自体が始まりのピース、つまりファーストピースとなり、彼が進む道に賛同する人達が、彼が思い描く新しい風景の輪郭を実現させるためのピースへと変わり、彼を支えている。１人ではなし得ない風景だからこそ、１つでも欠けてはならないピースなのだ。

道すがらの彼はまだ何者でもない。だから、誤解もされることもあるし、笑われることもあるのかもしれない。しかし、彼は何があってもこれからも前に進み続けるのだ。

ゆえに人は彼の事を敬称を込めて「くず専務」と呼ぶ。

JASRAC 出 2303093-301

俺《おれ》はくず専務《せんむ》　嘘《うそ》みたいな人生《じんせい》を生《い》きてきた

2023年6月26日　第1刷発行

著　者　　株式会社レジェンドプロモーション 専務取締役 山田哲也
発行人　　久保田貴幸

発行元　　株式会社 幻冬舎メディアコンサルティング
〒151-0051　東京都渋谷区千駄ヶ谷4-9-7
電話　03-5411-6440（編集）

発売元　　株式会社 幻冬舎
〒151-0051　東京都渋谷区千駄ヶ谷4-9-7
電話　03-5411-6222（営業）

印刷・製本　中央精版印刷株式会社
装　丁　　杉本萌恵

検印廃止

Printed in Japan
ISBN 978-4-344-94421-3 C0095
幻冬舎メディアコンサルティングＨＰ
https://www.gentosha-mc.com/